KB236663

이별의 왈츠

이별의 왈츠

이별의 왈츠

밀란 쿤데라 전집

04 La valse aux adieux

Milan Kundera

밀란 쿤데라 권은미 옮김

민음사

프랑수아 케렐에게

차례

차례

1부 첫째 날   9

2부 둘째 날   41

3부 셋째 날   101

4부 넷째 날   187

5부 다섯째 날   297

1부　　　첫째 날

1부　　　첫째 날

1

가을이 시작되어 나무들이 노란색, 붉은색, 갈색으로 물들고 있다. 그래서 아름다운 골짜기로 둘러싸인 작은 온천 도시는 마치 화염에 휩싸인 듯하다. 온천장 아치형 통로 아래로 여자들이 왔다 갔다 하며 온천물 쪽으로 몸을 기울이기도 한다. 아이를 갖지 못한 여성들인데, 온천 요법으로 자식을 얻길 기대한다.

훨씬 적기는 하나 요양자들 중에는 남자들도 몇몇 있다. 이 온천물이 산부인과적 효험 외에 심장병에도 좋기 때문인 듯하다. 그러나 어쨌든 남자 하나에 여자는 아홉 꼴로, 수영장에서 불임 치료를 위해 이곳에 온 부인들을 담당하는 젊은 미혼 간호사 루제나를 화나게 한다.

루제나가 태어난 곳은 바로 이곳으로, 부모님은 아직 이곳에 산다. 그녀는 과연 이 장소에서, 여자들로 우글대는 이 끔찍한 곳에서 언젠가는 벗어날 수 있을까?

지금은 월요일, 일이 다 끝나 갈 무렵이다. 몇몇 뚱뚱한 여자들을 시트로 싸서 침대에 누인 뒤 얼굴 물기를 닦아 주고, 미소를 지어 주는 일만 남았다.

"그래, 너 전화할 거야?" 동료들이 루제나에게 묻는다. 몸집이 풍만한 사십 대 여자와, 그보다 젊고 깡마른 여자다.

"못 할 것도 없지." 루제나가 대답한다.

"자, 겁낼 것 없어!" 사십 대 여자가 대꾸한 다음 탈의실 뒤쪽, 간호사들을 위해 옷장과 테이블, 전화를 놓아둔 곳으로 그녀를 데려간다.

"바로 그 사람 집으로 전화해야 돼."

깡마른 여자가 짓궂게 말하자 셋 모두 한바탕 웃음을 터뜨린다.

웃음소리가 잦아들자 루제나가 말한다.

"그가 연습하는 극장 전화번호를 알아."

2

끔찍한 대화였다. 수화기에서 루제나 목소리를 듣는 순간 그는 공포에 사로잡혔다.

여자들은 언제나 그를 겁나게 했다. 하지만 어떤 여자도 그 말을 믿지 않았고, 그런 말을 단지 애교 어린 재담 정도로만 여겼다. 그가 물었다.

"어떻게 지내?"

"별로 안 좋아."

"무슨 일이라도 있어?"

"당신한테 해야 할 얘기가 있어." 그녀는 비장하게 말했다.

그가 수년 전부터 두려움에 떨며 기다렸던 게 바로 이 비장한 어조였다.

"뭐라고?" 그는 목멘 소리로 대답했다.

"당신한테 꼭 해야 할 얘기가 있다고." 그녀가 되풀이했다.

“무슨 일이야?”

“우리 둘 모두에게 관계되는 일이야.”

순간 그는 아무 말도 할 수가 없었다. 잠시 후 그가 되풀이했다.

“무슨 일이야?”

“벌써 육 주째 그게 없어.”

그는 진정하려고 무진 애를 쓰면서 말했다.

“아무 일도 아닐 거야. 이따금 그런 일이 있지만 별거 아니야.”

“아니야. 이번에는 정말이야.”

“그럴 리 없어. 절대 불가능해. 어쨌든 내 잘못일 수가 없어.”

그녀는 화가 치밀어 올랐다.

“아니, 날 도대체 뭘로 아는 거야!”

그는 그녀를 화나게 하는 것이 두려웠다. 갑자기 모든 게 겁났기 때문이다.

“아니, 당신을 화나게 하고 싶지는 않아. 바보짓이지. 내가 뭣 때문에 당신을 화나게 하고 싶겠어. 난 단지 그게 나 때문일 수는 없다는 것, 그리고 당신은 전혀 걱정할 게 없고 그런 일은 절대로 불가능하다, 생리학적으로 불가능하다는 얘기를 하는 것뿐이야.”

“그렇다면 말할 필요도 없네. 방해해서 미안해.” 점점 더 화가 난 그녀가 말했다.

그는 그녀가 전화를 끊을까 봐 겁이 났다.

“아니, 천만에. 나한테 전화하길 잘했어! 내가 기꺼이 당신을 도와줄게. 정말이야. 모두 잘 해결될 거야.”

“해결되다니, 무슨 말이야?”

그는 난처했다. 감히 그 말을 드러내 놓고 할 수는 없었다.

“저…… 그래…… 해결된다고.”

“당신이 무슨 얘기를 하려는지 알아. 하지만 꿈도 꾸지 마! 그런 생각은 잊어버려. 내 인생을 망치는 한이 있어도 그렇게 하진 않을 거니까.”

또다시 그는 두려움에 사로잡혔다. 그러나 이번에는 조심스럽게 공세를 취했다.

“아니, 나와 이야기하고 싶지 않으면 전화는 뭐 하러 했어? 나와 의논을 하고 싶은 거야, 아니면 벌써 결정을 내린 거야?”

“당신과 의논하고 싶어.”

“그럼 당신을 만나러 갈게.”

“언제?”

“미리 알려 줄게.”

“좋아.”

“그럼 조만간에 봐.”

“그래.”

그는 전화를 끊고 그의 악단 단원들이 기다리고 있는 작은 홀로 되돌아왔다.

“여러분, 오늘 연습은 이것으로 마치겠습니다. 더 이상 할 수가 없군요.”

3

수화기를 내려놓았을 때, 그녀 얼굴은 흥분으로 벌게져 있었다. 그 소식을 받아들이는 클리마의 태도 때문에 그녀는 기분이 상했다. 게다가 그녀는 얼마 전부터 이미 그에게 화가 나 있었다.

그들이 서로 알게 된 것은 두 달 전, 그 유명한 트럼펫 주자가 그의 악단과 함께 이 온천 도시로 공연 왔던 날 저녁이었다. 공연이 끝난 뒤 술판이 벌어졌고, 거기에 그녀가 초대되었다. 트럼펫 주자는 그 자리에 있던 여자들 가운데 그녀를 눈여겨보았으며 나중에 그녀와 함께 밤을 보냈다.

그 후 그에게서는 아무 소식도 없었다. 그녀가 안부를 묻는 그림엽서를 두 장 보냈지만, 그는 한 번도 답장을 하지 않았다. 어느 날 수도에 들를 일이 있어 그녀는 극장으로 전화를 했다. 그녀가 알아본 바로는 거기서 그의 악단이 연습을 하고 있다는 것이었다. 전화를 받은 남자가 그녀 이름을 묻고선 클리마를 찾아보겠다고 말했다. 잠시 후 전화를 다시 받은 그는 연습이 끝나 트럼펫 주자는 이미 나갔다고 말했다. 그녀는 속으로 자기를 따돌리려는 수작이 아닌가 생각했다. 그때 벌써 임신을 걱정하고 있었기 때문에 더욱더 분했던 것이다.

"그게 생리학적으로 불가능하다고! 정말 대단해, 생리학적으로 불가능하다니! 아이가 태어나면 그때 가서 뭐라고 말할지 궁금하군!"

그녀의 두 동료는 그녀 말에 열렬히 동조했다. 그녀가 전날 밤 그 유명한 남자와 말로 표현할 수 없는 멋진 시간을 보냈다고 수증기가 자욱한 홀에서 그들에게 얘기했을 때, 그 트럼펫 주자는 곧바로 그녀 동료 모두의 애인이 되었다. 업무를 교대하는 홀에서 그의 망령은 언제나 그들과 함께였으며, 어디선가 그의 이름이 튀어나오면 마치 자기네들이 잘 아는 사람이기라도 한 듯 킥킥 웃어 대는 것이었다. 그리고 루제나가 임신한 사실을 알았을 때 그들은 야릇한 기쁨에 사로잡혔다. 왜냐하면 이제 그는 자기네들 곁 루제나의 깊숙한 배 속에서 육체적으로 생생히 존재하게 되었기 때문이다.

사십 대 간호사가 루제나의 어깨를 토닥거리며 말했다.

"자, 자, 그만 진정해! 너한테 보여 줄 게 있어."

그러고 나서 그녀는 루제나 앞에 손때 묻고 구겨진 잡지 한 권을 펼쳐 보였다.

"봐!"

무대 위에 버티고 서서 마이크를 입술 앞에 대고 있는 젊고 예쁜 갈색머리 여자 사진이었다. 세 여자 모두 그 사진을 한참 동안 들여다보았다.

루제나는 고작 몇 센티미터 크기의 그 사진에서 자신의 운명을 읽어 내려 애썼다.

"난 그 여자가 이렇게 젊은 줄 몰랐어."

불안에 가득 차 그녀가 말했다. 사십 대 여자는 웃으면서 말했다.

"그런데 말이야, 이건 십 년 전 사진이고 그들 둘은 동갑이야. 그러니 이 여자는 네 라이벌이 못 돼!"

4

루제나와 통화하는 동안 클리마는 자신이 이 끔찍한 소식을 오래전부터 기다려 왔음을 상기했다. 물론 그 숙명적인 밤에 자기가 루제나를 임신시켰을 거라고 생각할 만한 어떤 타당한 근거도 없었다.(반대로 그는 자기가 부당하게 비난받고 있다고 확신했다.) 하지만 그는 이런 소식을 수년 전부터, 루제나를 알기 훨씬 전부터 기다렸던 것이다.

그가 스물한 살이었을 때, 그에게 반한 한 금발이 그와 어떻게든 결혼하려고 임신한 척했던 적이 있었다. 그 몇 주는 정말 끔찍한 시간으로, 그는 위경련을 일으켰으며 몇 주 뒤 마침내 앓아 드러눕고 말았다. 그 후 그는 임신이라는 건 언제 어디서나 불쑥 튀어나올 수 있는 벼락이며, 그걸 방지할 피뢰침은 전혀 없다는 것, 그리고 전화를 통해(그랬다. 당시 그 금발도 그 불길한 소식을 일단 전화로 알려 왔었다.) 비장한 목소리로 통고된다는 사실을 알았다. 그가 스물한 살에 겪은 그 사건 후 그는 여자들에게 접근할 때면 언제나 불안했으며(그러나 상당히 열을 올려 접근했다.) 매번 여자를 만난 다음이면 끔찍한 결과를 두려워했다. 자신의 그 병적인 조심성 덕분에 그런 절망적인 사태가 일어날 확률은 겨우 천분의 일도 안 될 거라고 온갖 논리를 동원해 자신을 설득하려 해도 소용없었다. 바로 그 천분의 일이 그를 두려움에 떨게 하는 것이었다.

언젠가 한번, 한가한 저녁나절 느긋한 기분으로 그는 두 달이나 만나지 못했던 한 젊은 여자에게 전화했다. 그의 목소리를 알아듣자마자 그녀는 외쳐 댔다.

"어머, 너구나! 무척이나 초조하게 네 전화를 기다렸어. 얼마나 너하고 이야기하고 싶었는지 몰라!"

그런데 그녀가 그 말을 어찌나 간절하게, 또 어찌나 격하게 했던지 예의 그 불안이 클리마의 가슴을 죄어 왔다. 그토록 두려워한 그 순간이 마침내 오고야 말았다는 것을 온몸으로 느꼈다. 그래서 가능한 한 빨리 진실과 대면하고 싶었기에 다짜고짜 물었다.

"왜 그렇게 비극적인 어조로 말하지?"

"엄마가 어제 돌아가셨어."

그는 안도의 한숨을 내쉬었으나, 어쨌든 자기가 두려워하는 그 불행에서 하루도 벗어나지 못하리라는 것을 잘 알았다.

5

"더 이상 못 한다니, 아니, 그게 무슨 소리예요?"

드럼 주자가 말했고 클리마는 그제야 정신을 가다듬었다. 그는 걱정스러운 얼굴을 한 단원들을 쭉 둘러본 다음 자신에게 일어난 일을 설명했다. 단원들은 각자 악기를 내려놓고 그를 위해 이것저것 제안하기 시작했다.

첫 번째 제안은 과격했다. 열여덟 살 기타 주자는 자기네 지휘자인 트럼펫 주자에게 방금 전화를 건 그런 여자는 모질게 떨쳐 버려야 한다고 주장했다.

"그 여자에게 좋을 대로 하라고 하세요. 아이는 당신 아이가 아니고, 당신하고는 아무 상관도 없는 일이에요. 계속 우긴다면 누가 아버지인지 혈액 검사를 해 보는 거예요."

클리마는 혈액 검사란 보통 아무것도 증명하지 못한다는 것, 그리고 그럴 경우 여자가 내세우는 주장이 받아들여진다는 점을 지적했다.

기타 주자는 혈액 검사는 절대 없을 거라고 했다. 그렇게 매몰차게 거절당한 아가씨가 공연한 헛수고는 하려 들지 않을 것이며, 아이 아버지라고 자기가 지목한 남자가 겁쟁이가 아니라는 사실을 알면 제 돈으로 아이를 떼어 버릴 거라고 했다.

"그래도 아이를 낳는다면 악단 단원 전부가 법정에 나가서 우리 모두 그때 그녀와 잤다고 증언하지요. 우리들 중에서 아버지를 찾아보라고 하는 겁니다!"

그러나 클리마는 대답했다.

"여러분들이 날 위해 그렇게 하리라 믿어요. 하지만 그러기도 전에 일찌감치 난 어떻게 될지 모르는 이 상황과 공포 때문에 미쳐 버릴 겁니다. 이런 문제에 있어서 나보다 더 비겁한 남자는 세상에 없을 겁니다. 내겐 무엇보다 확신이 필요해요."

모두 동감이었다. 기타 주자의 방법은 원칙적으로는 훌륭하지만 모두에게 그런 건 아니었다. 특히 예민한 남자에게는 쓸 수가 없었다. 뿐만 아니라 부유한 유명 인사라도 되어 여자들이 대담한 스캔들을 만들어 끌어들일 만한 가치가 있는 사람의 경우 역시 그 방법은 바람직하지 못했다. 따라서 단원들은 그 젊은 여자를 매몰차게 밀어붙이는 대신 그녀가 낙태에 동의하도록 설득해야 한다는 데 의견 일치를 보았다. 하지만 어떤 논리를 선택할 것인가? 세 가지 핵심 방안을 고려해 볼 수 있었다.

첫 번째는 그 젊은 여자의 동정심에 호소하는 것이었다.
즉 클리마는 가장 친한 여자 친구에게 하듯 그 간호사에게
이야기를 하고, 진심으로 자기 심정을 토로할 것이다. 아내의
병세가 심각하며 남편이 다른 여자와 아이를 가졌다는 사실
을 알면 그녀는 죽고 말 거라는 것, 클리마 자신 역시 도덕적
인 면에서도 그렇고, 신경이 예민해서 그런 상황은 견딜 수
없을 것이다, 그래서 지금 이렇게 간청한다고 말할 것이다.

그런데 이 방안은 근본적인 반대에 부딪혔다. 간호사의
본심같이 불확실하고 확신할 수 없는 것 위에 모든 전략을
세울 수는 없다는 것이었다. 이 방식이 클리마에게 도리어
불리해지지 않기 위해선 여자가 진짜 착하고 동정심 많아야
할 것이다. 자기 아이 아버지로 선택된 남자가 다른 여자에
대해 보이는 이 지나친 배려에 화가 난 만큼 그녀는 더욱더
공격적인 태도를 보일 것이다.

두 번째 방안은 젊은 여자의 상식에 호소하는 것이었다.
즉 클리마는 그 아이가 진짜 자기 아이라는 확신이 없으며
앞으로도 결코 확신할 수 없을 거라고 설명할 것이다. 그는
그 간호사와 단 한 번 우연히 만났을 뿐, 그녀에 대해선 전
혀 아는 바가 없는 것이다. 또 그녀가 어떤 다른 사람과 사귀
는지도 전혀 모른다. 아니, 아니, 그렇다고 해서 그녀가 일부
러 자기를 속이려 한다고 의심한 건 아니다. 그렇지만 그녀
가 따로 사귀는 다른 남자는 없다고 그에게 주장할 수는 없
지 않은가! 설령 그렇게 주장한다 하더라도 그녀가 진실을
말한다는 보장이 어디 있는가? 아이 아버지가 자신이 진짜

아버지라는 사실을 결코 확신하지 못하는 그런 아이를 낳는 게 과연 합당한 일일까? 자기 아이인지 제대로 알지도 못하는 아이 때문에 클리마가 아내를 버릴 수 있을까? 그리고 아버지가 누구인지 결코 알 수 없을 아이를 루제나가 낳으려고 하겠는가?

이 방안 역시 문제 있다고 판명되었다. (악단에서 나이가 가장 많은) 콘트라베이스 주자는 그 젊은 여자의 상식에 기대를 건다는 것은 그녀의 동정심을 믿는 것보다 훨씬 더 어리석다는 사실을 지적했다. 논리적으로는 이 이야기가 딱 맞아떨어진다 하더라도, 사랑하는 남자가 자기 진심을 믿지 않는다는 사실에 그 젊은 여자는 혼란스러워지고 말 것이다. 그리하여 도리어 그녀로 하여금 눈물을 훌쩍이며 더욱 완강하고 고집스럽게 자기 주장과 계획을 밀고 나가게 부추길 것이다.

아직 세 번째 방안이 남아 있었다. 클리마는 장래 아기 엄마에게 자신이 그녀를 사랑했으며 또 아직 사랑한다고 맹세할 것이다. 그 아이가 다른 남자의 아이일 수도 있다는 가능성에 대해서는 어떤 암시도 해서는 안 된다. 반대로 클리마는 그 젊은 여자를 신뢰와 사랑과 다정함으로 감싸고 자기 아내와 이혼하는 것까지 모든 것을 그녀에게 약속한다. 그리고 그녀에게 그들의 멋진 미래를 그려 보인다. 그런데 바로 그 멋진 미래를 위해 그녀에게 낙태를 간청한다. 그는 지금 아이를 갖는 건 너무 이르며, 가장 아름다운 그들 사랑의 첫 나날들을 빼앗기리라고 그녀에게 설명할 것이다.

이 방안에는 다른 방안들에는 너무 많았던 것, 즉 논리적인 면이 없었다. 클리마가 두 달 동안이나 그녀를 피한 이 마당에 어떻게 그녀를 그토록 열렬히 사랑할 수 있단 말인가? 그러나 콘트라베이스 주자는 연인들이란 언제나 비논리적으로 행동한다는 것, 그리고 그 사실을 그 젊은 여자에게 그럴듯하게 설명하는 것보다 더 간단한 일은 없다고 주장했다. 마침내 모두들 이 세 번째 방안이 아마도 가장 바람직할 거라고 합의를 보았다. 왜냐하면 현재 상황에서 비교적 유일하게 확실한, 그 젊은 여자의 애정에 호소하는 방안이었기 때문이다.

6

모두 극장에서 나와 길모퉁이에서 헤어졌으나 기타 주자만은 클리마의 집 앞까지 따라왔다. 그 혼자만 유일하게 그 계획에 반대했다. 사실 그 계획은 그가 존경하는 지휘자에게 합당치 않아 보였다. 그는 '여자와 만날 때는 회초리로 무장하라.'라는 니체의 말을 인용했는데, 그가 니체의 전 작품 가운데서 아는 것이라고는 그 구절뿐이었다.

"이봐, 그 회초리를 쥐고 있는 게 바로 그녀야." 클리마는 한탄했다.

기타 주자는 클리마에게 자기와 함께 차를 타고 온천 도시로 가서, 그 젊은 여자를 큰길로 유인해 차로 치어 버리자고 했다.

"아무도 그녀 스스로 내 차에 뛰어들지 않았다는 걸 증명할 수 없을 거예요."

기타 주자는 악단에서 가장 젊은 음악가로 클리마를 무척 좋아했다. 클리마는 그의 말에 감동했다.

"자네, 정말 고마워." 그가 말했다.

기타 주자는 자기 계획을 상세하게 설명했는데 두 볼이 발갛게 상기되었다.

"정말 고마워. 하지만 불가능해."

"뭐 때문에 망설이는 거예요? 그 여잔 더러운 년이에요!"

"정말 고마워. 하지만 불가능해." 클리마는 되풀이해 말한 다음 기타 주자와 헤어졌다.

7

다시 혼자가 되었을 때 그는 그 젊은이의 제안과 자신이 그 제안을 거절한 이유들에 대해 생각해 보았다. 그건 그가 기타 주자보다 더 고결해서가 아니라, 덜 용감했기 때문이다. 살인 공모자로 고발당하는 공포는 아버지로 지목받는 공포만큼이나 컸다. 자동차가 루제나를 넘어뜨리는 장면이 보였고, 피가 흥건히 괸 도로에 누워 있는 루제나가 보였다. 거기서 그는 마음이 무척 편안해지는 안도감을 한순간 맛보았다. 하지만 그런 망상에 빠져드는 건 아무 쓸모도 없음을 잘 알았다. 게다가 그에겐 지금 신경 써야 할 중대한 일이 있었다. 그는 아내를 생각했다. 맙소사, 내일이 그녀 생일이었던 것이다!

가게들은 정각 6시에 문을 닫는데, 6시 몇 분 전이었다. 그는 큼직한 장미 다발을 하나 사러 급히 꽃 가게로 들어갔다.

얼마나 고통스러운 생일 저녁이 그를 기다리는가! 그는 온 마음과 정신이 다 그녀 곁에 있는 척해야 할 것이다. 그녀를 위해 자신을 바쳐야 하며, 그녀에게 다정한 모습을 보이고 그녀를 즐겁게 해 주고 또 그녀와 함께 웃어 줘야 할 것이다. 하지만 그러는 동안 그는 한순간도 쉬지 않고, 멀리 떨어져 있는 한 배 속을 생각할 것이다. 그는 다정하게 이야기하기 위해 애를 쓸 것이다. 하지만 그의 정신은 그 낯선 배 속 깊숙히 어두컴컴한 독방에 갇힌 채 멀리 다른 곳에 가 있을 것이다.

그는 아내 생일을 집에서 보내는 게 너무나 힘에 부친다는 사실을 깨닫고 루제나를 보러 가는 일을 더 이상 늦추지 않기로 했다.

하지만 그 역시 즐거운 일은 아니었다. 산속에 파묻힌 그 온천 도시는 그에게 마치 사막 같은 느낌이었다. 아는 사람이라곤 아마도 단 한 사람, 요양 온 그 미국 국적 남자를 제외하면 아무도 없을 것이었다. 그 미국인은 지난 세기의 부유한 부르주아같이 행동했는데, 콘서트가 끝난 후 악단 단원 전부를 그가 묵던 호텔 안 그의 아파트형 숙소로 초대했다. 그는 최고급 술과 그곳 온천장에서 일하는 직원 가운데서 뽑혀 온 여자들로 그들을 대접했다. 따라서 그는 그 후 루제나와 클리마 사이에서 일어난 사건에 간접적이나마 책임이 있는 것이다. 아! 그 남자가, 그 당시 자기에게 아낌없이 호감을 보여 준 그가 아직 그 온천 도시에 있다면! 클리마는 마치 마지막 구원의 길이기라도 하듯 그 사람에 매달렸다. 왜냐하면 그가 처한 지금 같은 상황에는 다른 남자의 우정 어린 이해만큼 한 남자에게 필요한 건 아무것도 없기 때문이었다.

그는 극장으로 돌아가 수위실로 들어가 시외전화를 부탁했다. 잠시 후 루제나의 목소리가 수화기에서 들려왔다. 그는 그녀에게 다음 날 당장 그녀를 보러 가겠다고 했다. 그녀가 몇 시간 전에 그에게 알려 왔던 소식에 대해선 일언반구도 하지 않았다. 그는 자기네들이 아무 걱정거리 없는 연인 사이인 것처럼 말했다.

지나가는 말로 그는 물었다.

"그 미국인 여전히 거기 있어?"

"응."

안심이 된 그는 좀 더 가벼운 어조로 그녀를 보게 되어 무척 기쁘다고 되풀이했다.

"지금 무슨 옷 입고 있어?" 그가 물었다.

"왜?"

수년 전부터 그가 전화로 장난할 때 잘 쓰던 수법이었다.

"당신이 지금 어떤 차림인지 알고 싶어. 당신을 내 마음속에 그려 보고 싶다고."

"빨간 원피스를 입고 있어."

"빨간색은 당신한테 무척 잘 어울릴 거야."

"아마도."

"그리고 그 속에는?"

그녀는 웃었다.

그랬다. 여자들은 그가 이 질문을 던지면 모두 웃었다.

“당신 팬티는 무슨 색깔이지?”

“역시 빨간색이야.”

“그걸 입고 있는 당신을 볼 걸 생각하니 기뻐.”

그러고 나서 그는 전화를 끊었다. 그는 자기가 제대로 해냈다고 생각했다. 한순간 그는 기분이 좀 나아졌다. 그러나 단지 한순간뿐이었다. 사실상 그는 지금 루제나 외 다른 무엇도 생각할 수 없다는 것, 그리고 아내와 대화를 나누는 저녁 시간을 최소한 줄여야 하리라는 걸 막 깨달았던 것이다. 그는 미국 서부영화를 상영하는 영화관 매표소에 들러 표를 두 장 샀다.

8

카밀라 클리마 부인의 미모가 병색을 훨씬 압도하긴 하
나, 어쨌든 그녀는 아팠다. 건강 문제로 그녀는 몇 년 전 가
수 경력을 포기해야만 했는데, 바로 그 가수 시절에 지금의
남편 품에 안겼다.

찬사를 받는 데 익숙했던 이 아름다운 젊은 여자의 머릿
속은 갑자기 병원 포르말린 냄새로 가득 찼다. 그녀에겐 남
편 세계와 자기 세계 사이에 거대한 산맥이 가로놓인 것 같
았다.

그래서 클리마는 그녀의 슬픈 얼굴을 볼 때면 가슴이 찢
어질 듯했으며, 그녀를 향해 (이 가상의 산맥을 가로질러) 사랑
의 손길을 내미는 것이었다. 카밀라는 자기 슬픔 속에 자신
이 예전에는 짐작하지 못했던 힘이 있음을, 클리마의 마음을
끌고 감동시키며 그를 눈물짓게 하는 힘이 있음을 깨달았다.

갑작스럽게 발견한 이 수단을 그녀가 (아마도 무의식적으로, 그런 만큼 더욱 자주) 쓰기 시작한 건 조금도 놀라운 일이 아니다. 왜냐하면 그가 자신의 고통스러운 얼굴에 시선을 줄 때만은 적어도 어떤 다른 여자도 남편 클리마의 머릿속에서 자기와 경쟁 상대가 되지 않는다는 사실을 그런대로 확신할 수 있었기 때문이다.

무척 아름다운 이 여자는 사실 여자들이 두려웠으며 또 도처에서 여자들을 보았다. 결코 그 어디에서도 여자들은 그녀 주위에서 사라지지 않았다. 클리마가 저녁에 집으로 들어서며 인사할 때 그녀는 그의 억양에서 여자들을 발견할 줄 알았으며, 그의 옷에서 풍기는 냄새에서도 여자들을 감지할 줄 알았다. 그녀는 최근에 신문 귀퉁이에서 찢어 낸 종잇조각을 하나 발견했다. 클리마가 어떤 날짜를 적어 놓은 것이었다. 물론 아주 다양한 일들, 콘서트 리허설이나 프로듀서와의 약속 날짜일 수도 있다. 그러나 그녀는 한 달 내내 클리마가 그날 어떤 여자와 만날 것인가만 생각했으며, 한 달 내내 제대로 잠을 이룰 수 없었다.

위험천만한 이 여자들의 세계가 그토록 그녀를 두렵게 한다면, 그녀는 남자들의 세계에서 위안을 얻을 수는 없었을까?

어렵다. 질투란 그 강렬한 불빛으로 오직 한 존재만을 밝힐 뿐, 다른 모든 남자들은 완벽한 어둠 속에 몰아넣는 놀라운 능력을 갖고 있다. 클리마 부인의 생각은 이 고통스러운 불빛의 방향 외 다른 방향으로는 갈 수 없었으며, 그의 남편은 이 세상에서 유일한 남자가 되었다.

지금 막 그녀는 현관문 열쇠가 돌아가는 소리를 들었다. 그리고 장미꽃 다발을 든 트럼펫 주자를 보았다.

그 꽃을 보고 그녀는 처음에는 기뻤으나 곧 의심이 들었다. 무엇 때문에 오늘 저녁 꽃다발을 가져올까? 생일은 내일인데. 이건 또 무슨 의미일까?

그녀는 그를 맞아들이며 물었다. "당신 내일 집에 없어?"

9

　그가 오늘 저녁 장미꽃을 그녀에게 가져다줬다는 사실이 반드시 그가 내일 집에 없을 거라는 사실을 의미하지는 않는다. 그러나 의심에 가득 찬 그녀의 촉각, 언제나 경계 태세로 항상 질투에 사로잡힌 그 촉각은 남편이 감춘 어떤 사소한 의도도 일찌감치 간파할 줄 알았다. 클리마는 이렇게 자신을 발가벗기고 염탐하며 자신의 가면을 벗기는 이 끔찍한 촉각의 존재를 깨달을 때마다 절망적인 피로감에 사로잡히고 만다. 그는 이 촉각들을 증오했다. 그리고 만약 그의 결혼 생활이 위협받는다면, 그건 바로 그 촉각들 때문이라고 확신했다. 만약 그가 아내에게 거짓말하는 일이 있다면 오직 그녀 고통을 덜어 주고 그녀가 어떤 실망도 하지 않도록 하기 위해서였으며, 그녀가 괴로워하는 것은 의심을 함으로써 고통을 자초하는 거라고 항상 확신했다.(이 점에서 그의 양심은 조금도 거리낌이 없다.)

그녀 얼굴 위로 몸을 숙였을 때, 그는 그 속에서 의심과 슬픔, 그리고 언짢은 기분을 읽었다. 그는 장미꽃 다발을 마룻바닥에 던지고 싶었으나 참았다. 앞으로 며칠 동안은 지금보다 훨씬 더 힘든 상황을 참아 내야 하리라는 걸 알았던 것이다.

"오늘 저녁 당신에게 꽃다발 가져온 게 뭐 당신 기분에 거슬려?"

그의 목소리에서 화가 난 것을 느낀 아내는 고맙다고 말한 다음 꽃병에 물을 받으러 갔다.

"빌어먹을 사회주의 같으니라고!" 클리마가 계속 말했다.

"왜?"

"글쎄, 내 말 좀 들어 봐! 그들은 우리더러 매번 공짜로 연주하라는 거야. 한 번은 제국주의 타도를 위해서, 또 한 번은 혁명을 기념하기 위해, 그리고 또 높은 양반 생일을 위해서 말이야. 악단이 해체당하지 않으려면 난 뭐든 다 감수해야 해. 오늘은 또 내가 얼마나 신경질이 났는지 당신은 짐작도 못 할 거야."

"무슨 일로?" 그녀는 별 관심 없이 물었다.

"연습 도중 시의회 소속 한 위원회 여자 위원장이 오더군. 우리더러 연주해야 할 것과 말아야 할 것을 설명하기 시작하더니 결국은 청년연합회를 위해 무료로 연주를 해 달라는 거야. 그런데 더 끔찍한 건 내가 내일 하루 종일 우스꽝스러운 강연회에서 보내야 한다는 거야. 뭐, 사회주의 건설에 있어서 음악의 역할에 대해 우리에게 강연을 할 거라나. 또 하루 망치는 거야, 완전히 망쳐! 그것도 바로 당신 생일에……."

"하지만 당신을 밤까지 붙잡아 두진 않을 거 아니야!"

"물론 아니지. 그렇지만 당신도 내가 어떤 상태로 집에 돌아올지는 알잖아. 그래서 나는 오늘 밤 미리 조용히 시간을 같이 보내려고 했지." 그는 아내의 두 손을 잡으며 말했다.

"고마워." 카밀라는 말했다. 그러나 클리마는 그녀의 어조로, 자신이 방금 말한 강연에 대해 그녀가 한마디도 믿지 않는다는 걸 깨달았다. 물론 카밀라는 그의 말을 믿지 않는다는 걸 감히 드러내진 못했다. 그녀는 자신의 불신이 그를 화나게 한다는 걸 알고 있었다. 그러나 클리마는 오래전부터 아내가 자기 말을 곧이곧대로 믿는다고는 생각하지 않았다. 그가 진실을 말하든 거짓말을 하든 그녀는 언제나 자기를 의심한다는 의심이 들었다. 하지만 이미 주사위는 던져졌으니 그녀가 자기를 믿는다고 그 역시 믿는 척하면서 계속 말을 해 나가야 했다. 그녀 역시 (슬프고도 야릇한 얼굴로) 다음 날 강연이 실제로 있다는 걸 자신은 전혀 의심하지 않는다는 사실을 그에게 증명해 보이기 위해 그 강연에 대해 이것저것 질문을 해 댔다.

그러고 나서 그녀는 저녁 식사를 준비하러 부엌으로 갔다. 그녀는 소금을 너무 많이 넣었다. 그녀는 요리를 무척 즐겼으며 또 매우 잘했다.(인생이 그녀를 망치지는 않았으며 그녀는 가정을 돌보는 습관을 잃지 않았다.) 그런데 그날 저녁 음식이 맛없었던 건 그녀가 괴로워했기 때문이라는 걸 클리마는 알았다. 그는 그녀가 거칠고 괴로운 몸짓으로 너무 많은 소금을 음식에 넣는 모습을 그려 보았으며, 그의 가슴은 아팠다. 너무 짠 음식 한 입 한 입마다 그는 마치 카밀라의 눈물을 맛보는 듯했으며, 바로 자기 자신의 죄의식을 삼켰다. 그는 카밀라가 질투로 괴로워한다는 걸 알았으며, 또 하룻밤을 잠 못 이루리라는 것을 알았다. 그는 그녀를 쓰다듬고 껴안고 위로해 주고 싶었다. 그러나 아내의 촉각은 그런 다정함에서, 단지 그가 양심의 가책을 받는다는 증거만 볼 뿐이기에 그런 행동은 전혀 소용없으리라는 걸 깨달았다.

마침내 그들은 영화관으로 갔다. 클리마는 주인공이 펼치는 이야기에서 일종의 위안을 맛보았다. 주인공은 화면 속에서 온갖 끔찍한 위험을 자신만만하게 헤쳐 나갔는데 그 자신만만함이 그에게까지 전해졌다. 클리마는 주인공 입장이 되어, 루제나에게 낙태를 설득하는 일이 자신의 매력과 행운 덕분에 눈 깜짝할 사이에 해치울 수 있는 사소한 일이라고 여러 번 생각했다.

그러고 나서 그들은 커다란 침대에 나란히 누웠다. 그는 그녀를 바라보았다. 그녀는 머리를 베개에 파묻고 턱을 약간 들어 올려 두 눈으로는 천장을 응시한 채 반듯이 누워 있었다. 극도로 긴장한 그녀 육체에서(그녀는 언제나 그에게 악기 현을 연상시켰으며 그는 그녀가 '현의 영혼'을 갖고 있다고 말하곤 했다.) 그는 갑자기, 단 한순간 그녀의 본질 전체를 보았다. 그랬다. 그에게는 종종(기적적인 순간들이었다.) 순간적으로, 그녀 몸짓과 움직임 단 하나에서 그녀 육체와 영혼의 역사 전부를 파악하는 경우가 있었다. 완벽한 통찰의 순간일 뿐 아니라 완벽한 감동의 순간이었다. 그건 그가 아직 무명 시절이었을 때 이 여자가 그를 사랑했으며, 그를 위해 모든 걸 희생할 각오였고 그의 생각이라면 무조건 이해했기에, 그는 그녀에게 암스트롱이나 스트라빈스키에 대해서, 사소한 것들과 심각한 것들에 대해서 말할 수 있었으며, 또 그녀는 그에게 모든 인간들 중에서 가장 가까운 존재였기 때문이었다……. 그리고 그는 이 사랑스러운 육체가, 이 사랑스러운 얼굴이 죽은 모습을 상상했다. 그는 단 하루도 그녀 없이는 살아갈 수 없을 거라고 생각했다. 그는 자신이 그녀의 마지막 순간까지 그녀를 지킬 수 있으며 그녀를 위해서라면 목숨까지도 버릴 수 있다는 걸 알고 있었다.

그러나 숨 막힐 듯한 이런 사랑의 감각은 단지 한순간의 희미한 불빛에 불과했다. 그의 정신은 온통 불안과 공포에 사로잡혀 있었기 때문이다. 그는 지금 카밀라 곁에 누워 있고, 자신이 그녀를 한없이 사랑한다는 걸 알고 있었다. 그러나 그의 생각은 딴 데 가 있었다. 그는 그녀 얼굴을 쓰다듬었다. 마치 측량할 길 없는 수백 킬로미터 멀리서 그녀를 쓰다듬듯이.

2부　　둘째 날

2부　　둘째 날

1

멋진 흰색 승용차 한 대가 온천 도시 외곽 주차장에(자동차들은 그 이상 들어갈 수 없었다.) 멈춰 서고 클리마가 내린 것은 아침 9시경이었다.

온천장 중심가 한가운데로 공원이 길게 펼쳐지고, 그 안으로 드문드문 심어 놓은 묘목들과 잔디밭, 모래 깔린 산책로, 그리고 페인트를 칠한 벤치들이 있었다. 그 양쪽으로 온천장 건물들이 서 있었다. 그중 하나인 카를 마르크스 관에 있는 간호사 루제나의 작은 방에서 트럼펫 주자는 그날 밤 숙명적인 두 시간을 보냈던 것이다. 카를 마르크스 관과 마주하는 공원 건너편에는 그 온천장에서 가장 아름다운 건물이 서 있었다. 웅장한 현관 앞 층계 위로 모자이크 작품이 하나 서 있고 대리석처럼 보이는 회반죽 장식으로 뒤덮인 20세기 초기 아르누보 스타일 건물로, 이곳에서 리치먼드 호텔이란 원래 이름을 그대로 간직할 수 있는 특권이 있는 유일한 건물이었다.

"베르틀레프 씨 아직 이 호텔에 있습니까?" 클리마가 수위에게 물었다. 그렇다는 대답을 들은 그는 붉은 양탄자를 따라 이 층까지 뛰어 올라가 문을 두드렸다.

방으로 들어갔을 때 그는 잠옷 바람으로 자신을 맞으러 나오는 베르틀레프를 보았다. 자신의 갑작스러운 방문에 대해 어색해하며 사과를 했으나 베르틀레프는 그의 말을 막았다.

"이것 봐요, 친구, 사과할 필요 없어요. 당신은 이런 아침 나절 이곳에선 아무도 내게 주지 않는 가장 큰 기쁨을 방금 내게 준 겁니다."

그는 클리마의 손을 잡으며 말을 이었다.

"이 나라에선 사람들이 아침을 소중히 할 줄 몰라요. 도끼질하듯 난폭하게 아침잠을 깨뜨리는 자명종으로 잠에서 깨지요. 그러고선 곧바로 끔찍하게 부산을 떨어 대는 거예요. 그런 폭력적인 행위로 시작된 하루가 도대체 어떨지 당신이라면 말할 수 있겠어요? 매일같이 잠에서 깨는 일이 하나의 작은 전기쇼크 같은 사람들에게 무슨 좋은 일이 일어날 수 있겠냐고요? 매일매일 폭력에 익숙해져 가고 매일매일 기쁨을 잊어 가지요. 정말이지 한 인간의 성격을 결정짓는 건 어떤 아침을 보내는가죠."

베르틀레프는 가볍게 클리마의 어깨를 잡아 안락의자에 앉힌 다음 계속했다.

"나는 아무 할 일 없는 이 아침 시간을 얼마나 좋아하는지 몰라요. 그래서 밤으로부터 낮으로, 잠으로부터 깨어 있는 삶으로 옮겨 가기 위해, 마치 멋진 조각품들이 늘어선 다리를 건너듯 천천히 이 시간을 보낸답니다. 지난밤 꿈들이 계속되고, 그 꿈속 모험이 낮 동안의 모험과 깊은 절벽에 의해 완전히 분리되는 게 아니라고 날 설득해 줄 그런 작은 기적, 갑작스러운 만남을 무척이나 기대하고 기뻐하는 그런 순간 이죠."

트럼펫 주자는 잠옷을 입은 채 방 안을 왔다 갔다 하며 희끗희끗해진 머리카락을 손으로 쓰다듬는 베르틀레프를 바라보았다. 낭랑한 그의 목소리에서는 지워 버릴 수 없는 미국 억양이, 그리고 그의 어휘에서는 뭔가 감미롭고도 고풍스러운 것이 느껴졌는데, 베르틀레프가 그의 모국에서는 한 번도 산 적 없이 단지 가족들에게서 모국어를 배웠기 때문에 쉽게 설명될 수 있는 부분이었다. 그는 이제 신뢰 어린 미소를 띠곤 클리마에게 몸을 기울이며 설명했다.

"그리고 그 누구도 말입니다, 이 온천 도시에서 그 누구도 나를 이해하지 못해요. 다른 점에서는 무척 친절한 간호사들 조차도 아침 식사를 같이하며 나와 즐거운 시간을 보내자고 청하면 화난 표정을 짓는답니다. 그래서 나는 모든 약속을 저녁때까지 미루어야만 해요. 하지만 그 시간에는 어쨌든 내가 좀 피곤해지지 않겠어요?"

그러고 그는 전화가 놓인 작은 탁자로 다가가며 물었다.

"언제 도착했습니까?"

"오늘 아침 자동차로요."

"분명 시장하시겠군요."라고 말한 다음 베르틀레프는 수화기를 들었다. 그는 아침 식사를 2인분 주문했다.

"삶은 달걀 네 개, 치즈, 버터, 크루아상, 우유, 햄, 그리고 홍차요."

그동안 클리마는 방을 둘러보았다. 커다랗고 둥근 테이블 하나, 의자 몇 개와 안락의자 하나, 거울 하나, 소파 두 개, 그리고 욕실과 작은 방으로 통하는 문이 있었는데, 그 방이 바로 베르틀레프의 침실인 것은 기억이 났다. 모든 것이 시작된 게 바로 여기, 이 호사스러운 아파트에서였다. 얼큰하게 취한 그의 악단 단원들이 자리를 잡고 앉았던 곳이 바로 이곳으로, 그들을 기쁘게 해 주기 위해 이 부유한 미국인은 몇몇 간호사를 같이 초대했던 것이다.

"그래요. 당신이 지금 보고 있는 그림은 지난번에는 여기 없었어요." 베르틀레프가 말했다.

바로 그제야 트럼펫 주자는 턱수염을 기른 한 남자 그림이 걸린 걸 알아차렸다. 그림 속 남자 머리에는 야릇한 옅은 푸른색 후광이 있었고 손에는 팔레트와 붓을 들고 있었다. 그림은 어설퍼 보였으나 트럼펫 주자는 어설프게 보이는 많은 그림들이 유명한 작품들임을 알고 있었다.

"누가 그렸나요?"

"나요."

"전 당신이 그림을 그리는 줄 몰랐습니다."

"난 그림 그리는 걸 무척 좋아해요."

"그런데 누구죠?" 트럼펫 주자가 대담하게 물었다.

"성 나사로."

"아니, 성 나사로가 화가였나요?"

"성서에 나오는 나사로가 아니라 서기 9세기 콘스탄티노플에 살았던 수도승인 성 나사로요. 내 수호성인이죠."

"아! 그래요." 트럼펫 주자가 말했다.

"참 흥미로운 성인이었어요. 그리스도를 믿는다는 이유로 이방인들에게 순교당한 게 아니라, 그림을 너무 좋아한다는 이유로 나쁜 기독교인들에게 순교당했죠. 아마 당신도 알겠지만 8~9세기 그리스 교회는 엄격한 금욕주의에 사로잡혀 그 어떤 세속적인 쾌락도 용납하지 않았어요. 회화와 조각도 불경스러운 즐거움의 대상이라고 여겼죠. 테오필루스 황제는 수많은 아름다운 그림들을 파괴하도록 명령을 내렸고, 또 내가 사랑하는 나사로에게 그림 그리는 것을 금지했어요. 그러나 나사로는 자기 그림들이 하느님을 찬양하는 방법 중 하나임을 알고 복종을 거부했답니다. 테오필루스는 그를 감옥에 가두고 고문하면서 그가 붓을 포기하도록 강요했지요. 하지만 하느님은 자비를 베푸시어 그에게 온갖 잔혹한 고문을 이겨 낼 수 있는 힘을 주셨던 겁니다."

"참 아름다운 이야기군요." 트럼펫 주자는 공손히 말했다.

"기막히지. 하지만 당신이 내 그림을 보러 온 건 분명 아니겠죠."

그 순간 노크 소리가 들리더니 웨이터가 커다란 쟁반을 들고 들어왔다. 그는 쟁반을 테이블 위에 내려놓은 다음, 두 사람을 위한 아침 식탁을 차렸다.

베르틀레프는 트럼펫 주자에게 앉으라고 청한 후 말했다.

"이 아침 식사가 우리 이야기를 중단시킬 정도로 그리 대단한 건 아니죠. 그러니 자, 당신 가슴속에 있는 말을 해 보세요."

바로 그렇게 해서 트럼펫 주자는 연신 음식을 씹어 대면서 자신에게 닥친 불상사를 이야기했으며, 그 이야기는 베르틀레프로 하여금 중간중간 날카로운 질문을 던지게 했다.

2

그는 특히 클리마가 왜 간호사에게 받은 두 그림엽서에 답장을 하지 않고 무시해 버렸으며, 왜 그녀 전화를 피했나, 그리고 그들이 함께 보낸 사랑의 밤을 감미롭고 은은한 메아리로 연장해 줬을 다정한 행동을 왜 단 한 번도 스스로 하지 않았는가 알고 싶어 했다.

클리마는 자신의 태도가 온당하지도 예의 바르지도 못했음을 인정했다. 하지만 그의 말에 따르면 자신도 어찌할 수 없었다는 것이다. 젊은 여자와의 모든 새로운 관계는 그에게 견딜 수 없는 혐오감을 줬던 것이다.

불만을 느낀 베르틀레프는 말했다.

"여자를 유혹하는 거, 그건 어떤 바보도 할 수 있어요. 하지만 관계를 끊을 줄도 알아야 해요. 바로 거기서 그 사람이 성숙한 남자인지 알아볼 수 있는 거죠."

트럼펫 주자는 그 말을 서글프게 인정했다.

"저도 압니다. 하지만 저에겐 그 혐오감, 도저히 극복할 수 없는 불쾌감이 그 어떤 좋은 의도들보다 더 강해요."

베르틀레프는 깜짝 놀라 말했다.

"아니, 그럼 당신은 여성 혐오자란 말입니까?"

"저에 대해 바로 그렇게들 말하더군요."

"하지만 어떻게 그게 가능하단 말이죠? 당신은 성불능이나 동성연애자처럼 보이지도 않는데."

"사실 양쪽 다 아닙니다. 훨씬 더 나쁘죠." 트럼펫 주자는 우울한 듯 고백했다.

"저는 제 아내를 사랑해요. 사람들 대부분이 전혀 이해할 수 없다고 하는 제 애정의 비밀이죠."

너무나도 감동적인 고백이어서 두 남자는 잠시 침묵을 지켰다. 그러고 나서 트럼펫 주자는 말을 이었다. "아무도 이 사실을 이해 못 해요. 그 누구보다 제 아내는 더욱 이해 못 하죠. 그녀는 위대한 사랑이 우리가 바람피우는 걸 포기하게 만든다고 생각해요. 하지만 잘못 생각하는 겁니다. 매순간 뭔가가 저를 다른 여자에게 접근하도록 만들어요. 그러나 그 여자를 소유하는 순간, 마치 다시 아내 카밀라 곁으로 저를 되던져 버리는 어떤 강력한 반동에 실린 것처럼 그 여자에게서 떨어져 나가게 되죠. 그래서 제가 다른 여자들을 찾는다면, 그건 단지 매번 새로 부정을 저지를 때마다 더욱더 사랑하게 되는 제 아내에게로 저를 이끌어 주는 이 반동과 약동, 그리고 (다정함과 욕망, 겸손에 가득 찬) 이 찬란한 비상 때문이라는 느낌을 종종 받아요."

"그러니까 루제나 간호사는 당신에게 단지 아내에 대한
당신 사랑을 확인시켜 줬을 뿐이다?"

"그렇습니다. 그것도 극도로 기분 좋은 확인이죠. 왜냐하
면 루제나 간호사는 처음 볼 땐 무척 매력적이거든요. 그리
고 그 매력이 두 시간 후에는 완전히 다 사라진다는 것 또한
아주 유리하죠. 즉 어떤 것도 오랫동안 그녀에게 빠져 있게
하지 않고, 또 그 반동으로 멋진 귀로의 궤도 위로 쏘아 주니
까요."

"이봐요, 친구, 지나친 사랑은 비난받을 만한 사랑이에요.
그런데 당신이 그 최악의 증거인 것 같군요."

"전 제 아내에 대한 사랑이 제 유일한 장점이라고 생각했
는데요."

"당신이 틀렸어요. 아내에 대한 당신의 그 지나친 사랑은
당신의 냉담함을 상쇄해 주는 반대 극점이 아니라 바로 그
냉담함의 원천이에요. 당신 부인이 당신에게 전부라는 사실
은 바로 다른 모든 여자들은 당신에게 아무것도 아니라는 거
고, 달리 말하면 당신에겐 창녀들이란 거죠. 그런데 그건 하
느님이 창조하신 피조물에 대한 심한 모독이고 크나큰 멸시
인 겁니다. 이봐요, 친구, 그런 사랑은 일종의 이단이에요."

<h1 style="text-align:center">3</h1>

베르틀레프는 빈 찻잔을 밀치고 테이블에서 일어나 욕실로 들어갔다. 물 흐르는 소리에 이어 잠시 후 베르틀레프의 목소리가 들려왔다.

"당신은 우리에게 태아를 죽일 권리가 있다고 생각하나요?"

조금 전, 후광을 받고 있는 턱수염 난 남자 초상화를 봤을 때 클리마는 이미 당황했었다. 그는 베르틀레프가 쾌활한 낙천가라고 기억했지, 신앙인일 수 있으리라고는 결코 생각하지 않았던 것이다. 이제 곧 한바탕 설교를 들을 것이며 이 온천 도시라는 사막에서 그의 유일한 오아시스가 곧 모래로 뒤덮이리라는 생각에 그의 가슴은 죄어 왔다. 그는 목멘 소리로 대답했다.

"당신도 그걸 살인이라고 부르는 자들 편인가요?"

베르틀레프는 금방 대답하지 않았다. 마침내 욕실에서 나왔는데 외출복을 입고 머리는 정성껏 손질한 모습이었다.

"살인이라는 말에선 너무 전기의자 냄새가 나는군요. 내가 하려는 말은 그런 게 아니었어요. 난 말이에요, 우리에게 주어진 인생을 그대로 받아들여야 한다고 믿어요. 십계명보다 앞서는 첫 번째 계명이죠. 모든 사건은 하느님 손안에 있고 우리는 그게 어떻게 될지 전혀 몰라요. 그 말인즉 우리에게 주어진 인생을 그대로 받아들인다는 건 바로 예상할 수 없는 것을 받아들인다는 의미지요. 그리고 아이란 바로 그 예상할 수 없는 것의 진수지요. 아이란 예상할 수 없는 것 자체예요. 당신은 그 아이가 무엇이 될지, 당신에게 무엇을 가져다줄지 모르는 겁니다. 그 아이를 받아들여야 하는 건 바로 그 때문이죠. 그렇지 않으면 당신은 단지 절반만 사는 셈이에요. 진짜 바다는 저 멀리 발이 닿지 않는 바로 거기서 비로소 시작되는데도 얕은 물가에서만 첨벙거리며 돌아다니는, 수영도 할 줄 모르는 사람처럼 당신은 그렇게 사는 거지요."

트럼펫 주자는 그 아이는 자기 아이가 아니라고 지적했다.

"그렇다고 인정합시다. 그러나 당신 역시 솔직히 이것만은 인정해야 할 거예요. 만약 그 아이가 당신 아이라 해도 당신은 마찬가지로 루제나를 설득해서 낙태하려고 할 거란 사실 말입니다. 당신은 당신 부인 때문에, 그리고 부인에 대한 그 비난받을 만한 당신 사랑 때문에 그렇게 하겠지요."

"그래요. 저도 인정합니다. 상황이 어떠하건 전 그녀에게 낙태를 강요할 겁니다." 트럼펫 주자가 말했다.

베르틀레프는 욕실 문에 등을 기대고 미소를 지었다.

"당신을 이해해요. 그러니 당신 생각을 바꾸려 하지는 않겠어요. 난 이 세상을 개선하려 하기에는 너무 늙었으니까. 난 단지 내 생각을 말했을 뿐이에요. 당신이 내 믿음과 반대로 행동한다 해도 난 당신 친구로 지낼 겁니다. 그리고 당신 생각에 동의하지는 않지만 당신을 도와주겠어요."

마치 현명한 예언자 같은 부드러운 목소리로 방금 이 마지막 말을 한 베르틀레프를 트럼펫 주자는 한참 쳐다보았다. 그는 베르틀레프가 감탄할 만하다고 생각했다. 그가 말한 모든 게 하나의 전설이며 우화, 예시, 발췌된 한 장의 현대판 복음서가 될 수 있으리라는 느낌이었다. 그는 그에게 깊이 머리를 숙이고 싶었다.(그를 이해하자. 그는 감격했기에 당연히 과장된 행동을 할 입장이었던 것이다.)

베르틀레프는 되풀이했다.

"최선을 다해 당신을 돕겠어요. 잠시 후 내 친구 슈크레타 의사를 만나러 갑시다. 그는 당신을 위해 이번 일의 의학적인 부분을 해결해 줄 거예요. 하지만 내게 설명해 보세요. 어떻게 싫어하는 결심을 하도록 루제나를 유도할지 말입니다."

4

트럼펫 주자가 자기 계획을 제시했을 때 베르틀레프는 말
했다.

"그 이야기를 들으니 파란만장했던 젊은 시절 내가 겪은
일이 생각나는군요. 그때 나는 부두에서 하역부로 일했는데,
그 부두에는 우리에게 간단한 먹을거리를 팔던 아가씨가 있
었어요. 그녀는 너무 착해서 그 누구에게 어떤 것도 거절할
줄 몰랐어요. 하지만 안타깝게도, 그런 마음씨와 (육체의) 호
의는 고마운 마음을 품게 하기보다는 남자들을 난폭하게 만
들지요. 그래서 그녀에게 정중하고 친절하게 대해 주면서도
그녀와 자지 않은 건 나뿐이었어요. 그런데 내 친절함 때문
에 그녀는 날 사랑하게 됐죠. 만약 내가 그녀와 끝내 자지 않
았더라면, 난 그녀를 괴롭히고 또 그녀에게 모욕감을 줬을
겁니다. 하지만 같이 잔 것은 단 한 번뿐이었어요. 그리고 나

는 곧바로 그녀에게 설명했죠. 나는 앞으로 깊이, 정신적으로 그녀를 사랑할 것이다, 하지만 우리는 더 이상 육체 관계의 연인은 될 수 없다고 말입니다. 그녀는 울음을 터뜨리더니 달려가 버렸어요. 그 후 그녀는 내게 인사도 하지 않고 예전보다 더 보란 듯이 다른 남자들과 자는 거예요. 그러고 나서 두 달이 지났을 때 그녀는 내 아이를 가졌다고 알렸죠.”

“그럼 당신도 저와 똑같은 상황에 빠졌단 말입니까?” 트럼펫 주자가 외쳤다.

“이봐요, 친구, 당신에게 일어난 일은 이 세상 모든 남자들의 공동 몫이라는 걸 모르겠어요?”

“그래서 어떻게 했습니까?”

“나는 당신이 하려고 하는 바로 그대로 행동했어요. 하지만 한 가지 다른 점이 있었지. 당신은 루제나를 사랑하는 척하려는 거지만 나는 정말 그 아가씨를 사랑했어요. 나는 모든 사람들로부터 모욕받고 멸시받는 한 가련한 피조물을 내 앞에서 보았죠. 그 가련한 피조물에게 이 세상에서 단 한 사람만이 친절을 베풀어 줬고 그녀는 그 친절을 잃고 싶지 않았던 거예요. 나는 그 아가씨가 나를 사랑한다는 것을 깨달았어요. 그리고 그녀가 할 수 있는 그런 식으로, 그녀가 처한 그 비천함에서 나온 그런 천진난만한 방법으로 사랑을 표현했다고 그녀를 원망할 수가 없었어요. 그래서 그녀에게 ‘나는 당신이 다른 사람 아이를 가진 것을 알아. 하지만 당신이 나를 사랑하기 때문에 그런 술책을 썼다는 것 역시 알아. 그러니 난 당신 사랑을 내 사랑으로 보답하고 싶어. 그 아이가

누구 아이든 내겐 그리 중요하지 않으니 당신이 원한다면 당
신과 결혼하겠어.'라고 했지."

"미친 짓이었네요."

"하지만 세심하게 준비된 당신 작전보다 아마 더 효과적
일 거예요. 내가 그 어린 창녀에게 그녀를 사랑한다고, 아이
와 함께 결혼하겠다고 여러 번 되풀이하자 그녀는 눈물을 흘
리며 날 속였다고 고백했지. 나의 호의에 그녀는, 자기가 나
와 어울릴 만한 가치가 없으며 결코 나와 결혼할 수 없을 거
라는 걸 깨달았다고 말했어요."

트럼펫 주자는 생각에 잠겨 잠자코 있었으며 베르틀레프
는 덧붙였다.

"이 이야기가 당신에게 하나의 교훈이 된다면 기쁠 거예
요. 당신이 그녀를 사랑한다고 믿게 하려 하지 말고 진짜 그
녀를 사랑하려고 해 봐요. 그녀를 동정하려고 해 봐요. 비록
그녀가 당신을 속인다 할지라도 그 거짓말 속에서 당신에 대
한 사랑의 한 형태를 보도록 노력하세요. 그랬을 때 그녀는
당신의 강한 호의에 못 이겨 당신에게 피해가 가지 않도록
그녀 스스로 모든 조처를 취할 거라고 확신합니다."

베르틀레프의 이야기는 트럼펫 주자에게 강한 인상을 주
었다. 그러나 그가 마음속으로 루제나를 좀 더 생생하게 그
려 보자마자 베르틀레프가 암시한 사랑의 길은 그가 실행할
수 없음을, 그리고 그건 성자들의 길이지 보통 사람의 길은
아님을 깨달았다.

5

  루제나는 온천장 중앙홀 작은 테이블에 앉아 있었다. 홀에서는 여자들이 온천 요법을 받은 후 벽을 따라 쭉 놓인 침대에서 쉬고 있었다. 방금 그녀는 새로 온 두 여자 환자로부터 진료 카드를 받았다. 그녀는 거기에 날짜를 기입한 다음 두 여자에게 옷장 열쇠와 수건 한 장, 그리고 커다란 흰색 시트를 한 장씩 주었다. 그러고 나서 손목시계를 본 다음 홀 안 온천탕 쪽으로 갔다.(타일을 깐 홀은 뜨거운 수증기로 가득 차 있어 그녀는 흰 가운만 한 장 걸치고 있었다.) 탕에는 스무여 명의 여자들이 벌거벗은 채 기적의 온천물 속에서 첨벙거리고 있었다. 그녀는 그중 세 명의 이름을 불러 예정된 목욕 시간이 다 되었다고 알렸다. 그 부인들은 순순히 욕탕에서 나와 물이 뚝뚝 떨어지는 큼직한 젖가슴을 흔들어 대며 루제나 뒤를 따라 침대들이 놓인 곳으로 가 누웠다. 루제나는 한 사람씩 시트로 감싼 뒤 수건으로 그들 눈의 물기를 닦아 주고 따뜻한 이불을 덮어 주었다. 부인들은 루제나에게 미소를 지어 보였으나 그녀는 그 미소에 답하지 않았다.

매년 여자들 만여 명이 몰려올 뿐, 젊은 남자라고는 사실상 단 한 명도 오지 않는 소도시에서 태어나는 건 분명 유쾌한 일이 아니다. 그곳에 사는 여자라면, 자신이 거주지를 옮기지 않는 한 평생 자신에게 어떤 애정 생활이 주어질지 그 모든 가능성에 대한 정확한 청사진을 열다섯 살만 되면 그려 볼 수 있었다. 하지만 어떻게 거주지를 옮긴단 말인가? 그녀가 일하는 온천장은 자기 직원들이 빠져나가도록 순순히 내버려 두지 않았으며, 또 루제나의 부모는 그녀가 이사를 조금이라도 암시할 것 같으면 맹렬히 반대했다.

그랬다. 어쨌든 자신의 직업적 의무를 성실히 다하려고 나름 무척 애를 쓰는 이 젊은 여자는 요양 온 여자들에게 조금도 애정을 느낄 수 없었다. 그 이유로 세 가지를 들어 볼 수 있다.

첫째는 질투다. 비록 루제나의 젖가슴이 더 예쁘고 다리가 더 날씬하며 이목구비도 더 반듯하지만, 이 여자들은, 그녀로선 결코 도달할 수 없는 수천 가지 가능성이 널려 있으리라 상상되는 세계를, 남편들을, 연인들을 떠나 여기로 온 것이다.

질투 외 두 번째로 조바심이 있다. 즉 이 여자들은 각자 아득한 자기네 운명에 따라 이곳에 왔으나, 그녀는 작년이나 올해나 똑같이 아무런 운명도 없이 그냥 이곳에 있다. 그녀는 이 좁은 마을에서 아무런 사건도 없는 세월을 보낸다는 생각에 소름이 끼쳤으며, 아직 젊지만 자기가 인생을 시작하기도 전에 인생이 자기로부터 멀어져 갈 거라는 생각이 끊임없이 드는 것이었다.

세 번째로, 이 여자들 무리가 그녀에게 불러일으키는 본능적인 혐오감이다. 다수라는 상황은 개인으로서의 여자 가치를 현저히 떨어뜨린다. 그녀 주위로 여자들의 젖가슴이 넘쳐나는 서글픈 상황에서 그녀의 젖가슴같이 예쁜 것도 그 가치를 잃고 마는 것이다.

그녀가 그 세 부인 가운데 마지막 부인을 미소도 없이 시트로 막 감쌌을 때 깡마른 그녀의 동료가 홀로 머리를 내밀고선 외쳤다.

"루제나, 전화!"

그녀의 표정이 어찌나 엄숙한지 루제나는 누가 전화했는지 금방 알아챘다. 상기된 얼굴로 그녀는 탈의실 뒤쪽으로 가서 수화기를 들고 자기 이름을 말했다.

클리마가 자신을 밝히며 언제 자기와 만날 시간이 나는지 물었다.

"3시에 일이 끝나. 4시에는 만날 수 있어."

그리고 약속 장소를 정해야 했다. 루제나는 온종일 문을 여는 커다란 온천장 술집을 제안했다. 그녀 옆에 붙어 서서 그녀 입술을 지켜보던 깡마른 동료가 잘했다고 머리를 끄덕였다. 트럼펫 주자는 단둘이 있을 수 있는 호젓한 곳에서 루제나를 보고 싶다며 어딘가 온천장 밖으로 드라이브 가자고 했다.

"그럴 필요 없어. 도대체 어디로 가고 싶은 거야!"

"단둘이 있으면 좋잖아."

"나와 함께 있는 게 창피하다면 만날 필요도 없어."

루제나가 말했고, 그녀의 동료가 바로 그래야 된다는 듯 고개를 끄덕였다.

"그런 게 아니야. 그럼 그 술집 앞에서 4시에 기다릴게."

루제나가 수화기를 내려놓자 깡마른 여자가 말했다.

"잘했어. 그는 어딘가 다른 사람들 없는 데서 몰래 널 만나고 싶은 거야. 하지만 넌 가능한 많은 사람들이 너희 둘을 보도록 해야 해."

루제나는 아직 무척이나 신경이 곤두서 있었으며 그와 만날 일이 겁났다. 그녀는 더 이상 클리마의 모습이 기억나지 않았다. 그의 외모와 미소, 태도가 어땠는지? 그와의 단 한 번 만남에서 남은 것이라곤 무척이나 희미한 기억뿐이었다. 그 당시 그녀 동료들은 트럼펫 주자에 대해 질문을 퍼부었다. 그녀들은 그가 어땠는지, 무슨 말을 했으며 일단 옷을 벗었을 때 어떤 모습이었는지, 그리고 그와의 잠자리는 어땠는지 알고 싶어 했다. 하지만 그녀는 그 어떤 것도 말해 줄 수가 없었다. 그래서 그녀는 '꿈만 같았다.'라고 되풀이했을 뿐이다.

그냥 상투적인 표현이 아니었다. 그녀가 한 침대에서 두 시간을 함께 보낸 남자는 포스터에서 내려와 그녀와 결합했던 것이다. 그의 사진은 잠시 체온과 무게를 갖는 삼차원 현실에 머물다 다시 생기 없고 비물질적인 하나의 영상으로, 복사판 수천 장으로 재생된, 그래서 더욱더 추상적이고 비현실적인 하나의 영상으로 되돌아갔던 것이다.

그런데 그때 그가 너무나 빨리 그녀에게서 달아나 포스터 속 모습으로 되돌아갔기 때문에 그녀는 그의 완벽함이 불쾌했다. 그를 좀 더 낮추어 보다 친밀한 존재로 만들 수 있을, 그녀가 매달릴 수 있는 구체적 사실이 그녀에겐 단 하나도 없었다. 그가 멀리 있었을 때 그녀는 싸우겠다는 열정으로 가득 찼으나, 그의 존재가 가까이 느껴지는 지금 용기가 다 사라지고 말았다.

"마음 단단히 먹어. 일이 잘되도록 내가 빌어 줄게."

깡마른 여자가 말했다.

6

클리마가 루제나와 통화를 마치자, 베르틀레프는 클리마의 팔을 잡고 슈크레타 의사의 진료실과 아파트가 있는 카를 마르크스 관으로 갔다. 몇몇 여자들이 대기실에 앉아 있었으나 베르틀레프는 곧장 진료실 문으로 가서 짧게 네 번 노크했다. 잠시 후 긴 코에 안경을 쓰고 하얀 가운을 입은 키 큰 남자가 나타났다. 그는 대기실에 앉아 기다리는 여자들에게 "잠깐 실례하겠습니다."라고 말하고는 그들을 데리고 복도로 나와 위층 그의 아파트로 안내했다.

셋 모두 자리를 잡고 앉았을 때 슈크레타 의사가 트럼펫 주자에게 물었다.

"음악가 선생, 어떻게 지내십니까? 언제 다시 여기서 연주회를 할 겁니까?"

"제 평생 다시는요, 이 온천 도시에선 재수가 없으니까요."

클리마가 대답했다.

베르틀레프는 트럼펫 주자에게 무슨 일이 일어났는지 슈크레타 의사에게 설명했다. 그리고 클리마가 덧붙였다.

"당신이 절 좀 도와줬으면 해요. 우선 그녀가 정말 임신을 했는지 알고 싶어요. 단지 그게 좀 늦는 걸 거예요. 아니면 연극을 하는 거든지요. 전에도 그런 일이 한 번 있었어요. 그때도 금발이었어요."

"금발하고는 어떤 일도 해서는 안 돼요." 슈크레타 의사가 말했다.

"당신 말이 맞아요." 클리마가 동조하며 계속했다. "금발들이 제겐 말썽이에요. 의사 선생님, 그때는 정말 끔찍했어요. 저는 그녀에게 의사 검진을 받아 보라고 우겼죠. 임신 초기에는 아직 어떤 것도 확신할 수 없으니까요. 그래서 전 생쥐 테스트를 하도록 고집했죠. 여자의 소변을 생쥐 암컷에게 주사한 다음 그 난소가 부으면……."

"그 여성은 임신한 거죠." 슈크레타 의사가 덧붙였다.

"그녀는 아침에 눈 소변을 작은 유리병에 담아 갔는데 저도 함께 갔죠. 그런데 막 병원 앞에 도착했을 때 그녀가 그 병을 인도 위에 떨어뜨린 거예요. 전 다만 몇 방울이라도 건지려고 깨진 병 조각으로 달려들었죠. 제 모습을 보고 사람들은 그녀가 성배(聖杯)라도 떨어뜨린 줄 알았을 거예요. 그녀는 병을 일부러 깼던 겁니다. 자기가 임신하지 않은 걸 알고 있었으니까요. 가능한 오랫동안 나를 고문하고 싶었던 거죠."

“금발의 전형적인 태도죠.” 슈크레타 의사는 태연하게 말했다.

“당신은 금발 여자들과 갈색 머리 여자들 사이에 차이가 있다고 생각하나요?”

슈크레타 의사의 여성 편력에 회의적이던 베르틀레프가 물었다.

“그럼요!” 슈크레타 의사가 말했다. “금발과 까만 머리는 인간 본성의 두 극이에요. 까만 머리는 정력과 용기, 정직, 행동을 의미하는 반면 금발은 여성스러움, 부드러움, 나약함, 그리고 수동성을 상징하지요. 따라서 금발 아가씨는 사실상 이중으로 여자란 말입니다. 공주는 금발일 수밖에 없어요. 또 바로 이런 이유로 여자들은 가능한 여성스러워 보이기 위해 머리를 노란색으로 물들이지 절대로 까만색으로 물들이지는 않거든요.”

“색소들이 어떻게 인간 심성에 영향을 끼칠 수 있는지 무척 알고 싶군요.”

베르틀레프는 의심스럽다는 듯 말했다.

“색소 문제가 아니에요. 금발 아가씨는 무의식적으로 자기 머리색에 적응하는 거죠. 특히 까만 머리를 노랗게 물들인 금발 아가씨일 경우 더욱더 그래요. 그녀는 자기 머리색에 충실하려고 하며 마치 연약한 존재처럼, 경박한 인형처럼 행동하지요. 그리고 그녀는 다른 사람에게 애정과 봉사, 아첨을 요구하고 또 자신을 부양해 줄 것을 강요하죠. 그 어떤 것도 혼자서는 할 수 없어요. 겉으로는 무척 섬세하지만 속은 상스럽기 그지없죠. 만약 까만 머리가 전 세계적으로 유행한다면 훨씬 살기 좋은 세상이 될 겁니다. 우리가 일찍이 완수하지 못했던 가장 유익한 사회 개혁이 될 거라고요."

"그렇다면 루제나 역시 내게 연극을 하는 걸 수도 있군요."

클리마는 슈크레타 의사의 말에서 뭔가 희망의 근거를 찾으려 애쓰며 끼어들었다.

"그건 아니에요. 내가 어제 그녀를 검사했어요. 임신이에요."

베르틀레프는 트럼펫 주자의 얼굴이 창백해진 걸 알아채고는 말했다.

"의사 선생, 낙태를 허가하는 위원회를 주관하는 게 바로 당신이지요?"

"그래요. 이번 금요일에 회의가 있어요."

"참 잘됐군요." 베르틀레프가 말했다. "시간을 끌 수 없어요. 이 친구 신경이 너무 곤두서 있으니까요. 이 나라에선 쉽게 낙태를 허용하지 않는다는 건 나도 알지요."

슈크레타 의사가 말했다.

"절대로 쉽지 않죠. 그 위원회에는 저 외에 인민의 권력을 대표하는 (끔찍한) 여자가 둘 있어요. 엄청나게 못생겼는데, 우리 앞에 나오는 모든 여자들을 증오하지요. 이 세상에서 가장 격렬한 여성 혐오자들이 누군지 아십니까? 바로 여자들입니다. 그 어떤 남자도, 이미 두 여자로부터 임신을 시켰다는 누명을 뒤집어쓰게 된 클리마 씨조차도, 여자들 자신이 같은 여자에 대해 품는 만큼 증오를 느꼈던 적은 결코 없을 겁니다. 여자들이 무엇 때문에 우리를 유혹한다고 생각하십니까? 오직 자기네 동료들에게 도전하고 모욕을 주기 위해서죠. 하느님은 인류가 불어나길 원했기 때문에 여자들 가슴에 다른 여자들에 대한 증오심을 불어넣어 준 겁니다.”

“우리 친구 일이 급하니까 당신 이야기는 그 정도로 하죠. 어쨌든 그 위원회에서 결정을 내리는 건 바로 당신이고 그 흉측한 여자들은 당신 결정에 따르는 거죠.”

“물론 내가 결정을 내리지요. 하지만 어쨌든 나는 더 이상 그 일을 맡고 싶지 않아요. 돈 한 푼 생기지 않는 일이거든요. 그런데 음악가 선생, 당신은 예를 들어 콘서트 한 번에 얼마나 버나요?”

클리마가 언급한 액수는 슈크레타 의사의 마음을 사로잡았다. 의사는 말했다.

“나도 음악을 해서 수입을 좀 늘려야 할 거라고 종종 생각해요. 내 드럼 실력은 그리 나쁘지 않아요.”

“당신이 드럼을 친다고요?” 클리마는 억지로 관심을 나타내며 말했다.

“그래요. 이곳 인민회관에 피아노 한 대와 드럼이 있어요. 틈나는 대로 드럼을 치죠.”

슈크레타 의사가 말했다.

“대단하군요!” 의사의 비위를 맞춰 주게 되어 기쁜 트럼펫 주자가 외쳤다.

“하지만 진짜 악단을 만들기에는 같이 연주할 사람들이 부족해요. 그냥 그런대로 피아노를 치는 약사 한 명이 있을 뿐이죠. 우리 둘이서는 여러 번 쳐 봤어요." 그는 잠시 말을 멈추더니 뭔가를 생각하는 듯했다. "이봐요! 루제나가 위원회에 나올 때 말이죠……."

클리마는 깊은 한숨을 내쉬었다.

"제발 그렇게만 된다면……."

슈크레타 의사는 초조한 몸짓으로 말했다.

"그녀도 다른 여자들처럼 기꺼이 나올 거예요. 그러나 위원회 원칙상 아이 아버지도 출석해야 하니 당신도 같이 나와야 할 겁니다. 그런데 당신이 별 볼일 없는 그 일 하나 때문에 여기까지 오기도 뭣하니, 그 전날 여기 도착해서 그날 저녁 같이 콘서트를 여는 겁니다. 트럼펫, 피아노, 드럼. '삼인조 오케스트라'죠. 포스터에 당신 이름이 있으면 홀은 가득 찰 거예요. 어떻게 생각해요?"

클리마는 자기 콘서트의 질적인 문제에 언제나 극도로 까다로웠다. 그러므로 겨우 이틀을 앞두고 콘서트를 열자는 의사의 제안은 그에게 너무나 어처구니없이 보였을 것이다. 하지만 지금 그의 관심은 오직 한 간호사의 배 속에만 있었기에 그는 의사의 질문에 예의 바르게 감탄을 해 댔다.

"그거 멋지겠는데요!"

"정말입니까? 당신도 찬성하는 거죠?"

"물론이죠."

슈크레타는 베르틀레프를 향해 물었다.

"당신 생각은 어떻습니까?"

"아이디어는 무척 훌륭해 보이는군요. 다만 당신들이 어떻게 이틀 만에 모든 걸 준비할 수 있을지 모르겠군요."

대답 대신 슈크레타는 자리에서 일어나 전화기 쪽으로 갔다. 다이얼을 돌렸으나 아무도 받지 않았다. 그는 말했다.

"가장 중요한 건 당장 포스터를 준비하는 겁니다. 불행히도 담당 비서가 점심 먹으러 나갔나 봅니다. 홀을 빌리는 문제는 누워서 떡 먹기죠. 이번 목요일 그 홀에서 인민교육협회가 금주(禁酒) 캠페인을 벌이죠. 강연하는 사람이 바로 제 동료예요. 제가 그에게 건강 핑계로 강연을 취소하라고 하면 무척 기뻐할 거예요. 물론 셋이서 함께 연습할 수 있게 당신은 목요일 아침에 여기 도착해야 할 겁니다. 그럴 필요가 없는 게 아니라면요?"

"물론이죠. 필수적이에요. 미리 연습해야죠." 클리마가 말했다.

"제 생각도 그래요." 슈크레타가 동의했다. "우리 가장 그럴듯한 레퍼토리를 연주하도록 합시다. 난 「세인트루이스 블루스」와 「성자들의 행진」 드럼 연주를 멋지게 해요. 독주곡도 몇 곡 연습해 놓은 게 있는데, 당신이 어떻게 생각할지 궁금하군요. 오늘 오후에 시간 있어요? 한번 같이 해 보지 않겠어요?"

"불행히도 오늘 오후 전 루제나가 낙태를 하도록 설득해야 해요."

슈크레타는 초조한 듯했다.

"그 일은 잊어버려요. 그렇게 애원 안 해도 그녀는 그렇게 할 겁니다."

"의사 선생님, 목요일에 합시다." 클리마는 간청하듯이 말했다.

베르틀레프가 중간에 끼어들었다.

"내 생각에도 당신이 목요일까지 기다리는 게 나을 것 같군요. 오늘 이 친구는 음악에 신경을 쓸 수가 없을 겁니다. 게다가 트럼펫도 가져오지 않았을 거고요."

"그 말도 맞군요." 슈크레타도 인정했다. 그리고 그는 두 친구를 맞은편 레스토랑으로 데려가려 했다. 그러나 그들은 길에서 슈크레타의 간호사와 마주쳤으며, 그녀는 의사에게 진료실로 돌아가자고 간청했다. 의사는 친구들에게 미안하다며 간호사가 이끄는 대로 자기 불임환자들 곁으로 돌아갔다.

7

약 육 개월 전 루제나는 이웃마을 부모님 집을 떠나 이곳 카를 마르크스 관에 있는 작은 방으로 이사했다. 그녀는 이 독립된 방에 대해 뭔가 막연한 것을 기대했다. 그러나 그녀는 자신이 꿈꾼 것만큼 자기 방과 자유를 유쾌하고 신나게 즐기지 못하고 있음을 깨달았다.

그날 오후 3시쯤 온천장에서 돌아왔을 때, 그녀는 자기 아버지가 소파에 파묻혀 자기를 기다리고 있는 것을 보고 기분이 언짢았다. 그녀는 머리를 매만지고, 무슨 옷을 입을까 세심하게 옷을 고르며 온통 몸치장에만 신경을 쓰고 싶었기 때문에 아버지의 갑작스러운 방문이 전혀 반갑지 않았다.

"여기서 뭐 하세요?"

그녀는 언짢은 기분으로 물었다. 그녀는 수위에게 화가 났다. 수위는 그녀 아버지를 안다는 이유로 그녀가 없을 때면 언제나 냉큼 방문을 열어 주는 것이었다.

"잠시 시간이 났어. 오늘 시내에 행사가 있어서."

그녀의 아버지는 공공질서 자원봉사자 협회 회원이었다. 온천장 의료진들은 팔뚝에 완장을 차고 거드름을 피우며 거리를 돌아다니는 이 늙은이들을 비웃었기 때문에 루제나는 자기 아버지가 하는 활동이 창피했다.

"좋을 대로 하세요." 그녀는 투덜댔다.

"넌 네 아비가 평생 허송세월 한번 보내지 않았고, 또 그러지 않으리라는 걸 기쁘게 생각해야 해. 우리 늙은이들은 말이다, 아직 우리가 뭘 할 수 있는지 젊은이들에게 보여 주려고 한다."

루제나는 아버지가 이야기하도록 내버려 두고 옷 고르는 일에 신경을 쓰는 게 더 좋겠다고 생각했다. 그녀는 옷장을 열었다.

"아버지 같은 분들이 무슨 일을 하실 수 있는지 정말 알고 싶군요."

"많고말고. 얘야, 여긴 국제적인 온천 도시야. 그런데 이 꼴이 뭐니! 애들은 잔디밭을 뛰어다니고……."

"그래서요?" 그녀는 자기 옷을 뒤적이며 말했다. 마음에 드는 옷이 하나도 없었다.

"그것도 애들만 있다면야……. 하지만 개들까지 그러고 다니니! 시의회는 오래전부터 개는 반드시 주둥이에 마개를 하고 줄에 묶여서만 밖으로 나올 수 있다고 규정했어. 하지만 이곳에선 아무도 지키지 않는단 말이야! 모두 자기 멋대로야. 너도 공원을 한번 보기만 하면 다 알 수 있잖니!"

루제나는 옷을 한 벌 꺼내 반쯤 열린 옷장 문 뒤에 몸을 가린 채, 입고 있던 옷을 벗기 시작했다.

"그것들은 아무 데서나 오줌을 싸. 심지어는 애들 놀이터인 모래밭에서도! 어린애가 놀다가 그 위에 과자를 떨어뜨린다고 한번 상상해 봐! 그리고 나서 사람들은 별의별 병이 다 있다고 야단법석이란 말이야! 자, 밖을 한번 내다보기만 하면 돼!"

아버지는 창문 쪽으로 다가가며 덧붙였다.

"바로 이 순간에도 제멋대로 돌아다니는 개가 네 마리나 된다고."

루제나는 다시 거울 앞에 서서 자기 모습을 찬찬히 살펴보았다. 하지만 작은 벽거울 하나밖에 없어서 겨우 허리까지만 보였다.

"아니, 내 말에는 관심도 없는 거냐?"

"아뇨, 관심 있어요." 그녀는 그 옷에 자기 다리가 어울리나 보려고 발끝을 세운 채 거울에서 뒤로 물러서며 대답했다. "하지만 화내지 마세요. 전 지금 약속이 있어요. 그리고 시간도 없고요."

"난 경찰개나 사냥개만 인정한다." 아버지가 말했다. "하지만 집에서 그냥 개를 키우는 사람들을 난 이해할 수가 없다. 조만간 여자들은 애는 낳지도 않고 요람 속에는 털이 북슬북슬한 강아지들이나 있을 거야!"

루제나는 거울에 비친 모습이 불만스러웠다. 다시 옷장으로 다가가 더 잘 어울릴 옷을 찾기 시작했다.

"우리는 한 건물에 사는 모든 주민들이 주민회의에서 동의할 경우에만 개를 키울 수 있게 결정했다. 게다가 개를 키울 경우 세금을 올릴 거야."

"정말 심각한 걱정거리군요."

루제나가 말했다. 그녀는 더 이상 부모 집에서 살지 않는 게 기뻤다. 어린 시절부터 아버지는 숱한 설교와 명령으로 그녀를 지긋지긋하게 했다. 그녀는 그와 다른 언어를 사용하는 사람들의 세계를 동경했다.

"비웃을 것 없다. 개는 정말 심각한 문제야. 그리고 나 혼자만이 아니라 최고위 간부들 역시 그렇게 생각해. 무엇이 중요한지 아닌지 네게 묻는 건 아마 잊은 모양이구나. 하지만 분명 너는 대답하겠지. 세상에서 가장 중요한 건 네 옷이라고."

그는 자기 딸이 다시 옷장 뒤로 몸을 숨기고 옷을 갈아입는 것을 보고 말했다.

"물론 제 옷이 아빠 개들보다 중요하죠."

그녀는 대꾸했다. 그러고는 다시 한 번 거울 앞에서 발끝을 들어 보았다. 이번에도 역시 자기 모습이 마음에 들지 않았다. 그러나 자신에 대한 이 불만은 서서히 반항으로 변해 갔다. 그녀는 트럼펫 주자가 있는 그대로의 자기를, 이런 싸구려 옷을 입고 있더라도 그대로 받아들여야 한다고 심술궂게 생각했다. 그리고 그런 생각에서 야릇한 만족감을 느꼈다.

아버지가 계속했다.

"위생 문제야. 개들이 인도에다 똥을 싸 대는 한 우리 도
시들은 결코 깨끗해지지 않을 거다. 그리고 또 도덕적 문제
야. 사람들을 위해 세운 건물 안에서 개들을 안고 얼러 대는
건 도저히 받아들일 수가 없어."

루제나가 전혀 짐작하지 못한 일이 일어나고 있었다. 즉
그녀의 반항이 은밀하게, 또 자신도 깨닫지 못하는 사이에
아버지의 분노와 뒤섞이고 있었다. 그녀는 조금 전 아버지에
대해 느꼈던 그 강렬한 혐오감을 더 이상 느끼지 않았다. 그
반대로 격렬한 그의 말 속에서 그녀는 자신도 모르게 에너지
를 끌어내고 있었다.

"우리는 한 번도 집에서 개를 키워 본 적이 없어. 하지만
아무도 개가 없다고 애석해하진 않았어."

아버지가 말했다.

그녀는 계속 거울에 비친 자기 모습을 바라보았다. 그녀는
임신한 사실이 자신에게 전례 없는 특권을 부여해 주는 것을
느꼈다. 그녀가 아름답든 않든 간에 트럼펫 주자는 자기를
보러 일부러 먼 길을 왔으며, 또 얼마나 상냥하게 자기를 술
집으로 초대했던가. 게다가 (그녀는 손목시계를 쳐다봤다.) 바로
이 순간 그는 벌써 거기서 자기를 기다리고 있는 것이다.

"하지만 애야, 우리는 확 쓸어 버릴 거다. 너도 두고 봐라!"

아버지가 웃으며 말했다. 그런데 이번엔 그녀가 부드럽게,
거의 미소를 지으며 반응했다.

"그렇게 되면 저도 좋겠어요. 하지만 지금 전 나가 봐야
해요."

“나도 그렇다. 행사는 잠시 후 다시 시작할 거야.”

그들은 함께 카를 마르크스 관에서 나와 문 앞에서 헤어졌다. 루제나는 천천히 술집을 향해 걸어갔다.

8

클리마는 모든 사람들이 그에 대해 품고 있는 인기 연예
인이라는 자신의 대외적 이미지와 자기 자신을 결코 완전히
동일시할 수 없었다. 특히나 사적인 걱정거리가 있는 지금은
인기 연예인이라는 사실이 하나의 장애처럼, 하나의 흠처럼
느껴졌다. 루제나와 함께 술집에 들어가면서 옷 맡기는 곳
맞은편 벽에 걸린 자기 사진, 즉 지난 콘서트 후 계속 거기에
붙어 있는 포스터 속 대형 사진을 보자 매우 어색했다. 그는
젊은 여자와 홀을 가로지르며, 손님 중 자기를 알아보는 사
람이 있나 기계적으로 살펴보았다. 그는 남의 시선이 두려웠
다. 그는 남의 이목이 사방에서 자기를 염탐하고 지켜보며,
자기 얼굴 표정과 행동을 이렇게 저렇게 하라고 지시하는 것
만 같았다. 그는 호기심 어린 몇몇 시선이 계속 자신을 주시
하는 것을 느꼈다. 그는 거기에 신경 쓰지 않으려고 애쓰며

홀 안쪽, 커다란 유리 칸막이 옆 작은 테이블로 향했는데, 거기서는 공원 나뭇잎들이 보였다.

자리에 앉았을 때 그는 루제나에게 미소를 지었으며 그녀 손을 어루만지며 옷이 잘 어울린다고 말했다. 그녀는 아니라고 은근히 부인했다. 그러나 그는 옷이 잘 어울린다고 여러 번 강조하고는 잠시 동안 간호사의 매력이라는 주제에 대해 이야기했다. 그는 그녀 모습을 보고 놀랐다고 말했다. 두 달 동안 어찌나 그녀를 생각했던지, 기억 속에서 그녀를 그리려고 노력했지만 현실과는 상당히 거리가 먼 모습만 그려졌다는 것이다. 그런데 정말 놀라운 일은 그녀를 생각하면서 몹시 원하기도 했지만, 실제 모습이 상상했던 것보다 훨씬 더 멋지다는 사실이라고 말했다.

루제나는 트럼펫 주자가 두 달 동안 한 번도 자기에게 연락하지 않았음을 지적하고는, 그 때문에 그가 자기 생각은 거의 하지 않았다고 여겼노라 했다.

그런데 바로 그 반박에 대해 그는 세심하게 준비했다. 그는 지쳤다는 시늉을 하면서 그 젊은 여자에게, 자기가 얼마나 끔찍한 두 달을 보냈는지 그녀는 상상도 할 수 없을 거라고 말했다. 루제나는 그에게 무슨 일이 있었느냐고 물었지만, 트럼펫 주자는 자세한 건 말하려 하지 않았다. 그는 단지 엄청난 배신을 당해 무척 괴로워했다고, 그리고 자신은 갑자기 이 세상에 친구도 그 누구도 없이 완전히 혼자가 되었다고 말하는 정도로 그쳤다.

그는 루제나가 자기 고민거리에 대해 자세하게 묻기 시작할까 봐 약간 겁이 났다. 그럴 경우 온갖 거짓말에 뒤엉켜 헤맬 위험이 있었기 때문이다. 하지만 공연한 걱정이었다. 루제나는 트럼펫 주자가 그동안 힘들었다는 사실을 방금 안 것에 솔깃한 관심을 보이며, 두 달간의 침묵에 대한 그의 변명을 기꺼이 받아들였다. 그러나 그의 고민거리가 정확히 무엇이건 그녀와는 완전히 무관했다. 그가 보낸 그 슬픈 기간 중 그녀에게 중요한 것은 오직 그 슬픔뿐이었다.

"당신 생각을 많이 했어. 당신을 도와줄 수 있었다면 정말 기뻤을 텐데."

"얼마나 낙심했던지, 사람들 만나는 것도 두려웠어. 우울한 친구는 좋은 친구가 될 수 없잖아."

"나도 괴로웠어."

"알아." 그가 그녀 손을 어루만지며 말했다.

"당신 아이가 생겼다고 오래전부터 생각했어. 그런데 당신은 아무 소식도 없는 거야. 하지만 당신이 날 보러 오지 않았다 해도, 당신이 더 이상 날 보려고 하지 않는다 해도 난 아이를 지켰을 거야. 난 생각했어. 비록 내가 혼자가 된다고 해도 적어도 당신의 이 아이는 남게 될 거라고. 난 절대로 낙태하지 않을 거야. 절대로……."

클리마는 말문이 막혔다. 말 없는 공포에 그의 정신은 아득했다.

그에겐 다행스럽게도, 무심하게 왔다 갔다 하며 손님 시중을 들던 종업원이 막 그들 테이블로 주문을 받으러 왔다.

"코냑 하나." 트럼펫 주자가 주문하더니 곧 고쳐 말했다.

"코냑 둘."

새로이 침묵이 흘렀다. 그리고 루제나는 되풀이했다.

"아니, 난 절대로 낙태하지 않을 거야."

클리마는 정신을 가다듬으며 대꾸했다.

"그렇게 말하지 마. 당신 혼자 문제가 아니야. 아이라는 건 여자만의 문제가 아니야. 두 사람 문제지. 둘 다 합의를 해야지, 그렇지 않으면 나중에 문제가 심각해질 위험이 있다고."

그 말을 끝냈을 때 그는 방금 자신이 아이 아버지라는 사실을 간접적으로 인정한 걸 깨달았다. 이제부터 그가 루제나에게 말할 때는 그러한 가정하에서일 것이다. 자신이 지금 어떤 계획에 따라 행동하며 이러한 양보는 미리 예견된 것이라는 사실을 자신이 안다 해도 소용이 없었다. 그는 자기 자신이 내뱉은 그 말에 소름이 끼쳤다.

그런데 종업원이 벌써 코냑을 두 잔 가져왔다.

"당신이 바로 클리마 씨죠, 그 트럼펫 주자요?"

"그래요."

"주방 아가씨들이 당신을 알아봤어요. 포스터에 있는 게 바로 당신이죠?"

"그래요."

"당신은 열두 살에서 일흔 살까지 모든 여성들의 우상인 것 같은데요!"

그렇게 말하고 종업원은 루제나에게 들으라고 덧붙였다.

"모든 여자들이 당신을 죽도록 부러워할 거예요! 당신을 해치려 들걸요."

그는 테이블에서 물러나면서도 계속 뒤돌아보며 거의 무례할 정도로 허물없이 그들에게 웃음을 지었다.

"아니, 난 아이를 떼어 버리지 않을 거야." 루제나가 되풀이했다. "그리고 당신 역시, 언젠가는 아이를 갖게 된 게 기쁠 거야. 왜냐하면 난 당신에게 아무것도 요구하지 않을 거거든. 알겠어? 내가 당신에게 뭘 원한다고 생각하지 마. 당신은 걱정할 게 전혀 없어. 단지 나 혼자의 문제니까. 그러니 당신은 전혀 신경 쓸 필요 없어."

이렇게 안심시키는 말보다 남자에게 더 불안한 건 없다. 클리마는 갑자기 더 이상 그에겐 그 어떤 것도 막을 힘이 없으며, 이 승부를 아예 포기하는 게 좋겠다는 생각이 들었다. 그는 잠자코 있었으며 루제나도 가만히 있었다. 그리하여 그녀가 방금 한 말이 침묵 속에 뿌리를 내렸으며, 트럼펫 주자는 그 말 앞에서 점점 더 비참해지고 무력해짐을 느꼈다.

그러나 아내 모습이 머릿속에 떠올랐다. 그는 포기해서는 안 된다는 걸 알았다. 그래서 대리석 테이블 위로 손을 뻗어 그녀의 손가락을 쥐고 말했다.

"잠시 아이 문제는 잊어버려. 아이가 가장 중요한 게 아니야. 당신은 우리 둘이 서로 할 얘기가 하나도 없다고 생각해? 내가 당신을 보러 온 게 단지 아이 때문이라고만 생각하느냐고?"

루제나는 어깨를 들썩했다.

"가장 중요한 건 바로 내가 당신이 없어 슬펐다는 거야. 우리는 무척 짧은 순간 만났을 뿐이야. 하지만 당신을 생각하지 않은 날이 하루도 없었어."

그가 잠시 말을 멈추자 루제나는 이렇게 지적했다.

"당신은 두 달 동안 내게 한 번도 연락이 없었고 난 당신에게 두 번이나 편지했어."

트럼펫 주자가 말했다.

"날 원망해서는 안 돼. 난 일부러 당신에게 연락하지 않았던 거야. 그러고 싶지 않았어. 난 내 마음속에서 일어나고 있는 일이 두려웠어. 사랑에 빠지지 않으려고 버틴 거야. 나는 당신에게 긴 편지를 쓰고 싶었어. 그래서 사실 여러 장 끄적거리기도 했고. 하지만 결국은 다 찢어 버렸어. 이렇게 사랑에 빠져 본 적이 한 번도 없었어. 그래서 난 겁이 났던 거야. 지금 내가 그걸 고백하지 못할 이유가 뭐 있겠어? 난 내가 잠시 홀린 게 아니라는 걸 확신하고 싶었어. 그래서 생각했지. '만약 이런 상태가 한 달 더 계속된다면 내가 그녀에 대해 느끼는 건 환상이 아니고 현실이다.'라고."

루제나는 부드럽게 말했다.

"그럼 지금은 어떻게 생각해? 단지 환상일 뿐이야?"

루제나의 말에 트럼펫 주자는 자기 계획이 맞아 들어가기 시작했다는 걸 깨달았다. 그래서 그는 그 젊은 여자의 손을 놓지 않고 계속해서 말했다. 그리고 말은 점점 더 술술 풀려 나왔다. 즉 그녀 앞에 앉아 있는 지금, 모든 게 분명해졌기 때문에 그는 자기 감정을 더 이상 오래 시험하는 건 소용없으리라는 것을 깨달았다, 그리고 자기는 아이 문제는 말하고 싶지 않다, 왜냐하면 자기에게 가장 중요한 건 아이가 아니라 루제나이기 때문이다, 그녀가 가진 아이에게 의미가 있다면, 그건 바로 그, 클리마 자신을 루제나 곁으로 불렀다는 사실이다, 그렇다, 그녀가 지금 가진 이 아이가 그를 이곳, 이 작은 온천 도시로 불렀으며, 또 자신이 어느 정도로 루제나를 사랑하는지 알게 해 주었다, 바로 그 때문에 그 아이의 건강을 위해 건배를 들자는 것이다.(그는 자기 코냑 잔을 들었다.)

물론 그는 열에 들떠 방금 내뱉은 그 끔찍한 건배 제안에 곧 겁이 났다. 그러나 말은 이미 뱉어졌다. 루제나는 자기 잔을 들고 속삭였다.

"그래. 우리 아이를 위해서." 그러곤 그녀는 단숨에 자기 코냑을 마셨다.

트럼펫 주자는 어쩔 수 없이 하게 된 이 건배를 새로운 말을 해 댐으로써 재빨리 잊게 하려고 애썼다. 그래서 그는 루제나를 매일 그리고 매시각 생각했노라고 다시 한 번 강조했다.

그녀는 트럼펫 주자가 수도에서 분명 자기보다 더 흥미로운 여자들에 둘러싸여 있었을 거라고 했다.

그는 그런 여자들의 지나친 기교와 자만심에 넌더리가 난다고 대답했다. 그는 그런 모든 여자들보다 루제나가 나으며, 단지 그녀가 너무 멀리 사는 것이 안타깝다는 것이었다. 수도로 와서 일할 생각은 없는지?

그녀도 수도에서 사는 것이 더 좋을 거라고 대답했다. 하지만 거기서 직장을 구하기는 쉽지 않은 것이다.

그는 호의에 가득 찬 미소를 지으며 그곳 병원에 아는 사

람이 많아서 어렵지 않게 그녀에게 일자리를 구해 줄 수 있
을 거라고 말했다.

그는 계속 그녀 손을 잡은 채 한참 동안 그런 식으로 그녀
에게 말했다. 그래서 모르는 한 여자아이가 그들에게 다가온
것도 알아채지 못했다. 방해가 되지는 않나 전혀 개의치 않
고 그 여자아이는 열에 들떠 말했다.

"클리마 씨죠! 당신을 금방 알아봤어요. 사인 한 장만 해
주지 않겠어요?"

클리마는 얼굴을 붉혔다. 그는 루제나의 손을 잡고 공공
장소에서 모든 사람들의 눈앞에서 사랑 고백을 하고 있었던
것이다. 그는 자신이 마치 극장 무대에 있는 것 같았으며, 빈
정거리는 관객들로 변신한 온 세상 사람들이 짓궂은 미소를
띠고 자기 인생의 절망적인 투쟁을 지켜본다고 생각했다.

그 여자아이는 그에게 종이 한 장을 내밀었다. 클리마는
가능한 빨리 사인을 해 주고 싶었으나 그에겐 펜이 없었으며
여자아이 역시 갖고 있지 않았다.

"펜 있어?"

그는 루제나에게 속삭였다. 사실 그는 자기가 루제나에게
말을 낮추는 것을 그 여자아이가 알아챌까 봐 겁이 나 속삭
였던 것이다. 하지만 그런 말투보다 지금 루제나의 손을 잡
고 있는 자기 손이 훨씬 더 친밀감을 드러낸다는 사실을 깨
닫고 더 크게 되풀이했다.

"펜 있어?"

그러나 루제나는 고개를 저었고 그 여자아이는 젊은 남녀

가 여럿 어울려 앉아 있던 자기 자리로 되돌아갔다. 그 젊은 이들은 곧 그 기회를 틈타 그녀와 함께 클리마에게 몰려들었다. 그들은 그에게 펜을 내밀고는 작은 메모장에서 종이를 찢어 댔으며, 클리마는 거기에 사인을 해 줘야 했다.

계획에 따르면 모든 것이 잘되어 갔다. 그들의 은밀한 관계를 본 증인이 많은 만큼 더욱더 쉽게 루제나는 자신이 사랑받는다고 믿을 것이다. 하지만 그렇게 따져 본들 아무 소용 없었다. 종잡을 수 없는 불안이 트럼펫 주자를 끔찍한 공포 속으로 몰아넣는 것이었다. 루제나가 이 모든 사람들과 공모했다는 생각이 들었다. 혼란스러운 환상 속에서 그는 그들 모두가 친자 소송에서 그에게 불리한 증언을 하는 모습을 상상했다.

"예. 우리들은 그 둘을 보았습니다. 마치 연인들처럼 서로 마주 보고 앉아 있었어요. 그는 그녀 손을 어루만졌으며 사랑에 빠져 그녀의 두 눈을 바라보고 있었어요……."

그런데 그 초조함은 트럼펫 주자의 자만심 탓에 더욱더 가중되었다. 왜냐하면 사실 그는 자기가 그녀 손을 잡기까지 할 정도로 그녀가 그렇게 아름답다고 생각하지 않았기 때문이다. 하지만 그건 루제나를 모욕하는 것이었다. 그녀는 사실 지금 그의 눈에 비친 것보다 훨씬 아름다웠다. 사랑의 감정이 사랑하는 여인을 더 아름답게 보이게 하는 것처럼, 싫어하는 여자가 우리에게 불러일으키는 불안은 가장 사소한 외모의 결점도 엄청나게 강조하고 마는 것이다…….

마침내 단둘이 남았을 때 클리마가 말했다.

“난 여기가 마음에 안 들어. 한 바퀴 드라이브하고 싶지
않아?”

그녀는 그의 자동차가 보고 싶어서 좋다고 했다. 클리마
가 계산을 하고, 그들은 술집에서 나왔다. 맞은편에는 누런
모래가 덮인 넓은 산책길이 난 작은 공원이 있었다. 거기에
남자들 십여 명이 술집을 향해 일렬로 서 있었다. 대부분이
늙은이들이었는데 구겨진 양복 소매에 붉은 완장을 차고 또
손에는 장대를 쥐고 있었다.

클리마는 깜짝 놀라 말했다.

“저게 도대체 뭐지?”

“아무것도 아니야. 당신 차 어디 있어?”

그러곤 빠른 걸음으로 그를 잡아끌었다.

그러나 클리마는 그 사람들에게서 눈을 뗄 수가 없었다.
그는 한쪽 끝에 철사 고리가 달린 그 장대들이 도대체 무엇
에 쓰이는지 이해할 수가 없었다. 가스등을 켜는 사람이거나
수면 위로 튀어 오르는 날치를 잡으려고 망을 보는 낚시꾼,
또는 불가사의한 무기를 든 민병이라고 할 수 있으리라.

그들을 유심히 보고 있을 때 그는 그들 중 한 명이 자기에
게 미소를 짓는다고 여겼다. 그는 두려웠다. 그는 자기 자신
에 대해서까지 두려웠다. 그리고 자기가 마침내 환각을 보기
시작했으며, 모든 사람들이 자기 뒤를 밟으며 자기를 염탐하
는 사람으로 보이기 시작했다고 생각했다. 그는 주차장까지
루제나가 끄는 대로 발길을 옮겼다.

9

"당신과 멀리 떠나고 싶어." 그가 말했다. 그는 한 팔로 루제나의 어깨를 감싼 다음 왼손으론 핸들을 잡았다. "어디론가 남쪽 말이야. 바닷가를 따라 꼬불꼬불한 길을 한없이 달리는 거야. 당신, 이탈리아에 가 봤어?"

"아니."

"그럼 나랑 같이 가겠다고 약속해 줘."

"당신, 좀 과장하는 거 아니야?"

루제나는 단지 겸손해 보이려고 그렇게 말한 것뿐이었다. 그러나 트럼펫 주자는 '당신 과장하는 것 아니냐.'라는 그 말이 마치 그녀가 갑자기 자신의 온갖 선동적인 거짓말을 알아채고선 자기가 한 말 전부를 겨냥하기라도 한 것처럼 즉각 경계심을 품었다. 하지만 더 이상 뒷걸음칠 수는 없었다.

"그래, 과장했어. 난 언제나 엉뚱한 생각들을 해. 난 그래.

하지만 다른 사람들과는 달리 난 그 엉뚱한 생각들을 현실로 옮겨. 정말이지 엉뚱한 생각들을 실현하는 것보다 더 멋진 일은 없어. 난 내 인생이 단지 엉뚱한 생각들의 연속이길 바라. 다시는 그 온천 도시로 돌아가지 않고 이렇게 계속 바다가 나올 때까지 달리고 싶어. 거기서 난 아무 악단에서나 자리를 얻는 거야. 그리고 해안을 따라 여러 해변 도시들을 떠돌아다니는 거지."

그는 멋진 전망이 내려다보이는 곳에 차를 세웠다. 그들은 차에서 내렸고 그는 숲속을 거닐자고 했다. 그들은 같이 걸었다. 그리고 잠시 후 나무 벤치에 앉았는데, 그 나무 벤치는 예전에 사람들이 자동차를 덜 애용하던 시절, 그리고 숲속으로 소풍 다니는 걸 더 즐기던 시절에 만들어 놓은 것이었다. 그는 여전히 그녀의 어깨를 감싸 안고 있었는데 갑자기 슬픈 듯 말했다.

"모두들 내가 무척 즐겁게 산다고 생각하지. 하지만 가장 심한 오해야. 사실 난 너무 불행해. 단지 지난 몇 달 전부터만이 아니라 여러 해 전부터야."

루제나가 이탈리아 여행 건에 대해선 좀 도가 지나쳤다고 여겨 다소 의심스럽게 생각했다 할지라도(이 나라에서는 극소수의 사람들만 외국 여행을 할 수 있었다.) 클리마의 이 마지막 말에서 풍겨 나오는 슬픔은 그녀에게 달콤한 향기로 느껴졌다. 그녀는 마치 돼지갈비 냄새라도 맡듯이 그 슬픔의 냄새를 맡아 댔다.

"어떻게 당신이 불행할 수 있어?"

"어떻게 내가 불행할 수 있느냐고……." 트럼펫 주자는 한숨을 내쉬었다.

"당신은 유명하고 또 멋진 차에다 돈도 있잖아. 그리고 예쁜 부인도 있고……."

"예쁘다고, 그럴 수 있지, 그래……." 트럼펫 주자는 씁쓸하게 말했다.

"나도 알아." 루제나가 말했다. "그녀는 이제 젊지 않지. 당신과 동갑이지, 안 그래?"

트럼펫 주자는 루제나가 자기 아내에 대해 자세히 알아봤다는 사실을 확인했으며 그 사실에 화가 났다. 하지만 그는 계속했다.

"그래, 나와 동갑이야."

"하지만 당신은 늙지 않았어. 아직 소년티가 나거든."

"단지, 남자에겐 더 젊은 여자가 필요한 거야." 클리마가 말했다. "그리고 그 누구보다 예술가는 더 그래. 내겐 젊음이 필요해. 당신은 알 수 없을 거야, 루제나. 내가 어느 정도로 당신의 젊음을 높이 평가하는지. 더 이상 이렇게 계속할 순 없다는 생각이 가끔 들어. 해방되고 싶은 격렬한 욕망을 느껴. 모든 걸 새로이, 그리고 달리, 다시 시작해 보고 싶은 그런 욕망 말이야. 루제나, 어제 당신이 전화했을 때…… 난 갑자기 그건 운명이 내게 보낸 메시지라고 확신했어."

"정말?" 그녀는 부드럽게 말했다.

"그럼 당신은 내가 뭣 때문에 당신한테 바로 다시 전화했다고 생각해? 난 더 이상 시간을 헛되이 보낼 수 없다는 걸 단번에 느꼈어. 당장 당신을 봐야 한다고, 당장, 당장……."

그는 말을 멈추고 그녀의 두 눈을 뚫어지게 바라보았다.

"당신 날 사랑해?" 그가 물었다.

"응. 그런데 당신은?"

"미칠듯이 사랑해."

"나도 그래."

그는 몸을 숙여 그녀 입에 자기 입을 갖다 댔다. 상큼한 입이었다. 젊음이 넘치는 입이었으며, 예쁘게 생긴 보드라운 입술과 정성 들여 칫솔질한 이가 있는 예쁜 입으로, 모든 게 제대로였다. 두 달 전, 그가 이 입술에 키스하고 싶어 했다는 것, 그리고 결국 그러고 말았다는 것은 사실이다. 하지만 그 때는 그 입이 매혹적으로 그를 사로잡았다는 바로 그 이유로 그는 그 입을 욕망의 안개를 통해 포착했을 뿐, 그 진정한 실체에 대해선 전혀 알지 못했다. 그때 그 혀는 마치 불꽃 같았으며 침은 황홀하고 달콤한 술이었다. 그런데 단지 지금, 자신의 매력을 잃어버린 그 입은 갑자기 있는 그대로의 진짜 입, 다시 말해 이 젊은 여자가 이미 몇 킬로나 되는 고기만두와 감자, 그리고 수프를 부지런히 삼켜 댔던 구멍일 뿐이었다. 그리고 이에는 얇게 땜질이 되어 있었고 침은 더 이상 황홀하고 달콤한 술이 아니라 가래침의 사촌이었다. 트럼펫 주자의 입은 그녀 혀로 그득했다. 삼킬 수도 없으며 또한 내뱉기에는 무례한, 맛없는 것을 한입 가득 머금은 것 같았다.

마침내 키스는 끝났으며 그들은 자리에서 일어나 다시 걸었다. 루제나는 거의 행복한 기분이었다. 그러나 그녀는 자기가 트럼펫 주자에게 전화를 하게 된, 그리고 그를 이곳으로 오게 만든 그 동기가 이상하게도 그들 대화에서 제외되고 있음을 깨달았다. 사실 그녀는 그 문제에 대해 오래 얘기하고 싶진 않았다. 반대로 그들이 지금 이야기하고 있는 게 더 즐겁고 중요한 것 같았다. 하지만 그 동기가, 지금 침묵 속에서 지나치는 그 동기가 은밀하고 은근하게나마, 그리고 조심스럽게나마 문제시되기를 바랐다. 그래서 클리마가 온갖 사랑 고백을 한 다음 루제나와 같이 살 수 있기 위해서 뭐든지 할 거라고 말했을 때 그녀는 이렇게 지적했다.

"정말 고마워. 하지만 내가 더 이상 홀몸이 아니라는 것도 생각해야 해."

"그럼." 클리마가 말했다. 그는 지금이 바로 그가 처음부터 두려워했던 순간이자, 그의 책략 가운데 가장 취약한 고리임을 깨달았다.

"그래. 당신 말이 맞아. 당신은 홀몸이 아니야. 하지만 그건 절대 핵심이 아니야. 난 당신과 함께 있고 싶어. 내가 당신을 사랑하기 때문이지 당신이 임신했기 때문이 아니야."

"그래."

"실수로 아이가 생겼다는, 단지 그 사실 때문에 하는 결혼보다 더 끔찍한 건 없어. 그뿐 아니라 루제나, 솔직히 말하면, 난 당신이 다시 예전처럼 되길 바라. 우리 둘만 있고 우리 사이에 아무도 끼어들지 않길 바라. 날 이해하겠어?"

"아니, 그건 안 돼. 그렇게 할 순 없어. 절대로 그렇게 할 수 없을 거야."

루제나가 반박했다.

그녀가 그렇게 말한 것은 마음속 깊이 그렇게 확신했기 때문은 아니었다. 그녀가 이틀 전 슈크레타 의사로부터 결정적으로 확인한 임신은 너무나 새로운 사실이어서 그녀도 아직 그 사실이 당황스러웠다. 그녀는 세밀히 짜인 각본에 따라 행동하는 건 아니었다. 하지만 그녀 머릿속은 그녀가 지금 하나의 큰 사건으로, 뿐만 아니라 그리 쉽게 다시 생길 수 없는 하나의 행운이요 기회로 맞게 된 이 임신에 대한 생각으로 가득 차 있었다. 그녀는 마치 체스 놀이에서 졸병이 체스판 끝에 이르러 막 여왕이 된 것 같은 바로 그런 기분이었다. 그녀는 뜻밖에 얻게 된 전례 없던 자기 힘을 생각하니 더없이 즐거웠다. 그녀는 자신의 전화 한 통으로 모든 상황이 변하기 시작했다는 사실을 확인했다. 그 유명한 트럼펫 주자가 수도에서 그녀를 만나러 왔으며, 멋진 자동차로 그녀와 드라이브했고 또 그녀에게 사랑 고백을 했다. 그녀는 자신의 임신과 이 갑작스러운 힘 사이에 어떤 관계가 있다는 걸 의심할 수 없었다. 만약 그녀가 이 힘을 포기하지 않으려면 임신을 포기해서는 안 되는 것이었다.

바로 그 이유로 트럼펫 주자는 계속 작전을 펼쳐야 했다.

"루제나, 내가 원하는 건 가정이 아니라 사랑이야. 당신은 내게 사랑이야. 그런데 아이가 있으면 사랑은 사라지고 그 자리에 가정이 오게 돼. 권태와 근심이. 그리고 무미건조함이 오지. 사랑하는 연인은 엄마가 돼. 내게 당신은 엄마가 아니라 연인이고, 난 그 누구하고도 당신을 나눠 갖고 싶지 않

아. 아이라 할지라도 말이야."

달콤한 이야기였다. 루제나는 그 말을 듣는 게 즐거웠으나 고개를 흔들었다.

"아니, 나는 그렇게 할 수 없을 거야. 어쨌든 당신 아이야. 난 당신 아이를 떼어 버릴 수 없을 거야."

그는 더 이상 새로운 논리를 찾을 수 없어 같은 말만 되풀이했다. 그리고 그녀가 결국 자기 말의 위선을 알아채지 않을까 겁이 났다.

"어쨌든 당신은 서른 살도 넘었는데 한 번도 아이를 갖고 싶은 적이 없었어?"

사실이었다. 그는 한 번도 아이를 원하지 않았다. 그는 카밀라를 너무 사랑했기 때문에 그녀 곁에 아이가 있다는 게 방해로 느껴졌다. 그가 조금 전 루제나에게 말했던 건 단순히 지어 낸 말은 아니었다. 사실 오래전부터 그는 자기 아내에게도 정확히 똑같은 말을, 하지만 그때는 진지하고도 솔직한 심정으로 했던 것이다.

"당신은 결혼한 지 육 년이나 되는데 아이가 없어. 난 당신에게 아이를 낳아 줄 수 있어서 너무나 기뻐."

그는 모든 게 자신에게 불리하게 돌아간다는 걸 깨달았다. 카밀라에 대한 그의 특이한 사랑은 루제나가 자기 아내를 불임이라고 믿게 했으며, 결국 경솔하고도 무모한 행동을 하도록 간호사를 부추기는 것이었다.

날씨가 서늘해지기 시작했고 태양은 지평선에서 지고 있었다. 시간은 흘렀고 클리마는 계속 똑같은 말을 되풀이했으

며, 루제나는 그녀의 그 ‘아니, 아니야. 난 그렇게 할 수 없을
거야.’를 되풀이했다. 그는 자신이 막다른 골목에 들어섰다
고 느꼈으며, 어떻게 처신해야 할지 더 이상 종잡을 수가 없
었으며 모든 걸 잃고 말 것이라 생각했다. 그는 너무나 신경
이 곤두서서 그녀 손을 잡는 것을 잊었으며, 그녀를 포옹하고
자기 목소리에 다정함을 불어넣는 것을 잊었다. 그는 그 사실
을 깨닫고 질겁하며 다시 정신을 차리려고 애썼다. 그는 걸음
을 멈추고 그녀에게 미소를 짓고 그녀를 품에 안았다. 피로함
에서 나온 포옹이었다. 그는 자기 얼굴에 그녀의 머리를 바싹
끌어당겨 꼭 껴안았다. 하나의 받침대를, 휴식을 취하는 방법
이었으며 숨을 돌리는 방법이었다. 왜냐하면 그에겐 가야 할
먼 길이 남았지만 더 이상 그럴 힘이 없었기 때문이다.

그러나 루제나 역시 이럴 수도 저럴 수도 없었다. 그와 마
찬가지로 그녀에게도 더 이상 내세울 논거가 없었다. 그리고
한 여자가 자신이 정복하고자 하는 남자에게 오랫동안 계속
‘아니.’를 되풀이할 수는 없다고 느꼈다.

포옹은 오래 계속되었다. 그리고 클리마가 그의 품에서
루제나를 풀어 주었을 때 그녀는 고개를 숙이고 체념한 목소
리로 말했다.

“그럼 내가 어떻게 해야 하는지 말해 봐.”

클리마는 자기 귀를 믿을 수 없었다. 갑작스럽고도 전혀
예상치 못한 말이었다. 그리고 더할 나위 없는 안도의 순간
이었다. 그런 자기 기분을 너무 드러내지 않고 자제하기 위
해 엄청난 노력을 해야 할 지경이었다. 그는 젊은 여자의 뺨

을 어루만지며 슈크레타 의사가 자기 친구라는 것, 그리고 루제나가 해야 할 일이라곤 사흘 후에 열리는 위원회에 출석하는 것뿐이라고 말했다. 자기가 같이 갈 것이다. 그녀는 두려워할 게 하나도 없다는 것이다.

루제나는 반대하지 않았다. 그는 자기 역할을 계속해 보고 싶은 욕망을 되찾았다. 그는 그녀의 어깨를 감싸 안았으며 이따금씩 걸음을 멈춰 그녀에게 키스했다.(그의 행복은 너무나 컸기 때문에 그 입맞춤은 또다시 안개 낀 베일로 뒤덮였다.) 그는 루제나에게 수도로 와서 살아야 한다고 되풀이했다. 그리고 바닷가로 여행을 떠나자는 말을 되풀이하기까지 했다.

이제 태양은 지평선 너머로 사라졌고 숲속에는 어둠이 짙어졌다. 그리고 둥근 달이 소나무 꼭대기 위로 나타났다. 그들은 자동차 있는 곳으로 되돌아갔다. 도로 가까이 다가갔을 때 그들은 둘 다 불빛을 받고 있음을 느꼈다. 처음에는 자동차가 전조등을 켠 채 근처를 지나가고 있으려니 여겼으나, 그 불빛은 사라지지 않고 그들을 계속 비추는 것이 곧 분명해졌다. 도로 건너편에 세워진 오토바이에 켜진 불빛이었다. 한 남자가 그 위에 앉아서 그들을 지켜보고 있었다.

"서둘러!" 루제나가 말했다.

그들이 자동차 곁으로 왔을 때 오토바이에 앉아 있던 사내는 오토바이에서 내려 그들에게 다가왔다. 트럼펫 주자는 어두운 형체밖에 알아볼 수가 없었다. 세워 놓은 오토바이가 그 사내를 뒤쪽에서 비추었고 트럼펫 주자는 정면으로 빛을 받고 있었기 때문이다.

"이리 와 봐!" 사내가 루제나를 향해 다가오며 말했다. "할 말이 있어! 서로 할 이야기가 있잖아! 그것도 많이!" 그는 신경이 곤두서고 혼란스러운 목소리로 외쳤다.

트럼펫 주자 역시 신경이 곤두서고 혼란스러웠다. 그러나 그가 느낀 건 단지 이런 무례함에 대한 일종의 분노뿐이었다.

"이 아가씨는 지금 나와 함께 있는 겁니다. 당신과 함께 있는 게 아니라고요."라고 그가 단호하게 말했다.

"당신 말이야, 당신에게도 할 말이 있어요!" 누군지 모르는 그 사내는 트럼펫 주자를 향해 소리쳤다. "당신은 유명하니까 뭐든지 할 수 있다고 믿는군요! 당신은 이 여자를 유혹할 수 있을 거라고 생각하지요! 이 여자가 당신에게 홀딱 빠지게 할 수 있다고 말이에요! 당신에게는 무척 간단한 일이죠! 나도 당신 위치라면 그 정도는 할 수 있을걸요!"

루제나는 오토바이 사내가 트럼펫 주자에게 말하는 틈을 타 차 안으로 미끄러져 들어갔다. 오토바이 사내가 문으로 달려갔으나 유리창은 닫혀 있었고 젊은 여자는 라디오를 켰다. 자동차는 요란한 음악으로 진동했다. 그리고 트럼펫 주자도 차 안으로 미끄러져 들어가선 문을 쾅 닫았다. 음악 소리에 귀가 멍멍할 지경이었다. 유리창 너머로 고래고래 소리를 지르는 한 남자의 형체와 흔들어 대는 두 팔만 알아볼 수 있었다.

루제나가 말했다.

"어디든지 날 따라다니는 미치광이야. 빨리. 출발해!"

10

그는 차를 세운 다음, 카를 마르크스 관까지 루제나를 바래다 주었으며 그녀에게 키스했다. 그녀가 문 뒤로 사라졌을 때 그는 나흘 밤을 꼬박 새운 후 같은 피로를 느꼈다. 벌써 늦은 시각이었다. 그러나 그는 배가 고팠으며, 운전대에 앉아 운전할 힘이 없었다. 그는 베르틀레프로부터 위로받고 싶었다. 그래서 공원을 지나 리치먼드 호텔로 갔다.

입구에 이르러 그는 가로등 불빛을 받고 있는 커다란 포스터를 보고 깜짝 놀랐다. 거기에는 그의 이름이 큰 글씨로 서툴게 쓰여 있었으며 그 아래에는 그보다 더 작은 글씨로 슈크레타 의사의 이름과 약사의 이름이 쓰여 있었다. 손으로 직접 만든 포스터로 금빛 트럼펫이 아마추어 솜씨로 그려져 있었다.

트럼펫 주자는 슈크레타 의사가 콘서트 광고를 이렇게 신속하게 준비한 건 좋은 징조라고 판단했다. 왜냐하면 그 신속함은 슈크레타가 믿을 만한 사람이라는 사실을 입증하는 것 같았기 때문이다. 그는 계단을 뛰어 올라가 베르틀레프의 방문을 두드렸다.

아무 대답이 없었다.

그는 다시 문을 두드렸으나 역시 잠잠했다.

때를 잘못 맞춰 온 게 아닌가 하는 생각이(그 미국인은 수많은 여자 관계로 유명했다.) 막 들려는 순간 이미 그의 손은 손잡이를 돌리고 있었다. 문은 잠겨 있지 않았다. 트럼펫 주자는 방 안으로 들어가 멈춰 섰다. 아무것도 보이지 않았다. 방 한 쪽 귀퉁이에서 나오는 밝은 불빛 외에는 아무것도 보이지 않았다. 이상한 불빛이었다. 하얀 형광등 빛 같지도 않았고, 노란 백열등 빛 같지도 않았다. 푸르스름한 불빛이 방 전체를 가득 채우고 있었다.

바로 그 순간, 그는 남의 방문을 열어젖힌 자신의 그 경솔한 손가락에 뒤늦게 생각이 미쳐, 이렇게 늦은 시각에 전혀 초대도 받지 않고 남의 방에 들어옴으로써 실례를 범한 게 아닌가 하는 생각이 들었다. 그는 자신의 무례함에 겁이 나 복도로 뒷걸음질 쳐 나온 다음 재빨리 문을 닫았다.

그러나 그는 너무나 당황한 상태라 자리를 뜰 생각도 못하고, 문 앞에 꼼짝 않고 선 채 그 이상야릇한 불빛이 뭔지 이해하려고 애를 썼다. 그는 미국인이 아마도 자기 방에서 옷을 벗은 채 자외선 램프를 켜 놓고 선탠을 하나 생각했다. 그때 문이 열리더니 베르틀레프가 나타났다. 그는 옷을 벗고 있는 게 아니라, 아침에 입었던 양복 그대로 입고 있었다. 그는 트럼펫 주자에게 미소를 지으며 말했다.

"날 보러 이렇게 와 주니 기쁘군요. 들어와요."

트럼펫 주자는 호기심에 가득 차 방 안으로 들어갔으나, 방에는 천장에 매달린 보통 전등이 불을 밝히고 있었다.

"방해한 게 아닌지 걱정이군요." 트럼펫 주자가 말했다.

"천만에요. 저기서 생각을 하고 있었죠. 그것뿐이에요."

베르틀레프는 트럼펫 주자가 조금 전 파란 불빛이 새어 나오는 걸 보았다고 여겼던 창문을 가리키면서 대답했다.

"그렇게 불쑥 들어와서 미안합니다만, 제가 좀 전에 들어왔을 때 너무나 특이한 불빛을 봤습니다."

"불빛이라고요?" 베르틀레프는 웃음을 터뜨렸다. "그 임신 사건을 너무 심각하게 받아들여서는 안 돼요. 당신, 헛것을 보는군요."

"그렇다면 아마 제가 캄캄한 복도에 있다가 들어와서 그럴 거예요."

"그럴 수도 있지요. 그런데 그 일은 어떻게 됐는지 이야기해 봐요!"

트럼펫 주자는 이야기를 시작했고, 베르틀레프는 잠시 후 그의 말을 막으며 말했다.

"당신 배고프죠?"

트럼펫 주자는 그렇다고 말했고 베르틀레프는 찬장에서 비스킷 한 봉지와 햄 통조림을 한 통 꺼내 바로 따기 시작했다.

클리마는 이야기를 계속하고, 게걸스럽게 자기 저녁거리

를 삼켜 대면서, 질문하듯 베르틀레프를 빤히 쳐다보았다.

"만사가 잘될 거라고 생각합니다." 언제나 남을 위로해 주는 베르틀레프가 말했다.

"그런데 자동차 옆에서 우리를 기다린 녀석은 도대체 뭐라고 생각하십니까?"

베르틀레프는 어깨를 들썩였다.

"전혀 모르겠어요. 어쨌든 이젠 중요하지 않아요."

"맞아요. 그것보다 난 오늘 강연이 이렇게 늦어진 걸 카밀라에게 어떻게 설명할지 그 궁리나 해야겠어요."

이미 상당히 늦은 시각이었다. 기운을 다시 차리고 마음도 안정되었을 때 트럼펫 주자는 차에 올라타 수도로 떠났다. 차를 타고 가는 내내 크고 둥근 달이 그를 비추었다.

3부   셋째 날

3부   셋째 날

1

　수요일 아침, 온천장은 다시 한 번 상쾌한 하루를 위해 방금 막 잠에서 깨어났다. 거센 물줄기가 욕조로 흘러들고 안마사들은 벌거벗은 등을 마사지하고 있었다. 그때 자동차 한 대가 주차장에 막 멈춰 섰다. 어제 바로 그 자리에 주차되어 있었던 호사스러운 리무진 승용차가 아니라 이 나라에서 흔히 볼 수 있는 보통 승용차였다. 운전석에 앉아 있는 남자는 마흔다섯 살쯤으로 혼자였으며 뒷좌석에는 트렁크가 가득 차 있었다.

　그 남자는 차에서 내려 문을 잠근 다음, 주차장 관리인에게 5코루나짜리 동전을 하나 주고 나서 카를 마르크스 관으로 향했다. 그는 복도를 따라 슈크레타 의사의 이름이 쓰인 문 앞까지 갔다. 그리고 대기실로 들어가 진료실 문을 두드렸다. 한 간호사가 나타났고 그 남자는 자기 소개를 했다. 잠시 후 슈크레타 의사가 그를 맞이하러 왔다.

"야쿠프! 언제 도착했어?"

"지금 막!"

"근사한데! 할 얘기가 얼마나 많은지 몰라. 그런데……." 그는 잠시 생각하다가 말했다. "난 지금 자리를 비울 수가 없어. 나랑 같이 검사실로 가자. 가운을 하나 빌려 줄 테니."

야쿠프는 의사가 아니었으며 지금까지 산부인과 진찰실에 들어가 본 적이 없었다. 하지만 슈크레타 의사는 벌써 그의 팔을 잡고 하얀 방으로 그를 데려갔다. 옷을 벗은 여자가 두 다리를 벌린 채 검사대 위에 누워 있었다.

"이 의사 선생님에게 가운을 드려요."

슈크레타가 간호사에게 말했으며 간호사는 캐비닛을 열고 야쿠프에게 하얀 가운을 내밀었다.

"이리 와 봐. 자네가 내 진단을 확인해 줘."

그는 야쿠프에게 이렇게 말하며 그를 여자 환자 가까이 오게 했다. 수없이 노력했지만 아직 어떤 후손도 내지 못한 자기 난소의 미스터리를 두 거물급 의사가 진찰할 거라는 생각에 그녀는 눈에 띌 정도로 무척 만족스러워했다.

슈크레타 의사는 환자의 자궁을 촉진하기 시작했으며 라틴어를 몇 마디 했는데, 야쿠프는 그 말에 동의한다는 듯 웅얼웅얼 대꾸했다. 그리고 의사는 물었다.

"자네 얼마 동안 있을 거야?"

"스물네 시간."

"스물네 시간? 말도 안 되게 짧네. 제대로 얘기도 할 수 없을 거 아냐!”

“그렇게 만지면 아파요.” 다리를 추켜올린 여자가 말했다.

“좀 아픈 건 당연해요. 하지만 괜찮아요.”

야쿠프가 자기 친구를 즐겁게 해 주려고 말했다.

“그래요. 이 의사 선생님 말이 맞아요.” 슈크레타가 말했다. “괜찮아요. 그게 정상이에요. 주사약을 며칠분 처방하겠습니다. 여기로 매일 아침 6시에 와서 간호사한테 주사를 맞도록 해요. 이제 옷 입어도 좋아요.”

“사실, 자네에게 작별 인사를 하러 왔어.” 야쿠프가 말했다.

“작별 인사라니, 무슨 말이야?”

“나 외국으로 떠나. 출국 허가를 받았어.”

그러는 사이 그 여자 환자는 옷을 입었으며 슈크레타 의사와 그의 동료에게 인사를 하고 나갔다.

“이거 참 놀라운 소식이군! 전혀 예상 밖이야!” 슈크레타 의사가 놀랐다. “자네가 작별 인사를 하러 왔으니, 이 아줌마들을 돌려보내야겠어.”

“의사 선생님.” 간호사가 끼어들었다. “어제도 돌려보내셨잖아요. 그러다간 주말에 엄청 밀릴 거예요.”

“그럼 다음 사람을 불러요.” 슈크레타 의사는 이렇게 말한 다음 한숨을 내쉬었다.

간호사는 다음 사람을 불렀고, 두 남자는 멍한 눈으로 그녀를 바라보았는데, 그녀가 그전 환자보다 더 예쁘다는 사실을 확인했다. 슈크레타 의사는 그녀에게 이곳 온천 목욕을 한 후 몸 상태가 어떤지 물은 다음 옷을 벗으라고 했다.

"여권을 발급받는 데 얼마나 오래 걸렸는지 몰라. 그걸 받고 난 단 이틀 만에 떠날 준비를 했지. 아무에게도 작별 인사를 하고 싶지 않았어."

"자네가 이렇게 와 줘서 얼마나 기쁜지 모르겠어."

슈크레타 의사가 말한 다음 그 젊은 여자에게 검사대에 올라가라고 했다. 그는 고무장갑을 낀 다음 환자의 자궁 속으로 손을 집어넣었다.

"난 자네하고 올가 외에는 아무도 보고 싶지 않아. 그녀는 잘 지내겠지?" 야쿠프가 말했다.

"잘 지내. 잘 지내." 슈크레타가 말했다. 그러나 그의 목소리로 봐서 그는 자신이 야쿠프에게 뭐라고 대답하는지 모르는 게 분명했다. 그는 지금 환자에게 온 신경을 쏟고 있었다. 그가 말했다.

"간단한 처치를 합시다. 겁낼 것 없어요. 조금도 아프지 않을 거예요."

그러고 나서 그는 유리문이 달린 작은 약장으로 가서 주사기를 하나 꺼냈다. 거기에는 주삿바늘 대신 작은 플라스틱 관이 달려 있었다.

"그건 뭐야?" 야쿠프가 물었다.

"오랜 세월 진료해 오는 동안 지극히 효과적인 몇몇 새로운 방법을 개발해 냈지. 자네는 아마 날 이기주의자라 할지 모르지만 지금으로선 내 비밀이야."

두 다리를 벌리고 누워 있는 여자는 겁난다기보다 애교 넘치는 목소리로 물었다.

“아프지 않아요?”

“전혀.”

슈크레타 의사는 무척이나 조심스럽게 다루던 한 시험관 속으로 주사기를 집어넣으며 대답했다. 그러고 나서 그는 여자에게 다가가 두 다리 사이로 주사기를 집어넣어 피스톤을 눌렀다.

“아파요?”

“아뇨.”

“내가 온 건 또 자네에게 그 알약을 돌려주기 위해서야.” 야쿠프가 말했다.

슈크레타 의사는 야쿠프의 마지막 말에는 거의 주의하지 않았다. 그의 머리는 여전히 자기 환자 생각으로 가득 차 있었다. 그는 진지하고도 생각에 잠긴 기색으로 그녀를 머리끝에서 발끝까지 찬찬히 살펴본 다음 말했다.

“당신 같은 경우 아이가 없다는 건 정말 유감일 거예요. 당신 다리는 늘씬하고 골반도 잘 발달된 데다 흉곽 역시 멋지고 얼굴은 더할 나위 없이 아름다워요.”

그는 환자의 얼굴을 만지고 그녀 턱을 더듬으며 말했다.

“예쁜 턱뼈하며 모든 게 무척 잘 짜였네요.”

그러고 나서 그는 그녀의 엉덩이를 만졌다.

“그리고 당신 뼈대는 기막히게 단단해요. 당신 근육 아래에서 그 뼈가 반짝이는 게 보이는 것 같군요.”

그는 그러고도 얼마 동안 환자의 온몸을 더듬으며 계속 그녀에 대한 찬사를 늘어놓았다. 그런데도 그녀는 아무런 저

항도 하지 않았으며 더 이상 가볍게 웃어 대지도 않았다. 의사가 그녀에게 보이는 관심의 진지함이 손으로 만지는 행동을 전혀 외설스럽게 느끼지 못하게 했기 때문이다.

마침내 그는 그녀에게 옷을 다시 입으라는 시늉을 했고 자기 친구 쪽으로 몸을 돌렸다.

"자네 뭐라고 했어?"

"알약을 돌려주려고 왔다고."

"무슨 알약?"

여자는 옷을 다 입고 말했다.

"그렇다면 선생님, 제게 희망이 있다고 생각하세요?"

"대단히 만족스럽습니다. 상태는 무척 좋아지고 있으니 당신하고 나, 이렇게 우리 둘 다 성공을 기대해 볼 수 있다고 생각해요." 슈크레타 의사가 말했다.

여자는 감사하다고 말한 다음 진찰실을 나갔으며, 야쿠프는 말했다.

"수년 전 그 누구도 내게 주려고 하지 않았던 알약을 자네가 줬지. 이곳을 떠나는 지금 난 결코 더 이상 그 약이 필요하지 않을 거야. 그래서 돌려주려고 해."

"그럼 그냥 가져. 그 알약은 여기와 마찬가지로 다른 곳에서도 쓰일 수 있어."

"아니, 아니야. 그 약은 이 나라의 일부야. 난 이 나라에 속한 건 모두 여기 두고 가고 싶어."

"의사 선생님, 다음 사람을 부르겠어요." 간호사가 말했다.

"그 아줌마들 좀 돌려보내요." 슈크레타 의사가 말했다.

"난 오늘 충분히 일했어요. 조금 전 그 마지막 환자는 분명 아이를 가질 테니 두고 봐요. 하루에 이 정도면 충분하지 않아요?"

간호사는 측은하다는 듯, 그러나 조금도 그의 말에 따를 생각은 없이 슈크레타 의사를 바라보았다.

슈크레타 의사는 그 시선을 알아챘다.

"좋아요. 돌려보내지 말아요. 하지만 내가 삼십 분 뒤에 돌아올 거라고 말해요."

"의사 선생님, 어제도 삼십 분이었어요. 그리고 전 거리로 나가 선생님을 찾아 돌아다녀야 했고요."

"걱정 말아요, 아가씨. 삼십 분 후에 돌아올 테니."

슈크레타는 그렇게 말하고 나서 자기 친구에게 가운을 벗어 간호사에게 돌려주게 했다.

그러고 나서 그들은 그 건물에서 나와 공원을 지나 맞은편 리치먼드 호텔로 갔다.

2

그들은 이 층으로 올라갔다. 그러곤 기다랗게 깔린 붉은 카펫을 따라 복도 끝까지 갔다. 슈크레타 의사는 문을 열고 좁긴 하나 쾌적해 보이는 방으로 친구와 함께 들어갔다.

"언제나 내게 줄 방이 하나 있다니, 자네 정말 멋져!" 야쿠프가 말했다.

"이쪽 복도 끝으로 몇몇 특별 환자들을 위한 방이 있지. 자네 방 옆으로 이 건물 모서리엔 멋진 아파트형 방이 하나 있는데, 옛날엔 장관이나 기업가 들이 묵었어. 지금 난 거기에 가장 귀한 환자를 묵게 했는데 부유한 미국인이고 가족은 이곳 출신이야. 나하곤 어느 정도 친한 친구지."

"그런데 올가는 어디 살아?"

"나처럼 카를 마르크스 관에. 거기서 잘 지내. 걱정 마."

"중요한 건 자네가 그녀를 돌본다는 거지. 그래, 그녀는 요

즘 어때?"

"신경이 예민한 여자들이 보통 보이는 그런 문제들이지."

"그녀가 어떻게 살았는지 내 편지로 자네에게 설명했잖아."

"대부분 여자들은 아이를 갖기 위해 여기 오지. 그런데 자네가 후견하는 그 여자아이는 아이 낳는 능력을 너무 밝히지 않는 게 좋을 거야. 자네, 그 아이 벗은 모습 본 적 있어?"

"무슨! 물론 없지!" 야쿠프가 말했다.

"그렇다면 자세히 살펴봐. 작은 젖가슴은 마치 자두 두 개처럼 가슴에 달려 있지. 살도 하나 없이 갈비뼈가 다 보여. 언젠가 좀 더 자세히 가슴팍을 살펴보라고. 제대로 된 가슴은 공격적으로 외부를 향해. 가능한 많은 공간을 차지하려는 듯 딱 벌어져야 해. 반대로 방어 자세를 취하고 외부 세계 앞에서 뒷걸음질 치는 가슴팍이 있어. 사람을 점점 더 꽉 죄어서 마침내는 완전히 숨 막히게 해 버리는 구속복 같다고 할 수 있지. 그녀 가슴이 바로 그래. 그녀에게 가슴을 보여 달라고 해."

"절대 그러지 않을 거야."

"자넨 그녀 가슴을 보면 더 이상 그녀를 자네 피후견인으로 볼 수 없을까 봐 두려운 거지."

"반대야. 난 그 일로 더 동정하게 될까 봐 두려워."

"그런데 이봐, 이 미국인은 정말 엄청나게 흥미로운 인물이야." 슈크레타가 말했다.

"어디 가면 그녀를 만날 수 있지?" 야쿠프가 물었다.

“누구?”

“올가 말이야.”

“지금은 만날 수 없을 거야. 치료받는 중이야. 오전 내내 온천장에서 보내야 할 거야.”

“꼭 만나고 싶어. 불러올 수는 없어?”

슈크레타 의사는 수화기를 들고 다이얼을 돌렸다. 그러면서도 계속 친구에게 이야기를 해 댔다.

“그를 소개해 줄게. 자세히 분석해 줘. 자네는 뛰어난 심리학자잖아. 그를 한번 꿰뚫어 봐 줘. 내가 그에게 노리는 게 있거든.”

“뭔데?”

야쿠프가 물었다. 그러나 슈크레타 의사는 벌써 전화기에 대고 말하고 있었다.

“루제나예요? 어때요? ……걱정하지 말아요. 그런 증상은 흔히들 있어요. 그런데 지금 거기 온천장에 내 환자 중 한 사람이 있나 알아보려고 하는데, 당신 옆방에 머무는 여자 말이에요. ……있다고요? 그럼 그녀에게 수도에서 누가 찾아왔다고 알려 줘요. 그리고 아무 데도 가지 말라고. ……그래요. 정오에 온천장 앞에서 그녀를 기다릴 거예요.”

슈크레타는 전화를 끊었다.

“자, 자네도 들었지. 정오에 그녀를 만나러 가. 그런데 우리가 무슨 얘기를 하고 있었지?”

“미국인 이야기.”

“그렇지. 엄청나게 흥미로운 인물이야. 내가 그의 부인을 치료했지. 아이를 가질 수 없었거든."

"그런데 그는 여기서 무슨 치료를 받는 거야?"

"심장."

"자네, 그에게 노리는 게 있다고 하지 않았어?"

"정말 모욕적이야." 슈크레타는 화를 내며 말했다. "이 나라에서 점잖게 살 수 있기 위해서 의사가 해야만 하는 일이란! 클리마 말이야, 그 유명한 트럼펫 주자, 그가 여기 와. 내가 드럼으로 반주를 맡아야 해!"

야쿠프는 슈크레타의 말을 진지하게 받아들이지 않았으나 놀란 척했다.

"뭐라고? 자네가 드럼을 친다고?"

"그래, 이 친구야! 어떻게 하겠나, 가족이 생기게 된 지금 말이야!"

"뭐라고!" 이번에는 진짜 놀라 야쿠프가 외쳤다. "가족이라고? 자네 결혼했다는 말은 아니겠지?"

"맞아, 결혼했어."

"수지랑?"

수지는 온천장 여의사로 수년 전부터 슈크레타와 애인으로 지내 왔다. 그러나 그는 지금까지 언제나 최후의 순간, 결혼에 말려들지 않는 데 성공해 왔다.

"그래, 수지랑. 자네도 잘 알다시피 나는 일요일마다 그녀랑 전망대에 올라갔지."

"그래, 어쨌든 자네가 결혼을 했군." 서글픈 어조로 야쿠프가 말했다. 슈크레타는 계속했다.

“매번 올라갈 때마다 수지는 우리가 결혼해야 한다고 나를 설득하려 했어. 그리고 난 올라가는 일로 완전히 녹초가 되어서 나 자신이 늙었다고, 이제 내겐 결혼하는 일밖에 남지 않았다고 생각하곤 했지. 그래도 결국 난 언제나 나 자신을 추스를 수 있었고 전망대에서 돌아올 때면 다시 힘을 되찾아 더 이상 결혼할 마음도 들지 않았지. 하지만 어느 날, 수지는 돌아가는 먼 길을 택했어. 어찌나 오래 올라가야 했던지 나는 꼭대기에 도착하기도 훨씬 전에 결혼에 동의하고 말았어. 그래서 지금 우리는 아이를 기다려. 그러니 돈도 좀 생각해야지. 이 미국인은 성화를 그리기도 해. 그걸로 엄청난 돈을 벌 수 있을 거야. 자네 생각은 어때?”

“자넨 그런 성화들이 팔릴 거라고 생각하나?”

“시장이 엄청나지! 이봐, 순례 기간 동안 교회 옆에다 진열대를 하나 갖다 놓기만 하면 될 거야. 그리고 한 점에 100코루나씩만 받으면 한 재산 모을 거야! 내가 그의 그림을 팔아 주는 대가로 번 돈을 절반씩 나눠 가질 수 있을 거야.”

“그런데 그가 그렇게 하겠다고 할까?”

“그자는 주체할 수 없을 정도로 돈이 많아. 그러니 동업하자고 설득할 수는 없을 거야.” 슈크레타는 욕설을 퍼부으며 말했다.

3

올가는 간호사 루제나가 온천탕 가장자리에서 자신에게 손짓하는 것을 분명히 보았으나 못 본 척 계속 수영을 했다.

이 두 여자는 서로 사이가 좋지 않았다. 슈크레타 의사는 루제나 방과 붙은 작은 방에 올가를 묵게 했다. 루제나에겐 라디오를 크게 틀어 놓는 습관이 있었으며 올가는 조용한 것을 좋아했다. 올가는 여러 번 벽을 쳤고 그 대답으로 간호사는 볼륨을 더 높일 뿐이었다.

루제나는 끈질기게 손짓했고 마침내 그 환자에게 수도에서 온 방문객이 정오에 그녀를 만나려 한다고 알리는 데에 성공했다.

올가는 야쿠프가 왔음을 알아차리고 무척이나 기뻤다. 그런데 곧 이렇게 기뻐하는 자신이 스스로도 놀라웠다. 그를 다시 본다는 생각에 어떻게 이토록 기뻐할 수 있나?

사실 올가는 스스로를 관찰하는 자신과 실제로 살아가는 자신으로 쉽사리 자아를 분리하는 그런 현대 여성에 속했다. 그런데 지금은 관찰자 올가조차 기뻐하는 것이다. 관찰자 올가는 살아가는 올가가 그토록 격렬하게 기뻐하는 것이 완전히 비정상이라는 걸 잘 알지만, 관찰자 올가는 짓궂어서 그 비정상 자체가 기뻤기 때문이다. 자신이 얼마나 격렬하게 기뻐했는지 야쿠프가 알면 질겁할 거라는 생각에 그녀는 웃음이 나왔다.

온천탕 위에 있는 시곗바늘은 12시 십오 분 전을 가리켰다. 올가는 만약 자신이 야쿠프의 목에 달려들어 열렬하게 키스한다면 그의 반응이 어떨까 생각해 보았다. 그녀는 헤엄을 쳐 온천탕 한쪽 끝으로 와서 물 밖으로 나와 옷을 갈아입으러 탈의실로 갔다. 그녀는 야쿠프가 온 것을 아침부터 진작 알지 못한 게 조금 아쉬웠다. 그랬다면 좀 더 괜찮게 옷을 입을 수 있었을 텐데, 지금 그녀가 입고 있는 옷은 멋없는 회색이어서 그녀의 유쾌한 기분을 망쳐 놓았다.

조금 전 온천탕 안에서 헤엄을 치던 때처럼 자기 겉모습을 완전히 잊어버리는 순간들이 이따금 있었다. 그러나 지금 그녀는 탈의실 작은 거울 앞에 버티고 서서, 볼품없는 회색 옷을 입은 자기 모습을 보았다. 몇 분 전 그녀는 자신이 야쿠프의 목에 달려들어 그에게 정열적으로 키스할 수 있으리라는 생각에 짓궂게 미소 지었었다. 그녀가 그런 생각을 했을 때는 단지 온천탕 속에, 비물질적인 하나의 관념처럼 육체 없이 헤엄쳐 다니던 온천탕 속에 있었던 것이다. 하지만 갑자기 육체를 갖고 의상을 걸치게 된 지금, 그녀는 자신이 조금 전 그 즐거운 환상과는 거리가 멀며, 분통 터지게도 언제나 야쿠프가 자신에 대해 갖는 이미지, 즉 도움이 필요한 애처로운 소녀라는 바로 그런 모습이라는 것을 알았다.

만약 올가가 좀 더 어리석었더라면 그녀는 자신을 아주 예쁘다고 여겼을 것이다. 하지만 그녀는 똑똑한 여자아이였기에 자신을 실제보다 훨씬 못생겼다고 여겼다. 왜냐하면 실제로 그녀는 못생기지도 예쁘지도 않았으며, 아름다움에 대해 정상적인 기준을 가진 남자라면 누구나 그녀와 기꺼이 밤을 보냈을 것이기 때문이다.

그러나 올가는 즐겨 자신을 두 인물로 분열시키기에, 관찰하는 그녀는 바로 이 순간 살아가는 그녀를 가로막았다. 그녀가 이렇게 생겼든 저렇게 생겼든 무슨 상관인가? 왜 거울에 비친 모습 때문에 괴로워하나? 그녀는 남자들 눈에 하나의 객체에 불과하단 말인가? 스스로 자신을 시장에 내놓는 하나의 상품처럼 말이다. 자기 외모에 초연해질 수는 없는가? 적어도 남자라면 누구나 어느 정도 초연해지는 그 정도는 말이다.

그녀가 온천장에서 나왔을 때, 호의에 가득 차서 감격해하는 얼굴이 보였다. 그녀는 그가 자신에게 손을 내미는 대신 마치 착한 소녀에게 하듯이 자기 머리카락을 쓰다듬으리라는 걸 알고 있었다. 그리고 물론 그는 그렇게 했다.

"어디 가서 점심 먹을까?" 그가 물었다.

그녀는 요양원 식당에 가서 먹자고 했다. 그곳 그녀 식탁에는 언제나 빈자리가 하나 있었던 것이다.

식당은 거대한 홀로, 식탁과 사람 들로 꽉 차 있었는데 모두들 서로 바싹 붙어 점심을 먹고 있었다. 야쿠프와 올가가 자리에 앉아 한참을 기다린 후에야 한 여종업원이 와서 수프 그릇에 수프를 부어 주었다. 그들 테이블에는 다른 두 여자도 있었는데, 그들은 야쿠프를 요양자들 가운데 사교성 있는 축이라 생각하고 그와 이야기를 나누려고 했다. 그래서 야쿠프는 식탁에서 오가는 대화 중간중간, 그저 단편적으로만 올가에게 몇 가지 실제적인 세부 사항들에 대해 물어볼 수 있었다. 이곳 음식은 마음에 드는가? 의사도 마음에 드는가? 치료는 만족스러운가? 등등. 묵는 방이 어딘가 물었을 때 그녀는 지긋지긋한 여자가 옆방에 있다고 대답했다. 그러고는 바로 근처 식탁에서 한참 점심을 먹고 있는 루제나를 머리로 가리켰다.

그들 식탁에 같이 앉아 있던 사람들은 인사를 하고 먼저 일어났으며, 야쿠프는 루제나를 계속 바라보며 말했다.

"헤겔의 얘기 중 그리스식 옆모습에 대한 흥미로운 단상이 하나 있어. 그에 따르면 그리스식 옆모습의 아름다움은 코가 이마에서 일직선으로 연결되는 데 있다는 거야. 결국 지성과 정신의 자리인 머리 윗부분을 강조하는 거거든. 그런데 네 옆방 여자를 보면 완전히 그 반대로 얼굴이 입에 집중된 걸 볼 수 있어. 얼마나 확신에 차서 음식을 씹어 대는지, 또 얼마나 큰 소리로 말하는지 좀 봐. 얼굴에서 동물적인 부분, 그러니까 아랫부분이 저토록 강조된 걸 헤겔이 봤더라면 구역질이 났을 거야. 그런데 왠지 모르지만 내 마음에 들지 않는 저 아가씨가 예쁘긴 상당히 예쁘군."

"그렇게 생각해요?" 올가가 물었는데 그녀 목소리에는 적대감이 드러나 있었다.

그 때문에 야쿠프는 서둘러 말했다.

"어쨌든 난 끊임없이 씹어 대는 저 입으로 잘게 씹힐까 봐 겁날 거야."

그러곤 덧붙였다.

"헤겔은 너에게 더 만족할 거야. 네 얼굴을 지배하는 부분은 이마야. 네 이마는 누구에게나 단번에 네가 총명하다는 걸 알려 주지."

"그런 논리에 전 무척 화가 나요." 올가가 발끈해서 말했다. "한 인간의 외모가 영혼을 그대로 드러낸다는 걸 증명하려는데 말도 안 되는 소리예요. 전 제 영혼의 턱은 커다랗고 입술은 육감적이라고 상상해요. 하지만 실제로 제 턱은 작고 입술 역시 작거든요. 만약 제가 한 번도 거울을 보지 않은 상태에서 단지 저 자신에 대해 내심 아는 대로 제 외모를 그려야 한다면, 그 초상화는 아저씨가 절 볼 때 아저씨 눈에 비치는 그런 모습과는 전혀 닮지 않을 거예요! 저는 겉으로 보이는 그런 모습과는 전혀 다르거든요!"

4

　올가에 대한 야쿠프의 태도를 특징짓기에 적절한 어휘를 찾는 건 어렵다. 올가는 처형당한 친구의 딸로 당시 일곱 살이었다. 야쿠프는 그때 그 어린 고아를 자신이 돌보기로 결심했다. 그에겐 아이가 없었으며 이런 부담 없는 아버지 노릇이 마음에 들었다. 농담 삼아 그는 올가를 자기의 피후견인이라 불렀다.

　그들은 올가의 방에 있었다. 그녀는 전기 레인지를 켜고 작은 물주전자를 올려놓았다. 야쿠프는 그녀에게 자기가 온 이유를 밝힐 수 없으리라 생각했다. 그는 작별 인사를 하러 왔노라고 그녀에게 감히 알릴 수가 없었는데, 그 소식이 너무 비장하게 느껴지는 게 아닐까, 그리하여 도무지 격에 맞지 않는다고 여겨지는 어떤 감상적인 분위기가 두 사람 사이에 생기지는 않을까 두려웠던 것이다. 그는 그녀가 남몰래 자기를 사랑하고 있다고 오래전부터 의심하던 터였다.

올가는 찬장에서 잔을 두 개 꺼내 커피를 넣고 끓는 물을 부었다. 야쿠프는 각설탕을 하나 넣고 천천히 저었다. 그러고 나서 올가가 이렇게 말하는 것을 들었다.

"야쿠프, 내 아버지가 실제로 어떤 사람이었는지 얘기 좀 해 줘요."

"그건 왜?"

"아버지는 정말로 잘못한 일이 하나도 없는 거예요?"

"도대체 무슨 말을 하려는 거야!"

야쿠프는 놀랐다. 올가의 아버지는 얼마 전에 공식적으로 복권되었다. 사형선고를 받고 그렇게 처형된 한 정치인의 결백이 공개적으로 선포되었던 것이다. 아무도 그의 결백을 의심하지 않았다.

"내가 말하려는 건 그런 게 아니에요. 그와는 정반대 얘기를 하려는 거예요."

"무슨 말을 하는지 모르겠군."

"난 사람들이 아버지에게 한 짓을 아버지 역시 똑같이 다른 사람들에게 한 게 아닌가 생각했어요. 아버지나, 아버지를 사형대로 보낸 사람들이나 아무 차이도 없지 않나 싶었어요. 신조도 똑같고, 똑같은 광신도들이었어요. 그들은 아주 사소한 의견 대립도 혁명에서는 치명타를 초래한다고 믿었던 거예요. 그래서 의심이 많았죠. 그들은 바로 아버지 자신이 믿었던 신성한 것들의 이름으로 아버지를 죽음으로 내몰았던 거예요. 그러니 어떻게 아버지 역시 자기가 당했던 것과 똑같은 방식으로 다른 사람들을 대하지 않을 수 있었겠어요?”

“세월은 끔찍하게 빨리 지나가고 과거는 점점 더 이해할 수 없어지지.” 야쿠프는 잠시 머뭇거린 다음 말했다. “사람들이 다행스럽게도 네게 건네준 편지 몇 통과 일기 몇 장, 그리고 네 아버지 친구들이 전해 준 몇몇 이야기 외에 네가 네 아버지에 대해 뭘 안다고 그러니?”

그러나 올가는 계속 추궁했다.

“아저씨는 왜 내 질문을 피하세요? 더할 나위 없이 명료한 질문을 한 거예요. 내 아버지는 자신을 죽인 사람들과 똑같았느냐고요.”

“그럴 수도 있지.” 야쿠프는 어깨를 들썩이며 말했다.

“그렇다면 아버지 역시 그런 똑같은 잔인한 짓을 저지르지 않았을 이유는 없죠?”

“이론적으론 그렇지.” 야쿠프는 무척이나 천천히 대답했다. “이론적으론, 그 역시 그가 당한 것과 똑같은 일을 다른 사람들에게 할 수 있었을 거야. 자기 이웃을, 그것도 별 부담감도 없이, 죽음으로 내보내지 못할 사람은 이 세상에 단 한 명도 없어. 어쨌든 난 그런 사람은 한 번도 만나 본 적 없어. 그런 관점에서 인간들이 언젠가 혹 변한다면, 그때 인간들은 인간의 본질적인 자질을 잃는 거지. 그때는 더 이상 인간이 아니라 다른 피조물이 되는 거야.”

“당신들 참 대단하군요!” 올가는 이렇듯 ‘당신들’이라며 수천의 야쿠프를 향해 외쳤다. “당신들은 모든 인간들을 살인자로 만들면서, 동시에 당신들 자신의 살인죄는 결코 범죄가 아니라고, 단지 피할 수 없는 인류의 특성이라는 거군요."

야쿠프가 말을 받았다.

"사람들 대부분은 가정과 직장이라는 목가적인 테두리 안에서 삶을 이어 가지. 선악 저 너머에 있는 평화로운 영역에서 살아가는 거야. 누군가를 살해하는 사람을 보면 진심으로 끔찍해하지. 하지만 동시에, 그 평온한 영역 밖으로 끌려 나가기만 하면 충분히, 자기도 모르는 사이에 그들도 살인자가 되는 거야. 역사의 흐름에는 단지 이따금씩이지만 인류가 굴복하고 마는 시련과 유혹의 순간이 있어. 아무도 거기에 저항하지 못해. 그러나 이런 이야기는 아무 소용 없어. 네게 중요한 건 네 아버지가 이론적으로 무슨 짓을 할 수 있었나 하는 게 아니야. 어쨌든 그걸 증명할 수 있는 방법은 전혀 없으니까. 네가 유일하게 관심을 보일 만한 건 네 아버지가 실제로 하거나 하지 않았던 행동뿐이야. 그런 의미에서 그는 양심에 거리낄 게 하나도 없어."

"확신할 수 있어요?"

"물론이지. 네 아버지를 나보다 더 잘 안 사람은 없어."

"아저씨가 그렇게 말하는 걸 들으니 정말 기뻐요. 왜냐하면 내가 아저씨에게 그냥 물어본 건 아니거든요. 꽤 오래전부터 익명의 편지들을 받아 왔어요. 저더러 순교자의 딸인 것처럼 구는 건 잘못이라고 하더군요. 왜냐하면 처형당하기 전에는 아버지 역시, 이 세상에 대한 견해가 그와 다를 뿐 잘못한 게 하나도 없는 죄 없는 사람들을 감옥에 보냈기 때문이라는 거예요."

“말도 안 돼.”

“그 편지에서 사람들은 아버지를 포악한 광신도에다 잔인한 사람인 것처럼 얘기해요. 물론 익명에다가 악의에 찬 편지들이에요. 하지만 멍청한 이야기는 아니었어요. 과장 없이 아주 구체적으로 정확해요. 그래서 전 그 얘기를 마침내 거의 믿게 된 거예요.”

“언제나 똑같은 보복이지. 내가 한 가지 이야기해 주지. 네 아버지가 체포되었을 때, 감옥은 이미 예전 혁명 초기 공포정치의 물결에 휩쓸려 투옥되었던 사람들로 가득 차 있었어. 그 자들은 네 아버지가 공산주의 지도자였다는 걸 알아보았지. 그래서 대뜸 그에게 달려들어 그가 정신을 잃을 때까지 두들겨 팬 거야. 그 광경을 간수들은 내심 즐기며 바라보았지.”

“나도 알아요.” 야쿠프는 그녀가 수없이 들은 이야기를 되풀이했다는 사실을 깨달았다. 그는 오래전부터 더 이상 이 이야기는 하지 말자고 다짐했으나 번번이 실패했다. 자동차 사고를 당한 사람들은 그 사건을 되새기지 않으려고 하지만 소용없는 것이다.

“나도 알아요.” 올가가 되풀이했다. “하지만 놀랍지 않아요. 그 사람들은 재판도 받지 못했고, 게다가 종종 아무런 이유도 없이 투옥됐던 거예요. 그런데 갑자기 자기네들 앞에 그들을 그렇게 만들었다고 여기던 자가 나타난 거예요!”

“그런데 네 아버지는 죄수복을 입는 순간부터 수많은 죄수 중 한 명에 불과했어. 그를 괴롭히는 건 아무 의미도 없었던 거야. 특히나 그걸 보고 즐거워하는 간수들 앞에서는 말이다. 단지 비겁한 복수일 뿐이었어. 아무런 방어도 할 수 없는 희생자를 짓밟고 싶은 건 가장 비열한 욕망이지. 네가 받은 편지들은 그와 똑같은 복수의 산물이야. 그런데 나도 인정하지만 복수란 세월보다 더 강해."

"하지만 야쿠프! 어쨌든 감옥에 갇혔던 사람들은 10만여 명이나 돼요! 그리고 수천 명은 살아 나오지도 못했고요! 그런데 단 한 명의 책임자도 처벌되지 않았어요! 사실 이 복수에 대한 욕망은 아직 채워지지 않은 정의에 대한 욕망일 뿐이에요!"

"아버지에 대한 복수를 딸에게 하는 건 정의와 아무 상관 없어. 넌 네 아버지 때문에 가정을 잃었고, 또 네가 살던 곳을 떠나야만 했던 데다, 학교를 다닐 수도 없었다는 사실을 기억하도록 해. 네가 거의 알지도 못했던 아버지 때문에 말이다! 그런데 그 아버지 때문에 네가 지금 또 박해받아야 한다는 거니? 내 인생에서 깨달은 가장 슬픈 사실을 네게 이야기해 주지. 박해받는 자가 박해하는 자보다 더 나을 건 없다는 거야. 그 역할이 바뀔 수 있다는 걸 난 충분히 상상해 볼 수 있거든. 넌 이런 논리가 그저 자신의 책임을 회피하고, 또 인간을 그런 식으로 만든 조물주에게 그 책임을 뒤집어씌우려는 욕망이라고 여길 수도 있어. 그리고 네가 그런 식으로 생각하는 게 좋을지도 모르지. 왜냐하면 범죄자와 희생자 사이에 아무 차이도 없다는 결론에 도달하는 건 바로 모든 희망을 버리는 것이니까 말이야. 그리고 아가씨, 그게 바로 지옥이라고 불리는 거야."

<h1 style="text-align:center">5</h1>

루제나의 두 동료는 초조해 죽을 지경이었다. 전날 밤 클리마와 만난 일이 어떻게 되었는지 궁금했다. 하지만 그들은 온천장 서로 반대편에서 근무했기 때문에 오후 3시가 되어서야 친구를 만나 질문을 퍼부어 댈 수 있었다.

루제나는 대답을 주저했으나 결국 자신 없는 목소리로 말했다.

"그가 날 사랑한다며 나와 결혼하겠다는 거야."

"거봐! 내가 그럴 거라고 말했잖아! 그리고 이혼한대?" 깡마른 여자가 말했다.

"그러겠다고 했어."

"달리 할 수 없을 거야. 너는 아이를 낳을 건데 그의 아내는 못 낳았잖아."

사십 대 여자가 유쾌하게 말했다.

그때 루제나는 사실을 고백하지 않을 수 없었다.

"날 프라하로 데려간다고 했어. 거기에서 내 일자리를 찾아봐 줄 거야. 그리고 이탈리아로 휴가를 갈 거라고도 했어. 하지만 당장 아이를 갖는 건 원하지 않아. 그의 말이 옳아. 신혼이 가장 아름다운 시절인데, 아이가 있다면 서로를 즐길 수 없을 거야."

사십 대 여자는 질겁했다.

"뭐라고? 낙태할 거라고?"

루제나는 그렇다고 말했다.

"너, 정신 나갔구나!" 깡마른 여자가 외쳤다.

"그가 널 구워삶았군!" 사십 대 여자가 말했다. "네가 아이를 지우고 나면 그는 널 차 버릴 거야."

"뭣 때문에?"

"내기할래?" 깡마른 여자가 말했다.

"날 사랑한댔어!"

"네가 그걸 어떻게 알아? 널 사랑하는지." 사십 대 여자가 말했다.

"그가 그렇게 말했어."

"그렇다면 뭣 때문에 두 달 동안 아무 소식도 없었던 거야?"

"그는 사랑이 두려웠던 거야."

"뭐라고?"

"어떻게 설명해야 좋겠어? 그는 나와 사랑에 빠지는 게 두려웠던 거야."

"바로 그 때문에 소식 한 번 없었다는 거야?"

"그는 자신을 시험했던 거야. 날 잊을 수 없는지 확신하고 싶었던 거야. 이해할 수 있는 일 아니야?"

"그러니까……." 사십 대 여자가 말을 이었다. "네가 임신한 걸 알았을 때에야 단번에 널 잊을 수 없다는 걸 깨달았다는 거로군."

"내가 임신해서 기쁘다고 했어. 아이 때문이 아니라, 내가 그에게 전화했기 때문에 말이야. 자신이 날 사랑한다는 걸 깨달았던 거야."

"맙소사. 너 어쩜 이렇게 바보니!" 깡마른 여자가 외쳤다.

"왜 내가 바보야?"

"왜냐하면 너한텐 그 아이밖에 없으니까." 사십 대 여자가 말했다. "네가 아이를 없앤다면 너에겐 더 이상 아무것도 안 남고, 그는 널 차 버릴 거야."

"난 그가 아이 때문이 아니라, 나 자신 때문에 나를 원하길 바라!"

"넌 도대체 네가 누구라고 생각해? 그가 뭣 때문에 널 원할 거라는 거야?"

그들은 오랫동안 흥분해서 이야기했다. 두 여자는 루제나에게 계속해서, 아이는 그녀의 유일한 카드며, 결코 포기해서는 안 된다고 거듭 말했다.

"나 같으면 절대 낙태하지 않을 거야. 분명히 말하지만 절대. 내 말 알겠어? 절대." 깡마른 여자가 단호히 말했다.

루제나는 갑자기 자신이 어린 소녀처럼 느껴졌다. 그래

서 그녀는 "그럼 내가 어떻게 해야 하는지 말해 줘."라고 했다.(전날 클리마에게 삶의 욕망을 되돌려 줬던 바로 그 말이었다.)

"버티는 거야." 사십 대 여자가 말했다. 그리고 그녀는 자기 벽장 서랍을 열고 알약이 든 길고 가는 원통 약병을 꺼냈다.

"자, 이것 한 알 먹어! 넌 너무 흥분했어. 이게 진정시켜 줄 거야."

루제나는 그 알약을 입에 넣고 삼켰다.

"그 약통 네가 갖고 있어. 여기 복용법이 있어. 하루 세 번, 한 알씩. 하지만 단지 진정해야 할 때만 먹어. 바보 같은 짓은 하지 마. 그렇게 흥분해서 말이야. 그 작자, 교활한 녀석이라는 걸 잊지 마. 한두 번 해 본 게 아닐 거야. 하지만 이번에는 그리 쉽게 빠져나갈 수 없을걸!"

또다시 그녀는 어떻게 해야 할지 몰랐다. 조금 전만 해도 그녀는 자신이 마음을 결정했다고 여겼다. 그러나 동료들의 애기는 그럴듯하게 들렸으며 그녀는 또다시 흔들렸다. 어찌할지 몰라 고민스러운 가운데 그녀는 온천장 계단을 내려갔다.

아래층 홀에서 흥분한 한 젊은 사내가 얼굴이 상기되어 그녀에게 달려왔다.

"절대로 여기서 날 기다리지 말라고 분명히 말했잖아!" 그녀는 쌀쌀맞게 그를 쳐다보며 말했다. "게다가 어제 그런 짓을 하고, 도대체 어떻게 뻔뻔스럽게 여기 나타날 수 있는지 모르겠군!"

"제발 화내지 마!" 젊은이가 절망스럽게 외쳤다.

“쉿!” 그녀가 외쳤다. “더군다나 여기 와서 말썽 피울 생각은 하지도 마!”

그리고 그녀는 가려고 했다.

“내가 말썽 피우지 않길 바라면 그렇게 가지 마!”

그녀는 어쩔 도리가 없었다. 요양객들이 홀을 왔다 갔다 하고 있었으며 이따금씩 하얀 가운을 입은 사람들이 근처를 지나갔다. 그녀는 주의를 끌고 싶지 않았다. 그래서 자연스럽게 보이려고 애를 쓰면서 가만히 서 있어야 했다.

“그래, 원하는 게 뭐야?” 그녀는 낮은 목소리로 말했다.

“아무것도. 난 단지 네게 용서를 구하고 싶었어. 어제 일은 정말 미안해. 하지만 제발 그와는 아무 관계도 아니라고 맹세해 줘.”

“벌써 말했잖아, 우리는 아무 관계도 아니라고.”

“그럼 맹세해!”

“어린애같이 굴지 마. 그런 바보 같은 맹세는 안 해.”

“그와 무슨 일이 있었으니까 그러지?”

“아니라고 했잖아. 날 믿지 않는다면 우린 더 이상 할 얘기가 없어. 그는 단순히 친구야. 난 친구를 사귈 권리도 없다는 거야? 난 그를 높이 평가해. 그가 내 친구인 게 기뻐.”

“나도 알아. 너를 비난하는 게 아니야.” 젊은이가 말했다.

“그는 내일 여기서 콘서트를 해. 내 뒤를 염탐하지 않길 바라.”

“그와 아무 일도 없었다고 맹세한다면.”

“벌써 말했잖아. 난 그런 일로 맹세하는 따위 비굴한 짓은

하지 않는다고. 하지만 약속하지. 만약 네가 다시 한 번 내 뒤를 염탐한다면 넌 평생, 다시는 나를 만날 수 없을 거야."

"루제나, 내가 널 사랑하기 때문이야." 젊은이는 불행한 듯이 말했다.

"나도 그래." 루제나가 짧게 말했다. "하지만 나라면 그 때문에 국도에서 말썽을 피우진 않을 거야."

"그건 네가 날 사랑하지 않기 때문이야. 넌 내가 부끄러운 거야."

"바보 같은 소리."

"넌 한 번도 다른 사람에게 나랑 같이 있는 걸 보여 주지 않아. 나와 외출하는 것도……."

그가 목소리를 높였기 때문에 그녀는 다시 "쉿!"이라고 되풀이했다.

"우리 아버지가 아시면 날 죽이려 하실 거야. 아버지가 날 감시한다고 벌써 말했잖아. 이젠 가야겠어. 화내지 마."

젊은이는 그녀의 팔을 잡았다.

"아직 가지 마."

루제나는 절망적으로 천장을 향해 시선을 들었다.

젊은이는 말했다.

"우리가 결혼하면 모든 게 달라질 거야. 아버지도 더 이상 아무 말도 못 하실 거야. 그리고 아이도 낳고."

"난 아이를 갖고 싶지 않아. 아이를 갖느니 차라리 죽어 버리는 게 낫겠어!"

루제나는 펄쩍 뛰며 말했다.

"왜?"

"왜냐니, 난 아이를 원치 않거든."

"사랑해, 루제나." 다시 한 번 젊은이가 말했다.

"그런데 바로 그 사랑 때문에 넌 날 자살로 몰아넣으려는 거야, 안 그래?"

"자살?" 그는 깜짝 놀라 물었다.

"그래! 자살!"

"루제나!"

"넌 날 곧장 그리로 몰아넣을 거야! 단언해! 넌 날 분명히 그리로 몰아넣고 있어!"

"오늘 저녁 네 방에 가도 돼?" 그는 얌전하게 물었다.

"안 돼. 오늘 저녁은 안 돼."

루제나가 말했다. 그러고 나서 그를 진정시켜야 한다는 걸 깨닫고 좀 더 타협하듯 덧붙였다.

"이리로 전화해도 좋아, 프란티셰크. 하지만 월요일 전에는 안 돼."

그녀는 발길을 돌렸다.

"잠깐!" 젊은이가 말했다. "네게 줄 게 있어. 날 용서해 달라고 말이야." 그는 그녀에게 작은 꾸러미를 내밀었다.

그녀는 그것을 받아 들고 재빨리 길거리로 나섰다.

6

"슈크레타 의사가 그 정도로 괴짜인가요, 아니면 그런 척하는 걸까요?" 올가가 야쿠프에게 물었다.

"그를 안 순간부터 내가 궁금해하던 문제야." 야쿠프가 대답했다.

"괴짜들이 자기네들 기발함을 높이 평가받게 만드는 데 성공할 경우, 그들의 삶은 상당히 멋져지죠." 올가가 말했다. "슈크레타 의사는 믿기 어려울 정도로 정신이 나가 있어요. 이야기를 한참 하다가도 자신이 방금 무슨 얘기를 했는지 잊어버릴 정도예요. 때로는 길에서 장광설을 늘어놓다가 두 시간이나 늦게 병원에 도착하기도 해요. 하지만 아무도 그가 늦는 것에 대해 감히 그에게 뭐라고 탓하지 못하죠. 공인된 괴짜니까 그의 특권이 되어 버린 기발함을 놓고 왈가왈부할 수 있는 사람은 단지 시골뜨기뿐이라는 이유로 말이에요."

"괴짜건 아니건 그가 너를 제대로 치료하는 것 같군."

"아마도. 그러나 여기 모든 사람들은 병원 일이 그에겐 부차적이라고 느껴요. 훨씬 더 중요한 수많은 계획에 전념하지 못하게 가로막는 그런 것 말이에요. 예를 들면 내일 그는 드럼을 연주할 거라네요!"

"잠깐." 올가의 말을 끊으며 야쿠프가 말했다. "그 얘기가 그럼 사실이란 말이야?"

"물론이죠! 유명한 트럼펫 주자 클리마가 내일 여기서 콘서트를 열고 슈크레타 의사는 드럼으로 그의 반주를 맡는다는 포스터가 온천장 전부를 뒤덮은걸요."

"정말 놀라운 일이야." 야쿠프가 말했다. "슈크레타 의사가 드럼을 연주할 생각이라는 건 전혀 놀랍지 않아. 슈크레타 의사는 내가 아는 사람 중 가장 뛰어난 몽상가야. 하지만 그 꿈들 가운데 단 하나도 실현된 걸 본 적이 없어. 우리가 서로 알게 된 대학 시절, 그에겐 돈이 없었어. 언제나 빈털터리였고, 그래서 언제나 돈 벌 궁리를 수없이 했지. 그 무렵 그는 웨일스 테리어 암컷을 한 마리 살 계획을 세웠어. 왜냐하면 그 종이 4000코루나에 팔린다는 얘기를 들었거든. 즉시 그는 계산해 보았지. 그 종 암캐가 매년 다섯 마리씩 두 번 강아지를 낳을 것이고, 둘 곱하기 다섯 하면 열 마리, 사천 곱하기 열이면 일 년에 4만 코루나였지. 그는 치밀한 계획을 세웠어. 대학 구내식당 관리인에게서, 남은 음식 찌꺼기를 매일 그 개 먹이로 주겠다는 약속도 아주 어렵사리 받아 냈어. 그 개를 매일 산보시켜 주는 대가로 두 여학생의 논문도

대신 써 줬지. 그는 개를 기르지 못하는 기숙사에 살고 있었어. 그 때문에 그에겐 예외로 개를 키우게 해 준다는 약속을 받을 때까지 매주 여사감에게 장미 다발을 선사했어. 그렇게 두 달간 개를 기를 터를 닦았는데도, 우린 모두 그가 그 개를 절대로 얻지 못하리라는 것을 잘 알고 있었어. 그 개를 사려면 우선 4000코루나가 필요했는데, 누구도 그에게 돈을 빌려 주려 하지 않았으니까. 그 누구도 그를 진지하게 받아들이지 않았어. 모두 그를 몽상가로 취급했지. 물론 더할 나위 없이 교활하고 과감하긴 하지만 단지 상상 세계 속에서나 그렇다는 거야."

"정말 재밌는 얘기군요. 하지만 전 아저씨가 그에게 느끼는 그 야릇한 애정은 이해 안 가요. 그를 믿을 수가 없거든요. 시간도 안 지키고, 전날 약속한 것도 다음 날이면 잊어버리는 사람이에요."

"늘 그렇진 않아. 예전에 그는 날 많이 도와줬어. 실제로 그보다 더 많이 나를 도와준 이는 없지."

야쿠프는 양복저고리 안주머니에 손을 넣어 접힌 얇은 종이를 꺼냈다. 그가 그것을 펼치자 연한 파란색 알약이 나왔다.

"뭐예요?"

"독약."

야쿠프는 잠시 동안 젊은 여자의 의문 섞인 침묵을 음미한 후 말을 이었다.

"십오 년도 더 되었지. 이 약을 지닌 지. 감옥에 갔다 온 이후, 깨달은 사실이 하나 있었어. 적어도 하나의 확신이 필요하다는 거야. 자신의 죽음을 자기 의지대로 할 수 있고, 또 그 방법과 때를 선택할 수 있다는 확신 말이야. 그런 확신이 있으면 많은 일들을 견뎌 낼 수 있지. 언제든지 원할 때 최악의 사태에서 벗어날 수 있을 거라는 걸 아는 거지.”

“감옥에서도 이 독약을 지니고 있었어요?”

“유감스럽게도 아니었어! 그래도 출소하자마자 손에 넣었지.”

“더 이상 필요 없었을 때 말이죠?”

“이 나라에선 이런 것들을 언제 필요로 하게 될지 절대로 몰라. 그리고 그건 내게 원칙의 문제야. 모든 인간은 성년이 되는 그날 독약을 받아야 한다고 봐. 그걸 위해 엄숙한 예식도 거행되어야 하고. 자살을 고취하려는 게 아니라 반대로 더 큰 확신과 평온을 누리며 살기 위해 말이야. 자신의 삶과 죽음이 자기 손에 달렸다는 걸 알면서 살기 위해서지.”

“이 약은 어떻게 구했어요?”

“슈크레타 의사는 실험실에서 생화학자로 일을 시작했지. 처음에 나는 다른 사람에게 그런 부탁을 했지만 그는 독약을 주지 않는 게 자신의 도의적 의무라고 생각했어. 그런데 슈크레타는 일 초도 망설이지 않고 이 알약을 직접 만들어 줬어.”

“아마 괴짜라서겠죠.”

“그럴지도 모르지. 그러나 무엇보다 그가 나를 이해했기 때문일 거야. 내가 자살극이라도 벌이며 혼자서 만족스러워하는 히스테리 환자가 아닌 걸 그는 알고 있었어. 무엇이 문제인지 그는 이해했던 거야. 오늘 나는 그에게 이 약을 돌려 줄 거야. 더 이상 필요치 않을 테니까."

"그럼 모든 위험이 다 끝났나요?"

"내일 아침, 나는 이 나라를 영원히 떠나. 어떤 대학에서 초빙을 받았고, 이 나라를 떠날 수 있는 허가도 얻었지."

마침내 모든 걸 말했다. 야쿠프는 올가를 바라보았고, 그녀가 미소 짓는 걸 보았다. 그녀는 그의 손을 잡았다.

"정말이에요? 무척 좋은 소식이군요! 저도 무척 기뻐요!"

만일 올가가 더 나은 삶을 누릴 외국으로 떠난다는 소식을 들었더라면 그 자신 역시 느꼈을 그런 순수한 기쁨으로 그녀도 기뻐했다. 그 사실에 오히려 그는 놀랐다. 그녀가 자기에게 감상적인 애정을 품고 있지 않나 그는 늘 두려워했기 때문이다. 그런데 그렇지 않았기에 그는 행복했다. 그러나 한편으론 다소 기분이 상해 스스로도 깜짝 놀랐다.

야쿠프가 전한 새 소식에 너무나 흥미를 느꼈던 올가는 구겨진 얇은 종이에 싸인 채 그들 사이에 놓인 연한 파란색 알약에 대해서는 묻는 것도 잊었다. 그리고 야쿠프는 앞으로 그가 할 일의 모든 여건에 대해 자세히 그녀에게 설명해야 했다.

"아저씨가 떠날 수 있게 됐다니 너무나 기뻐요. 이곳에서 아저씨는 언제나 요주의 인물이었어요. 아저씨가 일을 계속 하는 걸 허락하지도 않았잖아요. 그리고도 조국에 대한 사랑 을 설교해 대는 게 그들 일이잖아요. 일하는 게 금지된 나라 를 어떻게 사랑할 수 있겠어요? 분명히 말씀드리지만 저는 조국에 아무런 애정도 느끼지 않아요. 제가 나쁜 건가요?"

"난 모르겠다. 정말 모르겠어. 나로 말할 것 같으면, 난 이 나라에 상당히 애착이 있었어."

"어쩜 제가 나쁘겠죠." 올가가 대꾸했다. "그러나 전 어떤 것으로도 이 나라에 연결된 것 같지 않아요. 무엇이 저를 이 나라에 붙들어 맬 수 있겠어요?"

"심지어 고통스러운 기억조차 우리를 묶는 끈이지."

"무엇에 묶어 놓는다는 거죠? 우리가 태어난 바로 이 나라에 계속 머물게 하는 것 말인가요? 자기 어깨 위에 놓인 짐을 던져 버리지 않고 자유에 대해 논할 수 있다고는 생각하지 않아요. 나무가 자랄 수 없는 곳이 나무에겐 집이 될 수 없는 것과 같아요. 나무에겐 신선한 토양을 얻을 수 있는 곳이 바로 자기 집이에요."

"너는 여기서 신선한 토양을 얻고 있나?"

"대체로 그렇다고 할 수 있죠. 마침내 학업이 허락됐으니, 제가 원하는 건 얻은 셈이죠. 전 자연과학을 전공하고 싶어요. 그 외에는 어떤 것도 하고 싶지 않아요. 이 나라 제도를 만든 건 제가 아니니까 제겐 전혀 책임이 없어요. 그런데 정확히 언제 떠나세요?"

"내일."

"그렇게 빨리요?" 그녀가 그의 손을 잡았다. "부탁이에요. 제게 작별 인사를 하러 올 만큼 친절한 분이니, 그렇게 서두르지 말아 주세요."

그가 예상했던 것과는 언제나 달랐다. 그녀는 그를 내심 좋아하는 젊은 여자 같지도, 그에게 순수한 부녀지간 애정

을 느끼는 양녀답지도 않게 행동했다. 그녀는 감동적인 다정
함이 묻어나는 태도로 그의 손을 잡고 그의 눈을 들여다보며
재차 말했다.

"서두르지 마세요! 아저씨가 단지 제게 작별인사를 하러
여기 왔다면 그건 제겐 아무런 의미도 없을 거예요."

야쿠프는 거의 당황스러웠다.

"생각해 보지. 슈크레타 의사도 좀 더 있으라고 나를 설득
하려고 하지."

"좀 더 머물러야만 해요. 어쨌든 우리 서로를 위한 시간이
너무 없군요. 이제 전 온천장으로 돌아가야 하는데……."

그녀는 잠시 생각하는 듯하더니, 야쿠프가 여기 있으니
아무 데도 가지 않겠다고 잘라 말했다.

"안 돼, 안 돼. 가야 해. 치료를 소홀히 하면 안 돼. 내가 데
려다 주지."

"정말요?" 행복에 겨운 목소리로 올가가 물었다. 그리고
그녀는 뭔가를 찾으려고 옷장을 열었다.

연한 파란색 알약은 탁자에 펼쳐진 얇은 종이 위에 놓여
있었다. 그리고 올가, 그가 이 약의 내력에 대해 털어놓은 이
세상 유일한 존재인 그녀는 열린 옷장으로 몸을 돌린 채 독
약에 등을 돌리고 있었다. 야쿠프는 이 연한 파란색 알약이
자기 인생의 드라마, 버려지고 거의 잊힌, 그리고 아마 별 흥
미도 없는 드라마일 거라고 생각했다. 이제 흥미 없는 이 드
라마를 걷어치우고 재빨리 이별을 고한 후 등 뒤로 내버릴
때가 되었다고 생각했다. 그는 종잇조각에 약을 싼 다음 양

복저고리 안주머니에 쑤셔 넣었다.

올가는 옷장에서 가방을 하나 꺼내 그 안에 수건을 넣고 옷장을 닫았다.

"준비 다 됐어요." 올가가 야쿠프에게 말했다.

7

루제나는 언제부터인지도 모를 정도로 오랫동안 공원 벤
치에 앉아 있었다. 그녀는 자리에서 움직일 수가 없었는데,
아마 그녀의 생각이 단 한 점에 고정되어 움직이지 않았기
때문일 것이다.

어제만 해도 그녀는 트럼펫 주자가 자기에게 한 말을 믿
었다. 기분 좋은 일일 뿐만 아니라 더 간단했기 때문이다. 그
리하여 그녀는 힘에 부치는 투쟁을 편안한 마음으로 포기할
수 있었던 것이다. 그러나 동료들이 자기를 조롱하자, 그녀
는 다시금 그를 의심하기 시작했으며, 그를 정복할 만큼 자
신이 충분히 꾀바르지도 끈질기지도 못한 게 아닐까 속으로
는 두려워하면서 그를 증오하게 되었다.

그녀는 아무 호기심도 없이 프란티셰크가 그녀에게 준 선
물 포장지를 찢었다. 그 안에는 연한 파란색 옷감이 들어 있

었다. 루제나는 그가 잠옷을 선물했음을 깨달았다. 그녀가 입고 있는 모습을 그가 매일매일, 무수한 날들 동안, 평생 동안 보고 싶은 그런 잠옷을. 그녀는 연한 파란색 천을 들여다보며 곰곰이 생각했다. 그 파란 얼룩이 흘러내려 자꾸 커져서 선의와 헌신의 늪으로, 마침내는 그녀를 삼켜 버리고 말 그런 맹목적인 사랑의 늪으로 변해 버리는 장면이 보이는 것만 같았다.

그녀는 누굴 더 증오할까? 그녀를 원치 않는 자일까, 아니면 그녀를 원하는 자일까?

그녀는 두 사람에 대한 증오로 마비되어 주위에서 무슨 일이 일어나는지 아무것도 모른 채 벤치에 못 박힌 듯 꼼짝 않고 있었다. 보도 끝에 미니버스가 한 대 멈춰 서고 덮개가 덮인 초록색 트럭이 그 뒤를 따라 섰는데, 그 트럭 속에서 울부짖는 개들의 아우성이 루제나에게까지 들려왔다. 미니버스의 문이 열리더니 팔에 붉은 완장을 찬 한 늙은이가 내렸다. 루제나는 얼빠진 듯 그녀 앞에서 벌어지는 상황을 멍하니 바라보면서, 자신이 무엇을 보고 있는지 한순간 전혀 깨닫지 못했다.

그 노인이 버스를 향해 명령하자 다른 한 노인이 내렸다. 팔에는 역시 붉은 완장을 차고 손에는 3미터짜리 장대를 들고 있었는데, 그 장대 끝에는 철사 고리가 있었다. 다른 이들도 내려와 미니버스 앞에 정렬했다. 모두가 노인들로, 전부 붉은 완장을 차고 끝이 철사 고리로 무장된 장대를 들고 있었다.

맨 처음에 내린 사람은 장대는 들지 않고 지시를 내렸다. 마치 야릇한 창기병 분대처럼 노인들은 여러 번 차렷과 쉬어 자세를 취했다. 그러고 나서 그 사람이 다른 명령을 내렸고, 노인 분대는 공원 안으로 달려 들어갔다. 거기서 그들은 흩어져 각기 다른 방향으로, 어떤 이들은 산책로로, 또 다른 이들은 잔디밭으로 뛰어갔다. 공원에서는 온천 요양객들이 산책하고 어린애들이 놀고 있었는데, 모두들 갑자기 멈춰 서서 긴 장대로 무장하고 돌격 중인 그 노인들을 놀라운 듯 바라보았다.

루제나 역시 자신의 혼미한 상념에서 벗어나 무슨 일이 일어나고 있는지 관찰하기 시작했다. 그녀는 노인들 틈에서 아버지를 알아보고는 별로 놀라지도 않은 채, 단지 혐오감을 느끼며 지켜보았다.

똥개 한 마리가 자작나무 아래 잔디에서 종종걸음을 치고 있었다. 노인들 중 한 명이 그 쪽으로 줄달음질 쳤고, 개는 놀라서 그를 바라보고 있었다. 노인은 장대를 휘두르며 개 머리에 철사 고리를 씌우려 했다. 그러나 장대는 너무 길었고, 늙은 손은 힘이 없었다. 그래서 그는 목표물을 놓쳐 버렸다. 철사 고리는 개 머리 주위에서 왔다 갔다 했으며, 개는 그것을 신기한 듯 바라보았다.

그러나 팔이 더욱 건장한 또 다른 노인이 그 노인을 도와주려고 나섰다. 결국 그 작은 개는 철사 고리에 잡히고 말았다. 노인은 장대를 잡아당겼으며, 철사는 털이 북슬북슬한 개의 목덜미에 깊숙이 박혔고, 개는 비명을 내질렀다. 두 노인네는 한바탕 웃으며 주차된 차량까지 잔디밭 위로 그 개를 질질 끌고 갔다. 그들이 트럭 큰 문을 열자, 거기서 개 짖는 소리가 울려 퍼졌다. 그들은 그 똥개를 트럭 안으로 집어 던졌다.

루제나에게 있어서 그녀가 본 모든 것은 바로 자기 이야기의 한 요소일 뿐이었다. 즉 그녀는 두 세계 사이에 낀 불행한 여인이었다. 클리마의 세계는 그녀를 거부했으며, 그녀가 벗어나고 싶어 하는 프란티세크의 세계(진부함과 권태의 세계, 실패와 항복의 세계)는 그가 그녀를 이 철사 고리에 묶어 끌고 가고 싶어 했듯이, 이러한 공격적인 무리의 모습을 한 채 이곳으로 그녀를 찾으러 오는 것이었다.

모래를 깐 공원 오솔길에는, 열 살쯤 된 소년이 덤불 속에서 길 잃은 자기 개를 절망적으로 부르고 있었다. 그러나 개 대신 루제나의 아버지가 장대를 들고 그 아이 곁으로 달려왔다. 아이는 곧 입을 다물었다. 노인이 자기 개를 뺏어 갈 것을 알고 있었기 때문에 두려워 개를 부를 수가 없었다. 아이는 늙은이로부터 도망치려고 곧장 오솔길로 내달렸으나, 노인도 따라 달리기 시작했다. 이제 그들은 나란히 달리게 되었다. 루제나의 아버지는 장대를 들고 달렸고, 소년은 울먹이며 달렸다. 이어 소년은 반대 방향으로 돌아 쉬지 않고 계속 달렸다. 루제나의 아버지 또한 방향을 바꿨다. 그들은 다시금 나란히 달리고 있었다.

덤불 속에서 사냥개 한 마리가 나왔다. 루제나의 아버지가 개를 향해 장대를 내밀었으나, 개는 재빨리 비켜서서 아

이 쪽으로 달려갔으며, 아이는 땅에서 그 개를 일으켜 품에
꼭 껴안았다. 다른 늙은이들이 루제나의 아버지를 도우러 재
빨리 다가왔고, 아이의 팔에서 사냥개를 낚아챘다. 아이가
어찌나 큰 소리로 울고 소리 지르며 발버둥을 쳐 댔는지, 노
인들은 지나가는 사람들의 주의를 너무 끌까 봐 소년의 팔을
비틀고 입을 손으로 틀어막아야 했다. 지나가는 사람들이 뒤
를 돌아보곤 했으나, 모두들 끼어들길 겁냈다.

루제나는 그의 아버지와 동료들을 더 이상 보고 싶지 않
았다. 그러나 어디로 갈 것인가? 그녀의 작은 방에는 아직
다 읽지 못한 추리 소설 한 권이 있었으나 별로 재미도 없었
다. 영화관에선 그녀가 이미 본 영화를 상영 중이었고, 리치
먼드 호텔 홀에는 언제나 텔레비전이 켜져 있었다. 그녀는
텔레비전을 선택했다. 그녀는 벤치에서 일어났다. 노인들이
사방에서 끊임없이 외치는 소리를 들으며 그녀는 자기 배 속
에 든 것을 아주 강렬하게 의식하기 시작했고, 그것이야말로
성스럽다고 생각했다. 그게 그녀를 변모시켰으며 격상했다.
그것이야말로 그녀를 이 개 잡는 미치광이들과 구별 지어 줬
다. 그녀는 자신에겐 포기할 권리가 없노라고, 자신에겐 타
협할 권리가 없노라고 생각했다. 그녀 배 속에 유일한 희망
이 있기에, 미래로 가는 유일한 입장권이 있기에 말이다.

공원 끝에 이르러 그녀는 야쿠프를 보았다. 그는 리치먼
드 호텔 앞 보도에 서서 공원에서 벌어지는 광경을 바라보고
있었다. 그녀는 그를 단지 한 번 점심 식사 중에 보았을 뿐이
지만 잘 기억했다. 당분간 그녀 옆방에 머물게 된 요양객이,

라디오 소리가 좀 커질 때마다 벽을 두드리던 그 여자가 자기에게 극도로 반감을 품고 대했기에, 루제나는 그녀와 관련된 모든 사항을 혐오스러워하며 주의 깊게 관찰했던 것이다.

그 남자의 얼굴이 마음에 들지 않았다. 그녀는 그 얼굴이 아이로니컬하다고 생각했는데, 그녀는 아이러니를 증오했던 것이다. 그녀는 아이러니(모든 형태의 아이러니)가 자신이 진입하고자 하는 미래의 입구에 배치된 무장 보초이며, 그 보초는 심문관 같은 눈으로 그녀를 찬찬히 살펴본 다음 고개를 가로저으며 그녀를 몰아낸다고 항상 생각했다. 그녀는 상체를 한껏 내밀며, 그녀 배 속에 든 온갖 자부심과 그녀 가슴이 지닌 온갖 도발적인 거만함을 내보이며 야쿠프 앞을 지나가기로 결심했다.

그런데 그 남자가 (그녀는 곁눈질로만 그를 관찰하고 있었다.) 갑자기 부드럽고 다정한 목소리로 말했다.

"이리 와……. 나와 함께 가……."

처음에 그녀는 무엇 때문에 그가 자기에게 말을 거는지 이해할 수 없었다. 그의 목소리에 담긴 다정함이 당황스러워서, 그녀는 어떻게 대답해야 할지 몰랐다. 그러나 뒤로 돌아서면서 그녀는 커다란 복서 종 개 한 마리를 얼핏 보았다. 인간의 관점으로는 주둥이가 추하기 그지없는 그 개가 그녀 발꿈치에 바싹 붙어 종종걸음을 치고 있었다.

야쿠프의 목소리를 듣고 그 개가 따라왔다. 그는 개의 목걸이를 잡았다.

"나와 함께 가자. 그러지 않으면 붙잡혀 가."

개는 야쿠프에게 신뢰하는 표정을 지어 보였다. 그를 향해 고개를 든 개의 혓바닥이 마치 유쾌한 작은 깃발처럼 축 처져 있었다.

우스꽝스럽고도 하찮은, 그러나 명백한 모욕으로 가득 찬 순간이었다. 그 남자는 그녀의 도발적인 거만함도 자부심도 전혀 알아채지 못했다. 그녀는 그가 자기에게 말을 거는 줄 알았으나, 실은 개에게 말을 걸었던 것이다. 그녀는 그의 앞을 지나 리치먼드 현관에서 멈춰 섰다.

장대로 무장한 두 늙은이가 공원에서 나와 야쿠프 쪽으로 달려들었다. 그녀는 악의에 찬 눈으로 그 장면을 관찰하면서, 늙은이들 편에 서지 않을 수 없음을 느꼈다.

야쿠프가 개목걸이를 잡고 개를 끌면서 호텔 현관으로 다가가자 한 늙은이가 그에게 소리 질렀다.

"당장 그 개를 놓아요!"

다른 이도 외쳤다.

"법의 이름으로!"

야쿠프는 늙은이들을 못 본 척하면서 계속 앞으로 나아갔다. 그러나 뒤쪽에서 장대 하나가 그의 몸을 타고 서서히 내려오더니, 철사 고리가 개 머리 위에서 어설프게 흔들거렸다.

야쿠프는 장대 끝을 붙잡아 휙 치워 버렸다.

세 번째 늙은이가 달려와 외쳤다.

"공공질서에 위배되는 행위예요! 경찰을 부르겠어!"

또 다른 늙은이가 날카로운 목소리로 그를 비난했다.

"그놈이 공원 안에서 뛰어다니고 있었어! 또 놀이터에서

도 돌아다녔고. 위법이란 말입니다! 아이들이 노는 모래밭에
오줌을 쌌단 말이에요! 당신은 아이들보다 개를 더 좋아한
단 말인가!”

루제나는 현관에서 그 광경을 유심히 지켜보았다. 조금
전 그녀가 단지 배 속에서만 느꼈던 자부심이 전신으로 흘러
들어와 그녀의 온몸을 반항적 힘으로 가득 채웠다. 야쿠프와
개가 계단을 올라 그녀 가까이로 다가서자, 그녀가 야쿠프에
게 말했다.

“당신은 개를 데리고 이곳에 들어올 권리가 없어요.”

야쿠프는 차분한 목소리로 대꾸했다. 그러나 그녀는 더
이상 물러설 수 없었다. 그녀는 다리를 벌리고 리치먼드 호
텔의 커다란 현관 문 앞에 버티고 섰다. 그리고 반복했다.

“이곳은 온천 요양객을 위한 호텔이에요. 개를 위한 곳이
아니에요. 여긴 개가 들어올 수 없어요.”

“아가씨, 당신은 어째서 철사 고리가 달린 장대를 들고 있
지 않나요?”

그렇게 말하며 야쿠프는 개와 함께 현관으로 들어가려고
했다.

루제나는 야쿠프의 말 속에서 자신이 그토록 싫어하는 아
이러니를, 그녀가 속했던 그곳으로, 또 그녀가 머물고 싶어
하지 않는 그곳으로 그녀를 되돌려 보내는 바로 그 아이러니
를 감지했다. 화나 나서 그녀는 눈앞이 다 흐릿해졌다. 그녀
는 개의 목걸이를 낚아챘다. 그렇게 그와 그녀 둘이 함께 그
개를 잡게 되었다. 야쿠프는 호텔 안으로, 그녀는 밖으로 개

를 끌어 댔다.

야쿠프는 루제나의 손목을 잡고 그녀의 손가락을 개 목걸이에서 떼어 냈다. 어찌나 심하게 다루었는지 그녀는 휘청거렸다.

"당신은 요람 안에 아기들보다 푸들이 있는 걸 더 좋아하겠군요!" 그녀가 그에게 외쳤다.

야쿠프가 돌아서자 그들의 시선이 마주쳤다. 갑작스럽고 적나라한 증오에 가득 찬 시선이 서로를 노려봤다.

8

복서 개는 호기심에 가득 차 종종걸음으로 방 안을 돌아다녔는데, 자신이 막 위험에서 벗어났다는 것도 전혀 알아채지 못했다. 야쿠프는 소파에 누워 그 개를 어떻게 할 것인지 생각했다. 그는 그 개가 마음에 들었다. 개는 명랑했고, 무척 착했다. 몇 분 만에 처음 온 방에 익숙해지는 것이나, 처음 본 사람과 친해지는 것이 어찌나 태평스럽고 쉬운지 약간 의심적기도 했고 바보 같아 보이기도 했다. 개는 방 안 구석구석 냄새를 맡고 다니더니 소파 위로 뛰어올라 야쿠프 곁에 누웠다. 야쿠프는 깜짝 놀랐으나 이런 동료의식의 표현을 거리낌 없이 받아들였다. 그는 개 등에 손을 올려놓고 동물의 온기를 감미롭게 느꼈다. 그는 언제나 개들을 사랑했다. 개들은 친근하고 애정 깊으며 헌신적이나, 동시에 전혀 이해할 수 없었다. 이해할 수 없는 자연의 세계에서 온 이 유쾌하고도 믿음직스러운 메신저의 마음과 머릿속에서 정확히 무슨 일이 일어나는지 그 누구도 알 수 없으리라.

그는 개 등을 긁어 주면서 방금 자신이 목격한 광경을 생각해 보았다. 장대로 무장한 늙은이들이 그에게는 감옥 간수들, 예심 판사들, 그리고 이웃이 장을 보며 정치 얘기를 하는지 염탐하는 밀고자들과 혼동되었다. 그들로 하여금 그 끔찍한 행동을 하게 만드는 게 과연 무엇일까? 고약함인가? 물론이다. 하지만 질서에 대한 욕망도 있을 것이다. 왜냐하면 질서에 대한 욕구란 인간 세계를 무생물의 통치 체계, 즉 그 속에선 모든 것이 개인을 말살하는 규칙에 따라 움직이고 작동하며 또 그 규칙에 종속되는 그런 통치 체계로 변화시키고자 하기 때문이다. 질서에 대한 욕구는 동시에 죽음에 대한 욕구다. 왜냐하면 삶은 끊임없이 질서를 위반하기 때문이다. 아니면 반대로 질서에 대한 욕구는 인간에 대한 인간의 증오가 자신의 가혹 행위를 정당화하고자 내세우는 고상한 구실이다.

이윽고 그는 자신이 개를 데리고 리치먼드로 들어서려는 것을 막으려 했던 젊은 금발 여자를 생각했다. 그러자 그녀에 대한 고통스러운 증오가 느껴졌다. 장대로 무장한 늙은이들은 그를 화나게 하지 않았다. 그는 그런 사람들을 잘 알고 있었으며, 그런 이들을 언제나 염두에 두고 있었다. 그런 사람들이 존재하며, 또 존재할 거라는 사실, 그리고 언제나 자신을 박해하는 자들임을 그는 한 번도 의심해 본 적이 없었다. 그러나 그 젊은 여자, 그 부분은 영원한 그의 실패였다.

그녀는 예뻤으며, 박해자로 등장한 게 아니라 구경꾼으로, 그 광경을 보고 넋이 나가 박해자들과 자신을 동일시하는 단순한 구경꾼으로 무대에 등장한 것이다. 목격자들이란 처형이 진행되는 동안 희생자를 꼼짝 못 하게 붙들어 줄 준비가 된 자라는 생각에 야쿠프는 언제나 끔찍해했다. 왜냐하면 시간이 흐름에 따라 사형 집행인은 가깝고 친근한 인물이 되는 반면, 처형되는 자는 뭔가 귀족적인 냄새를 풍기기 때문이다. 예전에는 박해받는 비참한 이들에게 자신을 동일시했던 군중의 영혼은, 오늘날에는 박해하는 자들의 비참함에 자신을 동일시한다. 우리 시대에 있어서 인간 사냥은 특권층 사냥이 되었기 때문이다. 즉 책을 읽는 사람이나 개를 기르는 이들 말이다.

그는 손에서 동물의 따뜻한 몸을 느꼈다. 그리고 그 젊은 금발 여자는 그가 이 나라에서 절대로 사랑받지 못할 것임을 비밀스러운 신호로 알려 주기 위해 왔다고, 또 인민의 사자(使者)인 그녀는 철사 고리가 달린 장대로 그를 위협할 사람들에게 언제나 그를 내어 줄 준비가 되어 있을 거라고 생각했다. 그는 개를 품에 꼭 껴안았다. 그는 그 개를 아무런 보호 없이 이곳에 내버려 둘 수 없으며 박해의 증인으로, 또 그 박해를 피할 수 있었던 이들 중 하나로 자신과 함께 이 나라에서 멀리 떨어진 곳으로 데려가야겠다고 생각했다. 또 자기는 지금 그 명랑한 개를, 경찰을 피해 달아나는 추방자처럼 이곳에 숨겨 주는 것처럼 느껴졌는데, 그런 생각이 우스꽝스럽게 여겨졌다.

방문을 두드리는 소리가 났고, 슈크레타 의사가 들어왔다.

"마침내 돌아왔군. 한참 됐어. 오후 내내 자네를 찾았어. 어디를 헤매고 다녔어?"

"올가를 보러 갔었어. 그러고 나서……."

그는 개 이야기를 하고 싶었으나 슈크레타 의사가 그의 말을 막았다.

"그럴 줄 알았어. 서로 할 얘기가 산더미 같은데 그렇게 시간을 허비하다니! 베르틀레프에게 자네가 여기 왔다고 이미 말했어. 그가 우리 둘 모두 초대하도록 해 놓았어."

그 순간 소파에서 개가 뛰어 내려와 의사에게 다가가더니 뒷발로 서서 앞발을 그의 가슴팍에 갖다 댔다. 슈크레타 의사는 개의 목덜미를 긁어 주었다.

"그래, 그래, 봅, 참 착하지." 그는 전혀 놀라지 않고 말했다.

"이 개 이름이 봅이야?"

"그래, 봅이야." 의사가 말했다. 그리고 그 개가 이 도시에서 멀지 않은 숲속 여인숙 개라고 설명했다. 여기저기 돌아다니기 때문에 모두들 그 개를 안다는 것이었다.

개는 사람들이 자기 얘기를 하는 것을 알고 즐거워했다. 개는 꼬리를 흔들고 슈크레타의 얼굴을 핥으려고 했다.

"자네는 뛰어난 심리학자잖아. 오늘 그를 아주 자세히 연구해 줘. 어떻게 그를 잡아야 하는지 모르겠어. 그를 상대로 대단한 계획을 세우고 있네."

"성화 파는 일 말이야?"

"성화, 그런 건 하찮은 일이지. 그보다 훨씬 중요한 일이야. 난 그가 나를 입양했으면 해.”

“자네를 입양한다고?”

“그래, 나를 아들로 입양하는 거지. 내겐 중요한 일이야. 내가 그의 양자가 되면 난 저절로 미국 국적을 얻지.”

“이민 가고 싶은 거야?”

“아니. 난 여기서 장기적인 실험을 시작했어. 그걸 중단하고 싶지는 않아. 게다가 이 실험에 자네가 필요하니까, 오늘 자네에게 그 이야기를 해야겠네. 그런데 미국 국적을 얻으면 미국 여권도 가지게 될 테고, 세계를 자유롭게 여행할 수 있을 거야. 자네도 알다시피 그러지 않고선 보통 사람은 이 나라에서 절대로 나갈 수 없잖아. 난 아이슬란드에 너무나 가고 싶어.”

“하필이면 아이슬란드에는 왜?”

“연어 잡기에는 가장 좋은 곳이야.” 슈크레타 의사는 말했다. 그리고 또 계속했다.

“일을 좀 복잡하게 만드는 건 베르틀레프가 내 아버지가 되기에는 그리 나이가 많지 않다는 점이야. 입양 부권이란 자연적인 부권과는 전혀 상관없는 법적인 것임을 그에게 설명해야 할 거야. 이론적으로는 그가 나보다 어리다 해도 내 아버지가 될 수 있다는 걸 말이야. 그는 아마 이해하겠지만, 그의 아내는 매우 젊어. 내 환자였지. 게다가 모레면 여기에 도착할 거야. 나는 수지를 프라하에 보냈어. 비행기에서 내리는 그녀를 마중하도록 말이야.”

“수지도 자네 계획을 알아?”

“물론. 나는 아내에게 미래 시어머니에게 어떻게 해서든 호감을 얻으라고 얘기했지.”

“그 미국인은 뭐라던데?”

“바로 그 점이 가장 어려운 거야. 암시만으로는 전혀 이해 못 하는 친구지. 그래서 자네가 필요한 거야. 그를 연구해서 그에게 어떻게 접근해야 하는지 가르쳐 줘.”

슈크레타 의사는 시계를 보고 베르틀레프가 그들을 기다린다고 말했다.

“그런데 봅은 어쩌지?” 야쿠프가 물었다.

“어떻게 여기로 데려왔어?” 슈크레타 의사가 물었다.

야쿠프는 그의 친구에게 어떻게 그 개의 생명을 구했는지 설명했다. 그러나 슈크레타 의사는 자기 생각에 몰두해서 그의 말을 건성으로 들었다. 야쿠프가 말을 마치자 그가 말했다.

“여인숙 여주인이 내 환자야. 이 년 전에 아기를 낳았지. 그들은 봅을 매우 사랑해. 내일 봅을 그들에게 데려다 줘. 그 동안 잠 오는 약을 줘서 조용히 있게 해야겠네.”

그는 주머니에서 가늘고 긴 약통을 꺼내 알약을 하나 꺼냈다. 그는 개를 불러 주둥이를 벌리고 목구멍 깊숙이 알약을 집어넣었다.

“일 분 후면 달콤한 잠에 빠져들 거야.” 그렇게 말하고 그는 야쿠프와 함께 방을 나섰다.

9

베르틀레프는 두 방문객을 환영했으며, 야쿠프는 방 안을 둘러보았다. 그러고는 턱수염이 난 성인을 그린 그림에 다가갔다.

"그림을 그리신다고 들었는데요." 그가 베르틀레프에게 말했다.

"네. 성 나사로예요, 내 수호성인이죠."

"어째서 후광을 푸른색으로 하셨나요?" 놀란 표정으로 야쿠프가 물었다.

"그런 질문을 하시니 반갑군요. 일반적으로 사람들은 그림을 보면서 자신이 뭘 보는지조차 몰라요. 나는 후광을 푸르게 했어요. 단지 후광이 진짜로 푸른색이기 때문에요."

야쿠프는 다시 놀란 표정을 지었고, 베르틀레프가 말을 이었다.

"특별히 강력한 사랑으로 신을 믿는 사람은 그 대가로 성
스러운 환희를 느끼고, 그 환희는 그들의 온몸으로 퍼져 외
부로 빛을 발하지요. 그 성스러운 환희의 빛은 평화롭고 부
드러우며, 창공의 푸른빛을 띠죠."

"잠깐만, 그 말은 후광에 하나의 상징 이상의 의미가 있다
는 말인가요?"

야쿠프가 끼어들었다.

"물론이죠. 하지만 후광이 성인들 머리에서 항상 빛을 발
하거나, 성인들이 마치 등잔불을 든 것처럼 후광을 달고 다
닌다고 생각하지는 마세요. 물론 아니니까요. 그들이 내면적
으로 아주 충만한 환희를 느낄 때만 가끔씩 그들 이마에서
푸른빛이 나오죠. 예수님이 죽은 후 몇 세기 동안 많은 성인
들이 나왔는데, 수많은 사람들이 그들을 실제로 잘 알고 지
냈던 그 시절에는 아무도 후광 색에 대해서 의심하지 않았
죠. 그 시대 모든 그림과 벽화에서 후광 빛깔이 푸르다는 걸
확인할 수 있어요. 단지 5세기가 지난 다음부터 화가들이 서
서히 후광을 다른 색깔, 예를 들면 노란색이나 오렌지색으로
그리기 시작했죠. 그리고 그 후, 고딕 시대 그림에서 후광은
금색뿐이었어요. 금색이 훨씬 장식적이었고, 지상 세력과 교
회 영광을 더 잘 드러냈거든요. 그러나 그런 색깔의 후광은
초기 기독교 시절 교회의 진짜 후광과는 거리가 멀죠."

"제가 몰랐던 사실이군요." 야쿠프가 말했으며, 베르틀레
프는 술 진열장으로 다가갔다. 그는 잠시 두 손님과 어떤 술
을 마실 것인지 의논하더니, 코냑을 세 잔 따른 다음 의사를

향하여 돌아섰다.

"제발 그 불행한 아버지를 잊지 마세요. 나는 그를 매우 좋아해요!"

슈크레타 의사는 모든 일이 잘 끝날 거라고 베르틀레프를 안심시켰고, 야쿠프는 무슨 얘기인지 물었다. 이야기를 듣고 났을 때 (야쿠프에게조차 그 사람이 누군지 이름을 대지 않은 이 두 사람의 세련된 신중함을 높이 평가하자.) 그는 그 불행한 아버지에 대해 크나큰 동정을 표하며 이렇게 말했다.

"우리들 가운데 누가 그런 고난을 겪지 않았겠어요! 삶의 가장 큰 시련 중 하나예요. 그 시련을 이기지 못하고 어쩔 수 없이 아버지가 되는 자들은 그 패배로 영원히 낙인찍히고 말죠. 그리고 패배한 모든 이들처럼 고약해지고, 다른 모든 사람들에게도 똑같은 운명이 닥쳤으면 하죠."

"이봐요, 친구!" 베르틀레프가 외쳤다. "당신은 지금 행복한 아버지 앞에서 이야기하고 있어요. 당신이 만일 하루 이틀 여기 더 머문다면, 내 귀여운 아들을 만나 보고 당신이 방금 한 얘기를 취소할 겁니다!"

"나는 내 말을 취소하지 않을 겁니다. 당신은 어쩔 수 없이 아버지가 된 건 아니니까요." 야쿠프가 말했다.

"물론 아니죠. 나는 진심으로 원해서, 그리고 슈크레타 의사 덕택에 아버지가 되었어요."

의사는 만족스러운 표정으로 그 말에 동의했다. 그리고 사랑스러운 자기 아내 수지가 아기를 갖게 된 그 축복받은 일이 잘 증명하듯이, 부성애에 대해서 야쿠프와는 달리 생각한다고 단호히 말했다. 그러고는 덧붙였다.

"출산 문제에서 날 다소 당황스럽게 만드는 유일한 점은 부모들의 무분별한 선택입니다. 추한 사람들이 아기를 갖기로 결심하는 건 정말 믿을 수 없는 일이에요. 아마도 그들은 후손들과 자기네들의 추함을 공유하면 그 무게가 덜어질 거라고 생각하겠죠."

베르틀레프는 슈크레타 의사의 관점을 미학적 인종 차별이라고 규정지었다.

"잊지 마세요. 소크라테스가 대단한 추남이었을 뿐 아니라, 역사에 빛나는 수많은 연인들이 완벽한 외모 때문에 유명해진 건 전혀 아니라는 사실 말입니다. 미학적 인종 차별은 거의 언제나 경험이 없다는 걸 드러내죠. 사랑이 주는 즐거움의 세계 속으로 깊이 파고 들어가지 못한 자들은 그들이 보는 외양으로만 여자를 판단하죠. 그러나 여자를 진정으로 아는 이들은, 눈이란 여자가 우리에게 제공할 수 있는 것 중 아주 미미한 부분밖에 보지 못한다는 걸 알죠. 의사 선생, 사랑을 하고 자식을 낳도록 신이 인류를 만들었을 때, 그는 아름다운 자만큼이나 추한 이들도 생각했던 겁니다. 게다가 나는 미적 기준이란 신에게서 온 게 아니라, 악마에게서 왔다고 확신해요! 천국에선 누구도 추함과 아름다움을 구분하지 않았죠."

야쿠프가 다시 말을 받아서, 미적인 문제는 그가 자식을 갖는 것에 대해 느끼는 혐오감과는 전혀 무관하다고 단언하며 말했다.

“하지만 나는 아버지가 되어서는 안 되는 열 가지 이유를 얘기할 수 있어요.”

“얘기해 보세요. 듣고 싶군요.” 베르틀레프가 말했다.

“먼저, 나는 모성을 좋아하지 않아요.”라고 말하고는 야쿠프는 잠시 생각에 잠겼다가 다시 말을 이었다.

“현대에 와서 모든 신화는 밝혀졌어요. 유년기는 오래전부터 더 이상 순진한 시기로 간주되지 않죠. 프로이트는 젖먹이의 성을 밝혀 냈고, 오이디푸스에 대한 모든 것을 말했어요. 단지 이오카스테만은 건드리지 못하는데, 누구도 감히 그녀의 베일을 벗기려 하지 않아요. 모성은 최후의 것이요, 가장 위험한 터부죠. 가장 처참한 저주를 내릴 수 있는 것 말입니다. 어머니와 자식을 이어 주는 끈보다 더 견고한 건 없어요. 이 끈은 아이 영혼에 영원히 상처를 주고, 아들이 컸을 때 어머니에게는 가장 큰 사랑의 고통을 준비해 주죠. 나는 모성이 저주라고 단언하며, 거기에 동참하기를 거부합니다.”

“그다음은?” 베르틀레프가 물었다.

“또 다른 이유, 즉 어머니의 수를 늘리는 것을 원치 않는 것은…….” 야쿠프가 약간 주저하며 말했다. “나는 여인의 육체를 좋아하는데, 사랑하는 여인의 젖가슴이 우유 가방으로 바뀌는 걸 생각하면 구역질이 나기 때문이죠.”

“그다음은?” 베르틀레프가 물었다.

“의사와 간호사 들이 유산을 하려고 입원한 여자들을 산모보다 더 심하게 대하는 것, 그렇게 그들을 다소 멸시하는 건 분명한 현실이에요. 슈크레타 의사도 인정할 겁니다. 의사와 간호사 들, 자기네들도 살아 가다 보면 적어도 한 번은 임신 중절을 해야 할 때가 있을 거라는 걸 잊고 말입니다. 그런데 거기엔 어떤 깊은 생각보다는 본능적인 반응이 앞선다는 거예요. 왜냐하면 생식에 대한 숭배는 자연의 명령이기 때문이죠. 바로 그런 이유로 출산을 장려하는 선전에서 뭔가 이성적인 논리를 찾는 건 불필요한 일이죠. 당신은 출산을 부추기는 교회의 도덕을 말하는 게 예수의 목소리라고 생각하시나요? 또 공산주의 국가의 출산장려가 마르크스의 목소리라고 생각하십니까? 자기 종족을 보존하려고 하는 바로 그 단 하나의 욕망에 이끌려, 인류는 이 작은 땅덩어리에서 질식하고 말 겁니다. 그런데 출산을 장려하는 선전은 계속되고, 젖을 먹이는 어머니의 그림이나 얼굴을 찌푸리는 아기 얼굴을 보면 대중들은 감동의 눈물을 흘립니다. 정말 구역질 나요. 나도 다른 수많은 열광하는 자들과 함께, 멍청한 미소를 지으며 요람을 들여다보고 있을 수 있다는 걸 생각하면 등골이 오싹합니다."

"그다음은?" 베르틀레프가 물었다.

"물론 내 자식을 어떤 세계로 내보내게 되는지 자문해 봐야 하는 거죠. 머지않아서 학교는 그 애를 데려다가 머릿속에 진리와 반대되는 것들로 가득 채우려 할 겁니다. 나 자신이 평생을 두고 헛되이 싸워 온 바로 그 진리와 반대되는 것들 말입니다. 내 자식이 내 눈앞에서 바보 같은 순응주의자가 되는 것을 보아야만 할까요? 그렇지 않으면 내 생각을 주입해 그 아이도 나처럼 똑같은 갈등 속으로 끌려 들어가는 걸 보고 고통스러워해야 할까요?"

"그다음은?" 베르틀레프가 물었다.

"물론 나 자신도 생각해야죠. 이 나라에서는 부모들이 복종하지 않았다는 걸로 자식들이 대가를 치르고, 또 자식들이 복종하지 않았다는 걸로 부모들이 대가를 치르죠. 얼마나 많은 젊은이들이 부모가 숙청당했다는 이유로 학업을 중단해야 했습니까! 또 얼마나 많은 부모들이 자식들에게 해를 끼치지 않기 위해 결국 비겁함을 받아들여야 했습니까? 이곳에선 조금이나마 자유를 간직하려면 애를 갖지 말아야 해요."

그렇게 말하고 야쿠프는 입을 다물었다.

"열 가지 이유가 되기 위해서는 아직 다섯 가지가 남았군요." 베르틀레프가 말했다.

"마지막 이유는 너무 중요해서 그 하나만으로도 다섯 가지 정도의 가치는 있어요. 자식을 가진다는 건 인간들과 절대적으로 합의한다는 걸 의미하죠. 내가 아기를 가진다는 건, 나는 태어나서 인생을 맛보았고 인생이 너무나 좋기에 반복될 만하다고 얘기하는 것과 같죠."

"그런데 당신은 인생이 좋은 것이라고 생각하지 않습니까?" 베르틀레프가 물었다.

야쿠프는 자기 생각이 명확히 전달되기를 바랐다. 그래서 신중히 이야기했다.

"제가 아는 것은 단 한 가지, 즉 '인간은 멋진 존재다, 그래서 난 인간을 재생산하고 싶다.'라고 전적으로 확신하고 말할 수는 결코 없다는 거죠."

“그건 자네가 인생의 가장 나쁜 측면 하나만 알았기 때문이야.” 슈크레타가 말했다. “자넨 제대로 사는 법을 결코 알지 못했어. 자넨 자네 의무가 흔히들 말하듯 참여하는 것, 즉 현실의 중심에 있는 거라고 늘 생각했지. 그렇다면 자네에게 현실은 무엇이었어? 정치. 그런데 정치는 인생에서 가장 덜 본질적이고 가장 덜 소중한 것이야. 정치란 강물 위에 떠 있는 더러운 거품에 지나지 않고, 사실 강의 진정한 삶은 더 깊은 심연에서 이루어지지. 임신에 관한 연구는 수천 년 전부터 지속되어 왔어. 견고하고 확실한 역사야. 그 역사에서는 어떤 정권이 권력을 잡고 있는지 전혀 문제되지 않아. 내가 고무장갑을 끼고 여성의 생식 기관을 진찰할 때는, 자네보다 훨씬 더 인생 중심에 가까이 가 있어. 인류의 안녕을 걱정하느라 생명을 잃을 뻔했던 자네보다도 말이야.”

야쿠프는 부정하지 않고 친구의 비난을 인정했다. 슈크레타 의사는 용기를 얻어 계속 얘기했다.

“자신의 원주 앞에 있는 아르키메데스, 바위 더미 앞에 선 미켈란젤로, 시험관 앞에 선 파스퇴르, 인간의 삶을 변형하고 실질적인 역사를 만든 사람들은 바로 그들, 그들뿐이야. 반면 정치가들은…….” 슈크레타 의사는 잠시 말을 멈추고 경멸스럽다는 손짓을 했다.

“정치가들은?” 야쿠프가 묻자 그는 말을 이었다.

“자네에게 말하지. 과학과 예술이 사실상 역사 본연의 진정한 무대라면, 정치란 그 반대로 인간에게 전대미문의 실험을 가하는 폐쇄된 실험실이야. 인간 모르모트들은 덫에 걸려 그 실험실로 끌려 들어가, 박수 소리에 현혹되어 무대 위로 올라가고, 또 교수대의 공포에 떨고, 밀고당하고 또 밀고하도록 강요되지. 나는 이 실험 센터에서 조수로 일했어. 하지만 생체 해부를 위해 몇 번 희생자로 이용된 적도 있지. 나는 (나와 같이 일하는 사람들과 마찬가지로) 어떤 가치 있는 일도 하지 못했다는 건 알지만, 거기서 인간이 무엇이란 걸 다른 사람들보다는 더 잘 파악했던 것 같아."

"당신을 이해해요." 베르틀레프가 말했다. "나 역시 그 실험 센터를 알아요. 조수로 일한 게 아니라 언제나 모르모트였지만 말입니다. 전쟁이 일어났을 때 나는 독일에 있었어요. 게슈타포에 나를 밀고한 사람은 그 당시 내가 좋아하던 여인이었죠. 게슈타포는 그녀를 찾아가 내가 다른 여자와 침대에 있는 사진을 보여 줬어요. 그녀는 고통스러웠죠. 사랑이 종종 증오로 변한다는 걸 당신들도 알죠. 나는 사랑 때문에 감옥에 끌려간다는 이상한 느낌을 받으며 감옥에 들어갔어요. 게슈타포의 손에 잡혀, 그게 사실은 너무 사랑받은 남자의 특권이라는 걸 알게 되다니 감탄스럽지 않아요?"

야쿠프가 대답했다.

"인간에게 있어서 내가 언제나 가슴 깊이 역겹다고 생각한 게 있다면, 그건 바로 인간의 잔인함과 저속함, 그리고 어리석음이 어떻게 서정적인 가면으로 가려지는지 보는 겁니다. 당신을 죽음으로 몰아넣는 건데도, 그녀는 상처 받은 사랑에서 나온 감상적인 위업이나 되는 듯 그런 짓을 저질렀던 거예요. 당신은 옹졸한 여인 때문에 교수대에 오르면서도,

셰익스피어가 당신을 위해 썼을 비극의 주인공이나 된 것 같은 감정을 느꼈단 말입니다."

"전쟁이 끝난 후 그녀는 울면서 나를 찾아왔어요."

야쿠프의 반박은 하나도 듣지 못한 것처럼 베르틀레프는 말을 이었다.

"나는 그녀에게 '걱정하지 마, 베르틀레프는 절대 복수하지 않아.'라고 얘기했죠."

"그런데 나는 자주 헤롯 왕을 생각해요." 야쿠프가 말했다. "그 얘기는 당신도 아시죠. 장차 유대인들의 왕이 될 아기가 태어났다는 소식을 듣고, 헤롯은 자기 왕좌를 지키기 위해 새로 태어난 아기를 모두 죽이라고 했다는 이야기요. 상상의 장난에 불과하다는 걸 알긴 하지만, 나는 헤롯을 다르게 생각해 봐요. 내 말은, 헤롯이 정치 실험실에서 오랫동안 일해서 인생과 인간이 무엇인지를 알게 된 교양 있고 슬기로우며 관대한 왕이었다는 거죠. 그는 인간이란 창조되어선 안 되었다는 걸 깨달았던 겁니다. 게다가 그의 이런 생각은 그렇게 잘못된 것도 아니고 비난받을 것도 아니었죠. 좀 더 극단적으로 얘기하면, 하느님도 인간에 대해 의심을 품어 자신의 창조물 가운데 일부인 이 인간을 파괴하려고 생각했다는 겁니다."

"그렇죠." 베르틀레프가 동의했다. "「창세기」 6장에 이렇게 쓰여 있어요. '나는 내가 창조한 이 땅에서 인간들을 모조리 없애 버리리라. 그들을 창조한 것을 후회하기 때문이다.'라고요."

"인류 역사를 다시 시작할 수 있도록 노아에게 방주로 피신할 것을 마침내 허락한 건 단지 하느님 마음이 한순간 약해졌기 때문일 거예요. 신이 그때 마음을 약하게 먹었던 걸 결코 후회하지 않았다고 우리가 확신할 수 있을까요? 후회했건 하지 않았건 더 이상 어쩔 수 없었죠. 신이 끊임없이 자기 결정을 번복하면서 스스로를 우스꽝스럽게 만들 수는 없으니까요. 하지만 만약 헤롯 머릿속에다 그런 생각을 불어넣어 준 게 그라면? 그건 불가능한가요?”

베르틀레프는 어깨를 으쓱하며 아무 말도 하지 않았다.

“헤롯은 왕이었고, 그 자신 외 다른 사람들에 대해서도 책임을 져야 했어요. 그는 나처럼 다른 사람들에게는 각자 원하는 대로 하라고 하고, 자기만은 아이 낳기를 거부한다고 할 수는 없었죠. 헤롯은 왕이었고, 자신만을 위해서가 아니라 다른 모든 이들을 위해서도 결정해야 된다는 걸 알았죠. 그는 모든 인류의 이름으로 인간은 더 이상 아이를 가져서는 안 된다고 결정했던 거죠. 새로 태어난 아기들의 학살은 바로 그렇게 시작된 거죠. 그의 동기란 전해져 오는 이야기 속 비난처럼 그렇게 몹쓸 건 아니었어요. 헤롯은 인간의 마수로부터 마침내 세상을 해방하려는 지극히 관대한 의지로 그런 결정을 내렸던 거죠.”

“헤롯에 관한 당신 해석은 무척 마음에 듭니다.” 베르틀레프가 말했다. “너무나 마음에 들어 오늘부턴 헤롯의 유아 학살에 관해선 당신 의견을 따르겠어요. 그러나 헤롯이 인류 종말을 결정했던 바로 그 순간 그의 칼을 피한 어린 사내아이가 베들레헴에서 태어났다는 사실을 잊어서는 안 돼요. 그 소년은 자라나서 사람들에게 단 한 가지 사실만으로도 충분히 인생은 살 만한 가치가 있다고 말했죠. 서로를 사랑하는 것 말입니다. 헤롯은 아마 더 교양 있고 경험도 많았겠죠. 예수는 분명 풋내기로, 인생에 관해 아는 것도 별로 없었을 겁니다. 그의 가르침이란 전부 단지 그의 젊음과 부족한 경험에서 나왔을 겁니다. 순진함 때문이라고도 할 수 있죠. 그러나 그에겐 진리가 있었어요."

"진리? 누가 그 진리를 증명했습니까?" 야쿠프가 성마르게 물었다.

베르틀레프가 대답했다.

"아무도. 아무도 그걸 증명하지 않았고 증명하지 않을 겁니다. 예수는 하느님 아버지를 너무나 사랑했기에 그의 작품이 나쁘다는 걸 받아들일 수 없었죠. 그는 결코 이성이 아니라 사랑에 의해 그런 결론에 도달했죠. 바로 그런 이유로 그와 헤롯 사이의 논쟁에 종지부를 찍을 수 있는 건 오직 우리들 가슴뿐입니다. 인간이 된다는 것은 가치 있는 일일까요, 아닐까요? 내겐 어떤 증거도 없지만, 예수와 함께 가치 있다고 확신합니다."

그 얘기를 마친 후 그는 미소를 지으며 의사를 바라보았다.

"바로 그런 이유로 내가 보기에 예수의 성스러운 제자 가운데 하나로 보이는 이 슈크레타 의사의 치료를 받으라고 내 아내를 이곳에 오게 한 거예요. 왜냐하면 그는 기적을 행할 수 있고, 여인들의 잠자는 자궁에 생명을 다시 불어넣을 줄 알기 때문입니다. 그의 건강을 위해 축배를 듭시다!"

10

야쿠프는 항상 아버지 같은 엄격함으로 올가를 대했다. 그리고 스스로를 '늙은이'라 칭하는 걸 즐겼다. 하지만 올가는 그가 자기를 대할 때와는 전혀 다르게 대하는 여자들이 많다는 걸 알고 있었으며, 그런 여자들이 부러웠다. 그러나 오늘 그녀는 처음으로 어쨌든 야쿠프에게도 늙은 사람들에게서 보이는 뭔가가 있다고 생각했다. 그녀는 그가 자신을 대하는 태도에서 축축한 냄새를 느낄 수 있었는데, 젊은 사람들이 자기보다 나이 많은 세대에게서 맡는 그런 냄새였다.

늙은이들이란 지나간 시절의 고통을 자랑스럽게 여기고 또 그 고통으로 하나의 박물관을 만들어 사람들을 초대해 대는 습관을 통해 식별된다.(아! 하지만 그 슬픈 박물관엔 방문객들이 거의 없다.) 올가는 자신이 야쿠프의 박물관에 있는 살아 있는 핵심 오브제라는 것, 그리고 자신을 대하는 야쿠프의 관대한 이타주의적 태도는 방문객들의 눈물을 자아내게 하는 게 목적이라는 것을 알고 있었다.

오늘 또 그녀는 그의 박물관에 있는 가장 소중한 무생물 오브제를 발견했다. 연한 파란색 알약이었다. 조금 전 그가 그녀 앞에서 알약을 싼 종이를 펼쳐 보였을 때, 그녀는 자신이 아무런 감동도 느끼지 않는 것에 스스로 놀랐다. 야쿠프가 힘든 시기에 자살을 결행할 생각을 했으리라는 것은 충분히 이해하면서도, 그가 그 이야기를 하는 엄숙한 태도가 우스꽝스럽게 느껴졌다. 마치 귀중한 다이아몬드라도 되는 것처럼 너무나 조심스럽게 그 얇은 종이를 펼치는 게 우스꽝스러웠던 것이다. 그녀는 그가 떠나는 날 무엇 때문에 굳이 슈크레타 의사에게 독약을 돌려주려는지 이해할 수 없었다. 더군다나 모든 성인은 어떠한 상황에서라도 자기 죽음의 주인이 되어야 한다고 그 스스로 확언한 마당에 말이다. 그가 외국에 있을 때 암에라도 걸린다면 독약이 필요하지 않을 것이란 말인가? 그랬다. 야쿠프에게 있어서 알약은 단순한 독약이 아니라 하나의 상징적인 액세서리로, 그는 지금 뭔가 종교적인 의식을 통해 위대한 성직자에게 그걸 되돌려 주고 싶은 것이었다. 무언가 웃기는 게 있었다.

그녀는 온천장에서 나와 리치먼드 호텔 쪽으로 향했다. 실망스러운 여러 상념에도 불구하고 그녀는 야쿠프를 볼 수 있어서 즐거웠다. 그녀는 그의 박물관을 모독하고 또 거기서 더 이상 한 오브제가 아니라 여인으로 행동하고 싶었다. 그래서 베르틀레프와 슈크레타와 함께 옆방에서 그녀를 기다

린다며 그리로 오라는 야쿠프의 메모가 자기 방문에 꽂힌 것
을 보았을 때 그녀는 약간 실망했다. 다른 사람들과 같이 그
를 만난다는 게 그녀의 용기를 꺾어 놓았다. 더구나 그녀는
베르틀레프는 알지도 못했고 슈크레타 의사는 평상시 친절
하긴 하나 아무 관심도 없다는 듯 그녀를 대했기 때문이다.

베르틀레프는 그녀의 소심함을 금방 잊게 만들었다. 그는
공손하게 몸을 숙이며 자신을 소개했으며, 슈크레타 의사가
이처럼 매력적인 여성을 소개해 주지 않은 것을 나무랐다.

슈크레타는 야쿠프가 자기에게 그녀를 잘 보살피라고 맡
겼으며, 또 어떤 여성도 베르틀레프의 매력에 현혹되지 않을
수 없다는 걸 알기 때문에 일부러 소개하지 않았다고 대답
했다.

베르틀레프는 그런 변명을 만족스러운 미소로 받아들였
다. 그러고는 수화기를 들어 저녁 식사를 주문하기 위해 식
당에 전화했다.

"정말 놀라워." 슈크레타 의사가 말했다. "제대로 된 식사
를 제공하는 식당이 하나도 없는 이 벽지에서 이 친구가 어
떻게 이렇게 풍요롭게 사는지 말이야."

베르틀레프는 전화기 옆에 놓인 열려 있는 시가 통을 뒤
졌다. 그 통에는 50센트짜리 은화가 가득 차 있었다.

"인색함은 죄악이지." 그는 미소를 지으며 말했다.

야쿠프는 그 정도로 인생을 즐길 줄 알면서도 그토록 열
렬하게 신을 믿는 사람은 한 번도 만난 적 없다는 사실을 지
적했다.

"그건 아마도 당신이 한 번도 진정한 기독교 신자를 만난 적이 없었기 때문일 겁니다. 복음이라는 말은 당신도 아시다 시피 기쁨의 메시지라는 뜻입니다. 인생을 즐기는 것은 예수 가 준 가장 중요한 가르침입니다."라고 베르틀레프가 답했다.

올가는 대화에 낄 수 있는 기회가 왔다고 생각했다.

"학교 선생님들이 가르쳐 주신 걸 그대로 믿을 수 있다면, 모든 기독교인들은 이승에서는 오직 눈물의 계곡만 볼 뿐이 고, 그들에게 진정한 삶은 죽음 후에야 시작된다는 생각에 즐거워한다는데요."

"아가씨, 선생님들을 믿지 말아요." 베르틀레프가 말했다.

올가가 계속했다.

"모든 성인들은 그저 인생을 포기했을 뿐이에요. 사랑하 는 대신 자신을 채찍질했고, 당신과 저처럼 토론을 하는 대 신 외딴 곳에 은신했으며, 전화로 저녁 식사를 주문하는 대 신 나무뿌리를 씹었죠."

"아가씨는 성인들을 전혀 이해하지 못하는군요. 그들은 인생의 즐거움에 한없는 애착을 보였습니다. 단지 다른 방법 으로 거기에 도달한 것뿐이죠. 당신은 인간에게 가장 큰 즐 거움이 무엇이라고 생각하나요? 한번 맞혀 보십시오. 하지만 틀릴 겁니다. 왜냐하면 당신은 그리 진지하지 않기 때문이에 요. 비난이 아니에요. 왜냐하면 진지하려면 먼저 자기 자신을 알아야 하는데, 자신을 안다는 건 연륜의 결실이니까요. 그러 니 당신처럼 젊음으로 빛나는 여성이 어떻게 진지해질 수 있 겠어요? 자기 자신 속에 무엇이 있는지조차 모르기 때문에 진지해질 수 없어요. 하지만 만약 젊은 여성이 그것을 안다면 그녀도 나처럼, 가장 큰 즐거움이란 감탄의 대상이 되는 것임을 인정해야 할 거예요. 그렇게 생각하지 않나요?"

올가는 더 큰 즐거움들을 안다고 대답했다.

"아닙니다." 베르틀레프가 반박했다. "일례로 당신도 아는 그 육상 선수를 생각해 봅시다. 세 번이나 연달아 올림픽에서 우승했기 때문에 모든 어린이들이 아는 그 육상 선수 말입니다. 당신은 그가 인생을 포기했다고 생각하십니까? 물론 수다를 떨고 사랑을 나누고 편하게 지내는 대신, 그는 분명 끊임없이 운동장 바퀴를 도는 데 자기 시간을 보내야 했을 것입니다. 그의 훈련은 우리가 아는 가장 유명한 성인들이 했던 일과 매우 비슷하죠. 알렉산드리아의 성 마카리오스는 사막에 있을 때 주기적으로 모래 바구니를 가득 채워 완전히 탈진할 때까지 등에 지고 매일같이 끝없이 펼쳐진 사막을 누볐습니다. 하지만 성 마카리오스와 마찬가지로 당신의 그 육상 선수에게도 그들의 모든 노력을 충분히 보상해 주는 보답이 분명 있었던 겁니다. 당신은 거대한 올림픽 스타디움에 울려 퍼지는 박수 소리를 듣는 게 어떤지 아십니까? 그보다 더 큰 기쁨은 없습니다! 성 마카리오스는 왜 자기가 등에 모래 바구니를 지고 있는지 알고 있었습니다. 그가 사막에서 행한 마라톤의 영광은 곧 모든 기독교 지역으로 퍼져 나갔지요. 알렉산드리아의 성 마카리오스는 그 육상 선수와 똑같았습니다. 그 육상 선수 역시 처음에는 5000미터에서 우승했고 그다음엔 1만 미터에서 우승했죠. 그런데도 결코 만족하지 못하고 마라톤까지 정복했던 거죠. 감탄의 대상이 되려는 욕망에는 끝이 없습니다. 성 마카리오스는 자기 자신을 드러 내지 않고 테베의 한 수도원으로 가서 자신을 받아 주기를 요청했습니다. 곧이어 사순절이 되었을 때 그에게는 영광의 순간이 온 거죠. 모든 수도사들이 앉아서 단식을 할 때 그는 사십 일간 서서 단식을 했답니다! 당신으로선 도저히 상상 할 수 없는 승리였던 겁니다! 아니면 기둥 위에서 고행을 했 던 수도자 성 시메온을 한번 생각해 보십시오! 그는 사막에 다가 기둥을 하나 세웠는데, 기둥 꼭대기에는 좁다란 발판밖 에 없었죠. 거긴 앉을 수도 없어 서 있어야만 했답니다. 그는 평생을 그 위에 서서 보냈는데, 모든 기독교 신자들은 인간 한계를 넘어서는 것 같은 한 남자의 믿을 수 없는 이 기록에 열렬한 감탄을 보냈죠. 5세기에 살았던 성 시메온은 오늘날 의 가가린인 셈이었어요. 당시 영국 웨일스 지방 상업 사절 단이 파리 수호 성녀인 주느비에브에게, 성 시메온은 그녀에 관해 이야기를 들어 알고 있다고, 그 기둥 꼭대기에서 그녀 에게 축복을 내리더라고 말했을 때, 당신은 그녀가 느낀 행 복을 짐작할 수 있겠습니까? 당신은 그가 왜 기록을 깨려고 했다고 생각하십니까? 그가 인생이나 인간들에 대해서는 전 혀 개의치 않았기 때문일까요? 순진한 생각입니다. 가톨릭 교회 교부들은 성 시메온에게 허영기가 있다는 것을 잘 알 았기 때문에 그를 시험하기로 했어요. 영적 권한의 이름으로 그들은 그에게 기둥에서 내려와 그가 벌이는 경쟁을 포기하 라는 명령을 내렸습니다. 성 시메온에게는 엄청난 타격이었지요! 그러나 그는 현명함에서인지 꾀를 부린 것인지 그 명령에 복종했습니다. 교회 교부들은 그가 도전하는 기록에 반대한 게 아니라, 성 시메온의 그런 고행이 결코 허영 때문이 아니라는 것을 확신하고 싶었던 겁니다. 그래서 그가 슬프게 기둥에서 내려오는 것을 보자, 그들은 곧장 성 시메온에게 다시 올라가라고 명령했습니다. 그리하여 그는 이 세상 사람들의 사랑과 감탄에 둘러싸여 자기 기둥에서 죽을 수 있었던 겁니다."

올가는 관심을 보이며 듣다가 그의 마지막 이야기에 웃기 시작했다. 그러자 베르틀레프가 말했다.

"감탄에 대한 이 놀라운 욕망은 그렇게 우스운 게 아니라 오히려 감동적이라고 생각합니다. 감탄의 대상이 되길 원하는 사람은 그들 같은 인간들에게 애착을 갖고 집착하는 자로, 그들 없이는 살아갈 수가 없습니다. 성 시메온은 사막에서 1제곱미터도 되지 않는 기둥 위에 홀로 있습니다. 하지만 그는 모든 사람과 함께 있는 것입니다! 그는 수없이 많은 눈들이 그를 바라보고 있다고 상상하죠. 그는 수없이 많은 사람들의 머릿속에 생생히 살아 있으며, 또 그 사실을 기쁘게 여기는 겁니다. 이런 게 바로 인간과 인생에 대한 사랑을 보여 주는 좋은 본보기입니다. 아가씨, 아가씨는 성 시메온이 우리 각자 안에서 얼마나 생생히 살아가고 있는지 짐작도 할 수 없을 겁니다. 그는 오늘날에도 우리 존재의 가장 훌륭한 지주입니다."

문 두드리는 소리가 나고 식당 보이가 음식이 차려진 손

수레를 밀면서 방 안으로 들어왔다. 그는 테이블 위에 식탁
보를 펴고 식탁을 차렸다. 베르틀레프는 시가 통을 뒤져 보
이의 주머니에 동전 한 움큼을 넣어 주었다. 그러곤 식사가
시작되었고 보이는 테이블 뒤에 머물면서 포도주를 따르고
이것저것 요리들을 갖다 날랐다.

베르틀레프는 각 요리의 맛을 음미하면서 품평했고, 슈크
레타 의사는 이렇게 맛있는 식사를 한 적이 언제였는지 모르
겠다고 말했다.

"아마도 어머니가 음식을 해 주었던 때가 마지막이었을
겁니다. 하지만 그때 난 무척 어렸죠. 나는 다섯 살에 고아가
되었습니다. 나를 둘러싼 세상은 온통 낯설었으며 음식도 낯
설게 보였어요. 음식에 대한 사랑은 가까운 사람에 대한 사
랑에서 비롯되죠."

"그건 정말입니다." 쇠고기 한 점을 입에 가져가며 베르틀
레프가 말했다.

"버림받은 아이는 식욕도 잃지요. 정말이지, 지금까지도
부모가 없다는 게 가슴 아픕니다. 정말이지, 이렇게 늙은 지
금이라도 만약 아버지를 가질 수만 있다면 뭐든지 다 내줄
수 있을 겁니다."

"당신은 가족 관계를 과대평가하는군요." 베르틀레프가
말했다. "모든 사람이 다 당신 이웃이에요. 사람들이 예수를
그의 어머니와 형제들 곁으로 부르려 했을 때 그가 한 말을
잊지 마세요. 그는 제자들을 가리키며 바로 여기 내 어머니
와 형제들이 있다고 말했지요."

“하지만…….” 슈크레타 의사가 반박을 시도했다. “교회엔 가족 제도를 폐지하거나 가족을 다른 자유로운 만인 공동체로 대체하려는 의도는 조금도 없었죠.”

“교회와 예수 사이에는 차이가 하나 있어요. 이렇게 말해도 된다면, 난 성 바울은 예수의 계승자이기도 하지만 그를 왜곡한 사람이라고 봐요. 먼저 유대교도였던 사울에서 기독교도가 된 바울로 넘어가는 갑작스러운 이행이 있죠! 하룻밤 사이에 신앙을 갈아 치우는 그런 열정적인 광신도들을 우리가 충분히 봐 오지 않았나요? 광신도가 되는 건 바로 사랑 때문이라고는 말하지 마십시오! 그들은 자기네들 십계명이나 들먹이는 도덕가들이죠. 그러나 예수는 도덕가가 아니었어요. 안식일을 지키지 않는다고 예수를 비난했을 때 그가 한 말을 기억해 보세요. 안식일은 인간을 위한 것이지 인간이 안식일을 위해 존재하는 건 아니죠. 예수는 여인들을 사랑했어요! 연인의 모습을 한 성 바울을 상상할 수 있겠습니까? 내가 여자를 사랑하기에 성 바울은 나를 단죄할 겁니다. 하지만 예수는 안 그래요. 여인들을, 많은 여인들을 사랑하고, 또 그녀들에게서, 많은 여인들에게서 사랑받는 게 뭐가 나쁘다는 건지 난 모르겠습니다.” 베르틀레프는 미소를 지었는데, 그 미소에는 커다란 자기만족이 드러나 있었다. 그는 말을 이었다.

“여러분, 내 인생은 쉽지 않았고 또 여러 번 죽음에도 직면했어요. 하지만 신이 내게 관대했던 게 하나 있죠. 내가 많은 여인들을 사랑했고 또 그녀들도 나를 사랑했다는 겁니다.”

초대 손님들이 식사를 마친 다음 보이가 테이블을 치우기 시작했을 때, 누군가 다시 문을 두드렸다. 약하고 소심한 듯한 노크 소리는 누군가 격려해 주길 간청하는 것 같았다.

"들어오세요!" 베르틀레프가 말했다.

문이 열리자 한 어린아이가 들어왔다. 다섯 살 남짓한 여자아이였다. 아이는 밑자락에 장식이 달린 하얀 원피스를 입고 있었다. 허리에 두른 넓은 흰색 띠로 등에 커다란 리본을 만들어 달고 있었는데, 마치 날개 같았다. 손에는 꽃 한 송이를 들고 있었는데, 커다란 달리아였다. 방 안에 그토록 많은 사람들이 깜짝 놀란 시선으로 자기를 쳐다보고 있는 걸 보자 더 이상 앞으로 나설 엄두를 내지 못하고 아이는 멈추어 섰다.

그때 베르틀레프가 일어서서 얼굴을 환히 밝히며 말했다.

"겁내지 마, 작은 천사야, 이리 온."

그러자 아이는 베르틀레프의 미소를 보고 기댈 곳을 얻은 듯 웃음을 터뜨리며 그를 향해 달려갔고, 그는 아이의 꽃을 받아 든 다음 아이 이마에 뽀뽀를 해 주었다.

모든 초대 손님들과 보이가 놀라워하며 이 광경을 지켜보았다. 아이는 등에 커다란 리본을 달고 있어 정말 천사 같았다. 그리고 달리아를 손에 든 채 앞으로 몸을 기울여 서 있는 베르틀레프는 소도시 광장에서 볼 수 있는 바로크식 성인 동상들을 연상케 했다.

"친애하는 여러분." 베르틀레프가 손님들을 향해 몸을 돌리며 말했다. "여러분과 정말 즐거운 시간을 보냈습니다. 여러분도 그랬기를 바랍니다. 밤이 으슥해지도록 여러분과 기꺼이 같이 있고 싶지만, 보시다시피 그럴 수가 없군요. 이 아름다운 천사가 나를 기다리는 사람 곁으로 날 부르러 왔으니까요. 이미 얘기했듯 인생은 내게 온갖 고통을 가했지만, 여인들은 나를 사랑했습니다."

베르틀레프는 한 손으론 달리아를 가슴에 대고 다른 손으론 여자아이의 어깨를 잡았다. 그는 자기 초대 손님들에게 작별 인사를 했다. 올가는 그가 우스꽝스러우리만치 연극적이라고 생각했으며 마침내 그가 떠나고 야쿠프와 단둘이 있게 되리라 기대하며 기뻐했다.

베르틀레프는 뒤로 돌아선 다음 소녀의 손을 잡고 문으로 향했다. 나가기 전 그는 시가 통에 몸을 기울여 자기 주머니 속에 은화를 한 움큼 집어넣었다.

보이는 다 먹은 접시와 빈 병을 손수레에 올려놓았다. 그가 방에서 나갔을 때 올가가 물었다.

"그 여자아이 누구죠?"

"한 번도 본 적 없어." 슈크레타 의사가 말했다.

"정말 작은 천사 같은 모습이었어." 야쿠프가 말했다.

"그에게 정부를 마련해 주는 천사요?" 올가가 말했다.

"그렇지. 뚱쟁이면서 중매쟁이인 천사지. 내 머리에 떠오른 그의 수호천사는 바로 그런 모습이야." 야쿠프가 말했다.

"천사인지 아닌지 모르지만, 이상한 건 내가 이곳에 사는 거의 모든 사람들을 아는데도 그 아이는 한 번도 본 적 없다는 거야." 슈크레타가 말했다.

"그렇다면 딱 한 가지군. 그 애는 이 세상 사람이 아니야." 야쿠프가 말했다.

"그 애가 천사든 창녀를 소개하는 소녀든, 제가 보증할 수 있는 건 베르틀레프 씨가 여자를 만나러 간 게 아니라는 거예요! 그는 끔찍할 정도로 허영에 가득 차서 잘난 척한 것뿐이에요." 올가가 말했다.

"내가 보기엔 다정한 사람 같은데." 야쿠프가 말했다.

"그럴지도 모르죠." 올가가 말했다. "하지만 전 그가 세상에서 가장 허영에 찬 인물이라는 생각을 떨칠 수가 없네요. 전 우리가 도착하기 한 시간 전에 그가 그 아이에게 50센트짜리 동전을 한 움큼 쥐어 주며 약속한 시각에 꽃을 들고 그를 찾아오라고 부탁했다고 확신해요. 신자들은 기적을 연출하는 날카로운 감각을 갖고 있죠."

"아가씨, 당신 생각이 옳기를 간절히 바라요. 사실 베르틀레프는 병세가 위중해서 하룻밤 사랑도 아주 위험하답니다." 슈크레타 의사가 말했다.

"제가 옳다는 걸 의사 선생님도 아시겠죠. 여자에 대한 그의 모든 암시는 단지 허풍일 뿐이에요."

"아가씨, 나는 그의 의사이자 친구예요. 하지만 아가씨처럼 확신할 수는 없군요. 단지 의문을 제기하죠."

"그가 그렇게 아픈가?" 야쿠프가 물었다.

"그렇지 않다면 그가 왜 이곳에서 거의 일 년 전부터 살고 있겠나? 그가 끔찍이 사랑하는 젊은 아내가 그를 만나러 오는 건 그저 가끔씩뿐인데 말이야."

"그가 없으니 갑자기 좀 적막하네." 야쿠프가 말했다.

사실 그들은 셋 모두 갑자기 버림받은 느낌이었다. 그들은 자기네 방이 아닌 그 방에 더 이상 머물고 싶지 않았다.

슈크레타 의사가 의자에서 일어났다.

"올가 양을 집에 데려다 주고 우리는 잠시 한 바퀴 돌지. 이야기할 게 많아."

올가가 반대했다.

"저는 아직 자러 가고 싶지 않아요."

"아니, 벌써 시간이 됐어요. 담당 의사로서 명령하는 겁니다." 슈크레타가 단호히 말했다.

그들은 리치먼드 호텔을 나서서 공원으로 들어갔다. 걸어가는 도중 올가는 기회를 봐서 야쿠프에게 낮은 목소리로 속삭였다.

"저는 아저씨와 같이 시간을 보내고 싶었는데……."

하지만 야쿠프는 어깨를 으쓱하는 걸로 대답을 대신했다. 슈크레타 의사가 자기 의견을 강력히 주장했기 때문이다. 그들은 그 젊은 여성을 카를 마르크스 관으로 바래다 주었고, 야쿠프는 자기 친구 앞에서 평소처럼 그녀 머리를 쓰다듬지도 않았다. 자두처럼 생긴 젖가슴에 대한 의사의 반감 앞에서 그는 그럴 용기가 나지 않았던 것이다. 그는 올가의 얼굴에서 실망을 읽고선 그녀를 고통스럽게 한 것이 난처했다.

"자, 어떻게 생각해?" 공원 산책로에 친구랑 단둘이 걷게 되었을 때 슈크레타가 물었다. "아버지가 필요하다고 한 내 말 들었지. 무정한 돌조차 내게 동정심을 느꼈을 거야. 그런데 그는 성 바울에 대해 얘기하기 시작하다니! 그는 정말 이해할 수 없는 걸까? 내가 고아라고 이야기한 지가 벌써 이

년이나 되고, 미국 여권의 이점을 떠들어 댄 지도 이 년이나
되었는데. 지나가는 이야기처럼 입양의 여러 예를 들어 수없
이 암시했지. 내 계산으로는 그 모든 암시가 이미 오래전에
그가 나를 입양해야겠다는 생각을 하도록 했어야 하거든.”

“그는 너무나 자기중심적이야.” 야쿠프가 말했다.

“맞아.” 슈크레타가 동의했다.

“그가 심각하게 아프다면, 그런 게 놀라운 일도 아니지. 근
데 자네가 얘기하는 것처럼 그렇게 나쁜가?”

“더 나빠. 육 개월 전 무척 심각한 심근경색이 재발했어.
그 후 긴 여행은 금지되었고, 여기에서 죄수처럼 살고 있지.
그의 생명은 가는 실에 매달린 것 같아. 그도 그 사실을 알
아.”

“이봐.” 야쿠프가 말했다. “그렇다면 자네는 오래전부터 그
암시 방법이 나쁘다는 걸 깨달았어야지. 어떤 암시를 하더라
도 그에겐 자기 자신에 대한 생각밖에 불러일으키지 않거든.
자네는 자네 요구를 돌려 말하지 말고 곧바로 말해야 할 거
야. 그는 남들에게 즐거움을 주는 걸 좋아하기 때문에 그 요
구를 받아들일 거야. 그게 자신에 대한 그의 이미지와 맞는
거야. 그는 자기와 동류인 인간들을 기쁘게 해 주고 싶어 하
잖아.”

“자넨 천재야!” 슈크레타가 소리치며 걸음을 멈추었다.
“콜럼버스의 달걀처럼 간단하네. 바로 그거야! 멍청하기도
하지, 난 이 년이나 허송세월을 보냈어. 그를 제대로 파악할
줄을 몰랐으니까! 쓸데없는 일을 하느라 이 년을 보냈어. 자

네 잘못이야. 자네가 오래전에 내게 충고해 줬어야지.”

“그러는 자넨! 오래전에 내게 물어봤어야지!”

“자넨 이 년간이나 나를 보러 오지 않았잖아!”

두 친구는 어둠이 깃든 공원을 거닐며 신선한 초가을 공기를 들이마셨다.

“내가 그를 아버지로 만들어 줬으니, 이제 그도 나를 아들로 삼아 줄 만할 텐데!”

슈크레타가 말하자 야쿠프도 동의했다.

“불행한 건…….” 긴 침묵 후에 슈크레타가 말을 이었다. “멍청이들에게 둘러싸여 있다는 거야. 내가 충고를 부탁할 만한 사람이 이 도시에 도대체 누가 있단 말이야? 조금이라도 똑똑하게 태어날 경우, 당장 완벽한 유배에 처해지지. 내가 생각하는 건 단 하나밖에 없어. 즉 인류는 믿을 수 없을 정도로 많은 멍청이들을 생산해 낸다는 거야. 그게 내 전공이거든. 바보스러울수록 더 자식을 원해. 완벽한 인간들은 기껏해야 자식을 하나 낳고, 자네처럼 가장 나은 인간들은 자식을 아예 낳지 않기로 결정하지. 정말 엉망이야. 나는 말이야, 인간이 이방인들 사이에 태어나지 않고 형제들 사이에서 태어날 수 있는 세상을 꿈꾸며 시간을 보낸다네.”

야쿠프는 슈크레타의 얘기를 듣고 있었지만 크게 흥미를 느끼지는 않았다. 슈크레타가 계속해서 말했다.

“그저 말뿐이라고 생각하지 마. 나는 정치가가 아니라 의사야. 형제라는 단어는 내게 말 그대로 형제야. 적어도 어머니나 아버지가 같은 사람이 형제지. 솔로몬의 자식들은 비록 수많은 다른 어머니에게서 태어났다 해도 모두 서로 형제야. 멋지지 않아! 자네 생각은 어때?"

야쿠프는 신선한 공기를 들이마시며 아무 대답도 하지 않았다. 슈크레타가 계속했다.

"물론 다음 세대 행복을 위해 사람들을 강제로 성적으로 결합하게 강요하는 건 무척 어렵지. 그런 얘기가 아니야. 오늘날에는 어쨌든 아이들을 합리적으로 낳는 문제를 해결할 수 있는 다른 방법들이 있지. 사랑과 생식을 영원히 혼동할 수는 없어."

야쿠프는 그 생각에 동의했다. 슈크레타는 말을 이었다.

"자네가 관심 있는 건 사랑에서 생식을 제거하는 그 문제뿐이지. 하지만 내가 관심 있는 건 오히려 생식에서 사랑을 제거하는 일이야. 내 계획을 자네에게 말해 줄게. 시험관 안에 든 게 바로 내 정액이야."

이번에는 야쿠프도 관심을 보였다.

"어떻게 생각해?"

"멋진 생각 같네!" 야쿠프가 대답했다.

"대단하지? 그 방법으로 난 벌써 상당히 많은 여성들의 불임을 치료했어. 여성들이 아이를 가질 수 없는 게 상당 부분 단지 남편 때문이라는 걸 기억해 두라고. 나는 전국에서 많은 환자들을 받고, 사 년 전부터 이 도시 진료소에서 산부인과 검진 책임자로 일하지. 시험관에 주사기를 갖다 댄 다음 진찰받는 여성에게 번식력이 왕성한 액체를 주입하는 건 누워서 떡 먹기야."

"아이를 몇 명이나 가졌지?"

"수년 전부터 그 일을 하고 있지만 정확한 계산은 못 해. 내가 아버지인지 언제나 확신할 수는 없거든. 내 환자들이 자기네들 남편과 관계를 가짐으로써, 말하자면 내게 부정한 짓을 하기 때문이지. 그리고 그들이 집으로 돌아가 버리면 내 치료가 성공했는지 전혀 알 수 없는 경우도 있어. 이곳에 사는 환자들의 경우에는 더 확실하지."

슈크레타는 입을 다물었고 야쿠프는 잠시 달콤한 몽상에 빠져들었다. 슈크레타의 계획이 그를 즐겁게 했고, 그의 마음은 뭉클해졌다. 그에게서 오랜 자기 친구를, 그 구제불능 몽상가를 되찾았기 때문이다.

"그렇게 많은 여성들이 자네 아이를 갖는다는 건 정말 멋진 일일 거야……."

"모두가 서로 형제야." 슈크레타가 덧붙였다.

그들은 향기로운 공기를 들이마시며 잠시 침묵을 지키며 걸었다. 슈크레타가 다시 얘기를 시작했다.

"이봐, 난 비록 이곳에 우리를 불쾌하게 하는 게 많다 하더라도 우리는 이 나라에 대해 책임이 있다고 종종 생각해. 자유롭게 외국을 여행할 수 없어 화가 나지만, 난 결코 내 나라를 모함할 수는 없을 거야. 그러려면 먼저 나 자신을 모함해야 할 거야. 이 나라를 좀 더 좋은 나라로 만들기 위해 도대체 우리 중 그 누가 뭔가를 하긴 했어? 이곳을 살 만한 곳으로 만들기 위해 우리 중 그 누가 뭔가를 하긴 했느냐 말이야. 편안함을 느낄 수 있는 나라가 되도록. 단지 편안함을 느끼도록 말이야……."

슈크레타는 목소리를 낮추고 다정하게 말하기 시작했다.

"편안하다고 느끼는 건 자기 형제들과 같이 있다고 느끼는 거야. 자네가 떠날 거라고 말했을 때 난 자네를 설득해 내 계획에 참여시켜야겠다고 생각했지. 자네를 위한 시험관이 하나 있어. 자네는 외국으로 떠나겠지만 여기서 자네 자식들이 태어날 거야. 십 년이나 이십 년 후, 이 나라가 얼마나 멋진 곳이 될지 두고 보라고!"

하늘에는 둥근 달이 떠 있었다. (이 달은 우리 이야기가 끝날 때까지 계속 있을 것이며, 그런 이유로 우리는 이 이야기를 달밤의 이야기라고 부를 수 있을 것이다.) 슈크레타 의사는 리치먼드 호텔까지 야쿠프를 바래다주며 말했다.

"자네가 내일 떠나서는 안 돼."

"떠나야 해. 사람들이 나를 기다려." 야쿠프는 그렇게 말했으나 자신이 설득당하리라는 것을 알고 있었다.

"상관없어." 슈크레타가 말했다. "내 계획이 자네 마음에 든다니 기쁘네. 내일 그 문제를 제대로 검토해 보자고."

4부   넷째 날

4부   넷째 날

1

클리마 부인은 나갈 준비를 끝냈다. 하지만 그녀의 남편
은 여전히 침대에 누워 있었다.

"오늘 아침 당신도 나가야 되는 거 아니야?"

"서두를 필요 없어! 그 바보들, 나중에 가서 보면 되지."
클리마가 대답했다. 그리고 하품을 하면서 반대편으로 돌아
누웠다.

그는 그저께 밤 한밤중에, 그 지겨운 강연회에서 아마추
어 음악 그룹을 돕기로 약속해야만 했고, 그 결과 이번 목요
일에 재즈를 연주하는 한 약사와 의사와 함께 작은 온천 도
시에서 저녁 콘서트를 열 거라고 그녀에게 알렸던 것이다.
그렇게 말하면서 그는 욕설을 퍼부었지만, 클리마 부인은 그
를 똑바로 바라보며 확신했다. 어떤 콘서트도 없으며, 클리
마가 자신의 애정 행각을 위해 시간을 벌려는 오직 그 의도

로 콘서트를 꾸며 냈기 때문에, 그가 퍼붓는 욕설은 진짜 분노를 표현하는 게 아니라고. 그녀는 항상 그의 표정을 읽어 냈기에 그는 그녀에게 아무것도 감출 수가 없었다. 그가 욕을 하며 반대편으로 몸을 돌렸을 때 그녀는 그가 졸린 게 아니라, 자기 얼굴을 감추어 그녀가 못 살피게 하려는 것임을 금방 깨달았다.

그러고 나서 그녀는 극장으로 갔다. 수년 전 병 때문에 더 이상 스포트라이트를 받으며 무대에 설 수 없었을 때 클리마는 그녀에게 비서직을 구해 주었다. 나쁘지는 않았다. 매일 흥미로운 사람들을 만나고 꽤 자유롭게 개인 시간을 쓸 수 있었다. 지금 그녀는 공식 편지를 몇 통 쓰려고 사무실에 앉았으나 도무지 집중할 수가 없었다.

한 인간의 마음을 송두리째 앗아 가는 것에는 질투만 한 것이 없다. 카밀라가 일 년 전 어머니를 여의었던 건 물론 트럼펫 주자가 바람피우는 것보다 더 비극적인 일이었다. 하지만 그녀가 한없이 사랑했던 어머니의 죽음도 그녀에겐 덜 고통스러웠다. 그 고통은 너그럽게도 다양한 색채를 띠었다. 그 고통 속에는 슬픔과 향수, 감동, 후회(자신은 어머니를 충분히 돌보았는가? 어머니에게 소홀하지는 않았는가?) 그리고 차분한 미소 또한 있었다. 그리고 그 고통은 고맙게도 사방으로 분산되었다. 카밀라의 고통스러운 상념들은 어머니의 관에 부딪혀 갖가지 추억을 향해, 자신의 어린 시절을 향해, 좀 더 나아가 어머니의 어린 시절을 향해서까지 날아가 흩어졌으며, 수십 가지 현실적인 걱정거리를 향해 날아가 흩어졌고,

또 미래를 향해, 클리마의 실루엣이 하나의 위안처럼(그랬다. 그녀 남편이 그녀에게 위안이었던 예외적인 날들이었다.) 선명히 부각되던 활짝 열린 그 미래를 향해 날아가 흩어졌던 것이다.

그러나 질투의 고통은 그와 반대로 공간 속을 돌아다니지 않고, 마치 팽이처럼 단 한 점 주위를 맴돌았다. 어떤 분산도 일어나지 않았다. 어머니의 죽음이 (더 외롭고, 또한 더 성숙한 다른) 미래의 문을 열어 주었다면, 남편의 부정으로 받는 고통은 어떤 미래도 열어 주지 않았다. 부정을 저지른 육체라는 (끊임없이 생생하게 되살아나는) 단 하나의 이미지와 (끊임없이 생생하게 되살아나는) 단 하나의 비난으로 모든 것이 집중되었다. 어머니를 여의었을 때 그녀는 음악을 들을 수 있었고 책도 읽을 수 있었다. 그러나 질투에 사로잡혔을 땐 아무것도 할 수 없었다.

전날 이미 그녀는 의심스러운 그 콘서트가 진짜 있나 알아 보려고 온천 도시로 가 볼 생각이었다. 그러나 클리마가 그녀의 질투를 끔찍하게 여긴다는 것, 그래서 그에게 자신의 질투를 드러내 놓고 표현할 수 없다는 걸 깨닫고선 곧 포기했다. 그러나 질투는 그녀 마음속에서 마치 열이 단단히 오른 모터처럼 돌고 있어서 그녀는 전화기를 들지 않을 수 없었다. 그리고 스스로를 정당화하기 위해, 자신이 역에 전화를 건 것은 구체적인 의도가 있어서가 아니라, 행정 서신들을 작성하는 일에 몰두할 수가 없어서 단지 심심풀이로 한 행동이라고 생각했다.

기차가 오전 11시에 떠난다는 얘기를 듣고, 그녀는 낯선

거리를 돌아다니며 클리마의 이름이 적힌 포스터를 찾아다니는 자기 모습을 그려 보았다. 자기 남편이 연주할 콘서트에 대해 아는지 물으러 관광 안내소로 갔는데 그런 콘서트는 없다는 대답을 듣고선 배신당한 비참한 모습으로 인적 드문 낯선 도시를 헤매고 다닐 자기 모습을. 그리고서 그녀는 클리마가 다음 날 자기에게 콘서트에 대해 어떻게 말할지, 그리고 그녀는 그에게 어떻게 꼬치꼬치 질문을 해 댈지 그려 보았다. 그녀는 그를 정면으로 바라보면서 그가 꾸며 대는 이야기를 들을 것이다. 그러곤 거짓말로 가득 찬 독차를 쓰디쓴 쾌감을 맛보며 마시리라.

하지만 그녀는 곧 그렇게 행동해서는 안 된다고 생각했다. 아니, 자기 질투의 환영들을 염탐하고 키워 가며 몇 날 며칠을 고스란히 지낼 수는 없었다. 그녀는 그를 잃을까 두려웠다. 그런데 바로 그 두려움 때문에 결국 그를 잃을지도 몰랐다!

하지만 또 다른 목소리가 순진한 척 대답했다. 아니야. 그녀는 그를 염탐하지 않을 거야! 클리마는 콘서트를 할 거라고 분명히 말했으니 그녀는 그의 말을 믿어! 그녀가 그의 말을 진지하게, 또 액면 그대로 받아들이는 것은 바로 그녀가 더 이상 질투심에 사로잡히고 싶지 않기 때문이야! 그는 어쩔 수 없이 그곳에 간다고 했고, 그 지겨운 하루를 보낼 일이 걱정이라고 그녀에게 말하지 않았는가! 그러니 그녀가 그를 만나러 그곳에 가기로 결정한 건 단지 그에게 기분 좋은 놀라움을 주기 위해서야! 콘서트가 끝나고 클리마가 기진맥진해 돌아갈 것을 생각하며 언짢은 기분으로 인사를 할 때, 그녀가 살그머니 무대 아래로 갈 거고, 그때 그는 그녀를 보고 둘 다 신나게 웃기 시작할 거야!'

그녀는 힘들게 쓴 편지를 사장에게 제출했다. 그녀는 극장에서 평판이 좋았다. 유명한 음악가의 부인이 겸손하고 친절하게 보이는 것을 사람들은 높이 평가했다. 그리고 때때로 그녀에게서 풍기는 슬픔에는 다른 사람의 마음을 약하게 하는 무엇인가가 있었다. 사장은 그녀에게 아무것도 거절할 수가 없었다. 그녀는 금요일 오후에 돌아와, 빼먹은 시간을 만회하기 위해 극장에서 늦게까지 일하기로 약속했다.

2

　10시였다. 올가는 언제나와 마찬가지로 루제나로부터 커다란 하얀 시트와 열쇠 하나를 받아 든 참이었다. 그녀는 탈의실로 들어가 옷을 벗어 옷걸이에 걸었다. 그리고 고대의 긴 윗도리처럼 시트를 걸치고, 열쇠로 옷장을 잠근 다음 루제나에게 열쇠를 맡기고, 온천탕이 있는 홀 안쪽으로 갔다. 그녀는 난간에 시트를 내려놓고 계단을 내려가 이미 많은 여자들이 첨벙대고 있는 물속으로 들어갔다. 온천탕은 크지 않았지만 올가는 수영이 자기 건강에 필요하다고 생각해서 평영을 시도했다. 그녀는 한 부인의 수다스러운 입에 물을 튀기고 말았다.

　“미쳤어요? 여긴 수영장이 아니에요!” 그 부인이 올가에게 불만스러운 목소리로 소리쳤다.

　여자들은 거대한 개구리들처럼 온천탕 속에 웅크리고 앉

아 있었다. 올가는 그들이 무서웠다. 그들은 전부 자기보다 나이가 많았고 더 건장했으며, 기름기도 더 많고 피부 면적도 더 넓었다. 따라서 그녀는 창피당한 채 그 여자들 사이에서 물속에 몸을 담갔다. 그리고 눈썹을 찌푸린 채 꼼짝 않고 있었다.

갑자기 그녀는 홀 입구에서 한 젊은 남자를 발견했다. 키가 작은 그는 청바지에 구멍 난 스웨터를 입고 있었다.

"저 사람 여기서 도대체 뭐 하는 거죠?" 그녀가 소리쳤다.

모든 여자들이 올가의 시선을 따라갔다. 그러곤 낄낄대며 소리를 질러 대기 시작했다.

그때 루제나가 홀에 들어와 외쳤다.

"영화 관계자들이 오셨어요. 시사 다큐를 위해 여러분들 사진을 찍을 거예요."

여자들이 탕 속에서 시끄럽게 웃어 댔다.

올가가 항의했다.

"도대체 그게 무슨 말이에요?"

"그분들 담당자 허가를 받았어요." 루제나가 말했다.

"담당자가 무슨 소용이에요. 아무도 내겐 물어보지 않았다고요!" 올가가 소리쳤다.

구멍 난 스웨터를 입은 젊은이가(그는 빛의 강도를 측정하는 데 쓰는 기구를 목에 메고 있었다.) 온천탕에 다가와 입을 비죽거리며 올가를 바라보았는데, 그녀는 그 웃음이 음탕하다고 생각했다.

"아가씨, 화면에 당신이 나오면 수많은 관객들이 황홀해하겠어요!"

여자들은 또다시 웃음을 터뜨렸고, 올가는 두 손으로 가슴을 가렸다.(어려운 일이 아니었다. 왜냐하면 우리가 알다시피 그녀 젖가슴은 두 개의 자두 같았기 때문이다.) 그리고 그녀는 다른 여자들 뒤로 몸을 움츠렸다.

청바지를 입은 다른 두 사람이 온천탕으로 다가왔고, 그 중 키가 큰 쪽이 말했다.

"여기 보세요. 우리가 없는 것처럼 자연스럽게 행동하세요."

올가는 자기 시트가 걸린 난간을 향해 손을 뻗었다. 그리고 탕 속에서 시트로 몸을 두른 다음 탕에서 나와 타일 깔린 바닥에 발을 내디뎠다. 젖은 시트에서 물이 방울져 떨어졌다.

"빌어먹을! 그렇게 가지 말아요!" 구멍 난 스웨터를 입은 청년이 소리쳤다.

"탕에서 아직 십오 분 더 있어야 해요!" 루제나도 외쳤다.

"정숙한 여자시군!" 그녀 등 뒤에서 온천탕 모두가 한바탕 웃음을 터뜨렸다.

"누가 자기 아름다움을 훔쳐 갈까 봐 겁이 나는 모양이죠!" 루제나가 말했다.

"보셨죠! 공주님이에요!" 탕 속 누군가가 말했다.

"물론 촬영이 싫은 사람은 가도 좋아요." 청바지를 입은 키 큰 남자가 차분한 목소리로 말했다.

"우리는 수치스러워하지 않아요! 우리는 아름다운 여자예요!"

한 뚱뚱한 여자가 쉿소리를 내며 말했다. 그리고 한바탕 웃음소리가 수면을 떨게 했다.

"하지만 저 아가씨를 가게 내버려 두면 안 돼요! 아직 십오 분 더 남았다고요!"

고집스레 탈의장으로 가는 올가를 계속 쳐다보며 루제나가 항의했다.

3

루제나의 기분이 언짢은 것에 대해 그녀를 탓할 수는 없다. 하지만 올가가 촬영을 거부한 것에 루제나는 왜 그렇게까지 화가 났을까? 그녀는 무엇 때문에 남자들이 온 걸 보고 좋아 빽빽거리며 환영한 뚱뚱한 여자 무리에 자신을 완전히 동일시하는 걸까?

그리고 이 뚱뚱한 여자들은 왜 그리 좋아하며 빽빽거렸을까? 자기네 아름다움을 젊은 남자들 앞에 내보이고 그들을 유혹하고 싶었던 걸까?

아니었다. 보란 듯이 내보이는 그녀들의 상스러움은 바로 자신은 이제 전혀 아름답지 않다는 확신에서 나왔다. 그녀들은 여자들의 젊음에 대한 원한으로 가득 차 있었으며, 성적으로 아무 쓸모없는 자기네 육체를 내보임으로써 여성의 벗은 모습을 모독하고 우롱하고 싶었던 것이다. 그들은 자기네

볼품없는 육체로 여성적 아름다움의 영광을 좌절시키고 그 영광에 복수하고 싶었던 것이다. 왜냐하면 그들은 육체란 아름답건 추하건 결국에는 똑같다는 걸 알고 있었기 때문이다. 그리고 추한 육체는 남자 귀에 대고 이렇게 속삭이며 아름다운 육체에 어두운 그림자를 드리운다는 걸 알고 있었기 때문이다. 잘 봐, 당신을 매혹하는 육체의 진실이 바로 이거야! 잘 보라고! 힘없이 축 처진 이 커다란 젖이 바로 당신이 미친 듯 떠받드는 그 젖가슴과 같은 거라고.

온천탕 안에 있는 뚱뚱한 여자들의 그 상스러운 흥겨움은 허망한 젊음 주변을 맴도는 죽음의 원무였으며, 희생 제물 역할을 할 젊은 여자 하나가 탕 안에 같이 있었기에 더더욱 흥겨운 원무였다. 올가가 시트로 몸을 가렸을 때 그들은 그 몸짓을 마치 자기네들의 잔인한 의식에 대한 거부로 해석했다. 그래서 그들은 격분했던 것이다.

하지만 루제나는 뚱뚱하지도 늙지도 않았으며, 올가보다 더 예쁘기까지 했다! 그렇다면 그녀는 왜 올가와 같은 편이 되지 않았던 걸까?

그녀가 낙태를 결정했더라면, 그리고 클리마와의 행복한 사랑이 그녀를 기다린다고 확신했더라면, 그녀는 전혀 달리 처신했을 것이다. 사랑받는다는 의식은 그 여자를 무리로부터 분리한다. 따라서 루제나는 남이 도저히 흉내 낼 수 없는 자신의 유일성을 황홀해하며 만끽했을 것이다. 그녀는 뚱뚱한 여자들에게서는 적수를, 그리고 올가에게서는 자신과 동일한 운명을 보았을 것이다. 아름다움이 아름다움을, 행복이 또 다른 행복을, 사랑이 또 다른 사랑을 돕듯이, 그녀는 올가를 도우러 나섰을 것이다.

그런데 지난 밤 루제나는 잠을 이루지 못했으며 클리마의 사랑은 믿을 수 없다는 결론에 이르렀다. 따라서 그녀를 늙은 여자 무리로부터 갈라 놓는 모든 것이 그녀에겐 거짓으로 여겨졌던 것이다. 그녀가 유일하게 가진 것은 사회와 전통의 보호를 받으며 그녀 배 속에서 움트는 그 싹이었다. 그녀가 유일하게 가진 것은, 그녀를 위해 대신 싸우리라 약속한 여성 운명의 그 영광스러운 보편성이었다.

온천탕 속 그 여자들, 그들은 루제나 자신도 공유하는 보편적인 것 속에 있는 바로 그 여성성을 대표하고 있었다. 영원히 계속해서 아이를 낳고 젖을 먹이고 시들어 가는 여성성, 사랑받는다고 믿으며 자신에겐 남이 흉내 낼 수 없는 개체성이 있노라 여기는 그 덧없는 순간의 생각들을 비웃는 여성성을 대표하고 있었다.

자신이 유일하다고 확신하는 한 여자, 그리고 여성의 보편적 운명이라는 수의를 입고 있는 여자들 사이에는 화해가 불가능하다. 잠 못 이루며 온갖 상념들로 무거워진 밤을 보낸 후, 루제나는 (불쌍한 트럼펫 주자여!) 이 보편적 운명을 지닌 여자들 편이 되었던 것이다.

4

야쿠프는 운전대를 잡고 있었으며 그의 옆 좌석에 앉아 있는 봅은 시도 때도 없이 고개를 돌려 그의 얼굴을 핥아 댔다. 그 작은 온천 도시의 마지막 집들을 지나자 높은 빌딩이 하나 서 있었다. 야쿠프는 예전에는 없었던 그 빌딩이 흉측하다고 생각했다. 푸르른 풍경 한가운데서, 그 빌딩은 마치 꽃 핀 화분 위에 놓인 빗자루 같았다. 야쿠프는 만족스러운 눈길로 그 풍경을 음미하는 봅을 쓰다듬었다. 그리고 신이 개들의 머릿속에 미적 감각을 불어넣지 않은 것은 개에게 자비를 베풀어 준 셈이라고 생각했다.

개는 또다시 그의 얼굴을 핥았다.(개는 야쿠프가 끊임없이 자기를 생각하고 있다고 느낀 모양이다.) 야쿠프는 이 나라 사정은 나아지는 것도 악화되는 것도 아니라, 점차 우스꽝스러워진다고 생각했다. 그는 과거에 여기서 인간 사냥의 희생물이었고, 어제는 배역만 바뀌었을 뿐 언제나 여전히 똑같은 광경인 양 펼쳐지는 개 사냥을 목격했다. 퇴직자들은 거기서 예심판사와 간수 역할을 맡았으며, 감옥에 갇힌 정치인들은 복서와 똥개, 그리고 작달막한 강아지가 연기했던 것이다.

그는 몇 년 전 수도에서, 그의 이웃 사람이 자기 집 문 앞에서 죽어 있던 자기네 고양이를 발견한 사건을 기억했다. 고양이는 두 눈에 못이 박히고 혀가 잘리고 다리는 묶여 있었다. 동네 꼬마들이 어른들 흉내를 낸 것이었다. 야쿠프는 뵙의 머리를 쓰다듬었다. 그리고 여인숙 앞에 차를 세웠다.

차에서 내렸을 때 그는 개가 자기 집 문까지 신나게 달려갈 거라고 생각했다. 그런데 뵙은 뛰어가기는커녕 야쿠프 주위에서 깡충거리며 같이 놀자는 것이었다. 그러다 누군가 "뵙!"이라 부르는 소리를 듣자 문턱에 서 있는 여자를 향해 쏜살같이 달려갔다.

"넌 구제불능 떠돌이야."라고 말하며 그녀는 야쿠프에게 미안하다고, 언제부터 개가 그를 귀찮게 했느냐고 물었다.

개가 그의 집에서 밤을 보냈으며 지금 막 차로 데려오는 길이라고 야쿠프가 대답하자, 그녀는 어쩔 줄 몰라 연신 고맙다고 하며 그에게 들어오라고 청했다. 그녀는 연회를 치렀던 것 같은 특실에 그를 앉게 한 다음 자기 남편을 찾으러 뛰어갔다.

그녀는 잠시 후 한 젊은 남자와 같이 돌아왔다. 젊은이는 야쿠프 곁에 앉으며 그에게 손을 내밀었다.

"뵙을 데려오시느라 여기까지 일부러 차로 오시다니 선생님은 정말 좋은 분이시군요. 이 개는 바보예요. 돌아다니는 것밖에 할 줄 모르죠. 하지만 모두 이 녀석을 좋아해요. 뭣 좀 드시겠습니까?"

"예, 그러죠." 야쿠프가 말했고, 여자는 부엌으로 뛰어갔다. 그리고 야쿠프는 자기가 어떻게 늙은이들 무리로부터 봅을 구했는지 이야기했다.

"나쁜 놈들!" 남자가 소리쳤다. 그러곤 부엌을 향해 고개를 돌리더니 자기 아내를 불렀다.

"베라! 이리 와 봐! 그 나쁜 놈들이 아랫동네에서 무슨 짓을 하는지 들었어?"

베라는 김이 피어오르는 수프 접시가 놓인 쟁반을 들고 홀로 돌아왔다. 그녀가 앉았을 때 야쿠프는 전날 모험담을 다시 시작해야 했다. 개는 테이블 아래에 앉아 주인이 귀 뒤를 긁어 주는 대로 가만히 있었다.

야쿠프가 수프를 다 먹자, 이젠 남자가 일어나서 부엌으로 가더니 만두를 곁들인 돼지 구이를 가져왔다.

야쿠프는 창문 가까이에 있었고 기분이 좋았다. 남자는 아랫동네 사람들에게 욕을 퍼부었다.(야쿠프는 남자가 자기 식당을 마치 올림포스 산이라도 되듯 높은 곳으로, 점잖고 품위 있는 곳으로 여기는 것을 보고 놀라워하지 않을 수 없었다.) 그리고 부인은 나가더니 두 살짜리 어린애 손을 잡고 다시 왔다.

"아저씨께 감사 드려. 네게 봅을 데려다 주셨어."

아이는 알아들을 수 없는 말을 몇 마디 우물거리더니 야쿠프에게 웃어 보였다. 밖에는 햇볕이 내리쬐고, 노랗게 물들어 가는 나뭇잎들이 열린 창문 쪽으로 평화로이 늘어져 있었다. 아무 소리도 들려오지 않았다. 여인숙은 이 세상 위 상당히 높은 곳에 있었으며, 이곳에는 평화가 있었다.

아이를 낳을 생각은 없었지만 야쿠프는 어린아이들을 사랑했다.

"귀여운 아들을 두셨군요."

"우습게 생겼죠. 큼직한 저 코는 누굴 닮아서 저런지 모르겠어요." 부인이 말했다.

야쿠프는 자기 친구 코를 생각해 내고는 말했다.

"슈크레타 의사가 그러던데 부인을 치료했다고요."

"그 의사 선생님을 아세요?" 남자가 즐겁게 물었다.

"제 친구예요."

"그분께 무척 감사해요." 젊은 엄마가 말했다. 아이는 분명 슈크레타의 우생학 프로그램의 성공작 가운데 하나일 거라고 야쿠프는 생각했다.

"그는 의사가 아니라 마술사예요." 남자가 감탄했다.

야쿠프는 생각했다. 베들레헴의 평화가 지배하는 이곳에서 이 세 인물은 '성가족'이노라고, 또 그들의 아이는 인간인 아버지가 아니라 슈크레타라는 신에게서 태어났노라고.

코가 큼직한 아이가 또다시 알아들을 수 없는 말을 중얼거리자, 젊은 아버지는 사랑에 가득 찬 눈으로 아이를 바라보며 아내에게 말했다.

"당신의 먼 조상 중에 도대체 누구 코가 큼직한가 궁금해."

야쿠프가 미소를 지었다. 재미난 생각이 그의 머리에 막 떠올랐던 것이다. 슈크레타 의사는 자기 아내에게 아이를 갖게 하기 위해서도 주사기를 사용했을까?

"제 말이 틀렸나요?" 젊은 아버지가 물었다.

"당신 말이 맞죠." 야쿠프가 말했다. "자기가 죽고 난 한참 후에도 자기 코가 세계 도처를 돌아다닌다고 생각하면 큰 위안이 되죠."

모두들 웃음을 터뜨렸다. 슈크레타가 이 아이의 아버지일 수 있다는 생각이 이제 야쿠프에게는 마치 환상적인 꿈처럼 나타났다.

5

프란티셰크는 냉장고를 수리한 다음 그 집 안주인에게서 돈을 받았다. 그는 그 집을 나와 그의 충직한 오토바이에 자리를 잡았다. 그러고선 그 지역 전체 수리 업무를 담당하는 사무실에 그날 수입을 입금하려고 시내 반대편으로 향했다. 그가 일을 완전히 끝낸 것은 오후 2시가 조금 넘어서였다. 그는 다시 오토바이를 타고 온천장으로 달렸다. 주차장에서 그는 흰색 리무진 승용차를 보았다. 그는 그 곁에 오토바이를 세운 다음, 아치형 통로를 지나 인민회관 쪽으로 갔는데, 트럼펫 주자가 거기 있을 거라 생각했기 때문이다.

그를 그곳으로 이끈 것은 과감함도 호전성도 아니었다. 그는 더 이상 소란을 피우고 싶지 않았다. 반대로 그는 자제하고 굽히고 완전히 복종하리라 결심했다. 그는 자기 사랑이 너무도 커서 그 사랑의 이름으로 모든 걸 견딜 수 있다고 생각했다. 동화 속 왕자가 공주를 위해 모든 고통과 괴로움을 견디며 용과 대적하고 대양을 건너는 것처럼, 그는 가공할 만큼 엄청난 모욕도 받아들일 준비가 되어 있었다.

그는 왜 그리도 순종적인가? 그는 왜 차라리 다른 여자에게로 돌아서지 않는 걸까? 젊은 여자라면 이 작은 온천 도시에 넘치고도 남으니까 말이다.

프란티셰크는 루제나보다 어렸다. 그에겐 불행한 일이지만 너무 어린 것이다. 그가 좀 더 나이를 먹으면 세상살이의 덧없음을 발견할 것이고, 한 여자를 넘어서면 그 뒤에는 여전히 또 다른 여자들이 있다는 걸 알 것이다. 단지 프란티셰크는 아직 세월이 무엇인지 모르는 것이다. 그는 어린 시절 이후 지금까지, 변하지 않고 그대로 지속되는 세계에서 살며, 움직이지 않는 일종의 영원 속에서, 늘 같은 아버지와 같은 어머니와 함께 살았다. 그런데 루제나가 그를 남자로 만들어 줌으로써, 그녀는 그의 머리 위로 펼쳐진 창공, 그에게 가능한 단 하나의 창공을 덮어 버리는 덮개 같은 존재가 되고 말았던 것이다. 그는 이제 그녀 없는 인생은 그려 볼 수가 없었다.

전날 그는 그녀에게 뒤를 밟지 않겠다고 순순히 약속했다. 그리고 지금도 그녀를 귀찮게 하지 않기로 진심으로 결심했다. 자기는 단지 트럼펫 주자에게 관심이 있을 뿐이며, 그의 뒤를 밟는 거라면 약속을 진짜로 어기는 건 아닐 거라고 생각했다. 그러나 그건 단지 변명일 뿐, 루제나는 그런 행동을 비난할 거라는 사실 역시 알고 있었다. 하지만 그건 마치 마약 중독처럼, 그에겐 다른 어떤 생각보다 어떤 결심보다 더 강했다. 즉 자신이 트럼펫 주자를 봐야만 한다는 것, 다시 한 번, 오랫동안 또 가까이서 봐야만 한다는 생각이었다. 자신의 고통을 정면으로 바라보아야만 했다. 그는 트럼펫 주자의 육체를 보아야만 했다. 루제나의 육체와 결합한다는 게 도무지 상상이 안 되고 믿을 수 없는 그 육체를. 결합된 그들 두 육체를 생각해 보는 게 과연 가능한지 아닌지 자기 두 눈으로 직접 확인하기 위해 그를 봐야만 했던 것이다.

연단 위에서 그들은 이미 연습을 하고 있었다. 슈크레타 의사는 드럼을, 키가 작고 왜소한 한 남자는 피아노를, 클리마는 트럼펫을 연주하고 있었다. 재즈에 미친 몇몇 젊은이들이 리허설을 보려고 몰래 들어와 홀에 앉아 있었다. 프란티셰크는 자신이 이곳에 온 이유가 드러날까 봐 걱정할 필요가 전혀 없었다. 트럼펫 주자는 지난 화요일 저녁, 오토바이 전조등 때문에 눈이 부셔 자기 얼굴을 보지 못했던 게 확실하며, 또 루제나의 조심성 덕분에 자기가 그녀와 사귀는 사실을 아무도 제대로 알지 못했기 때문이다.

트럼펫 주자는 다른 연주자들을 중단시킨 다음, 피아노 앞에 앉아 키 작은 남자가 박자를 틀리게 연주한 한 소절을 그에게 들려주었다. 프란티셰크는 홀 안쪽 의자에 앉아서 서서히 그림자로 변해 갔다. 그런데 그 그림자는 그날, 한시도 트럼펫 주자를 떠나지 않을 것이다.

6

그는 숲속 여인숙에서 돌아왔다. 그의 얼굴을 핥아 주던 명랑한 개가 더 이상 옆자리에 없어 섭섭했다. 그러곤 사십오 년이나 살아오는 동안 자기 옆자리를 비워 놓는 데 성공한 것은 기적이라고 생각했다. 그리하여 지금, 마치 자기 미래의 토대를 이제 막 닦기 시작한 대학생처럼 허울뿐인 (하지만 멋진) 젊음을 간직한 채, 아무 짐도 부담감도 없이, 이토록 쉽게, 홀로 이 나라를 떠날 수 있는 것이었다.

그는 자기가 지금 조국을 떠난다는 생각에 몰두하려고 애썼다. 지나간 자기 과거를 떠올려 보려고 애썼다. 마치 향수에 젖어 뒤돌아보게 되는 광활한 풍경인 양, 현기증이 날 정도로 멀리 떨어진 풍경인 양 과거를 돌아보려고 애썼다. 그러나 그럴 수가 없었다. 그가 머릿속으로 그려 볼 수 있었던 과거란 닫힌 아코디언마냥 납작하고 보잘것없었다. 몇몇 추

억의 단편들, 그런대로 한 인생을 살았다는 환상을 줄 수 있
을 추억의 단편들을 기억해 내기 위해서 애를 써야만 했다.

그는 주위 나무들을 쳐다보았다. 나뭇잎들은 초록색, 붉은
색, 노란색, 갈색이었다. 숲은 마치 불이 난 것처럼 보였다.
그는 숲에 불이 났을 때 떠난다고, 그리고 자기 인생과 추억
들은 이 멋지고도 무감각한 불꽃 속에서 다 타 버리고 있다
고 생각했다. 고통이 없음을 고통스러워해야 하는가? 슬프
지 않음을 슬퍼해야 하는가?

그는 슬픔을 느끼지 않았다. 그러나 서두르고 싶은 마음
도 없었다. 외국에 있는 친구들과 약속한 대로라면 바로 이
시각엔 국경을 넘고 있어야 했다. 그는 또다시 자신이 막연
한 게으름에 사로잡혔다는 걸 느꼈다. 박력 있고 단호한 행
동이 요구되던 상황이면 어김없이 그런 게으름에 빠지곤 했
기에, 알고 지내던 주위 사람들로부터 무척이나 빈정거림을
받던 익히 알려진 게으름이었다. 그는 마지막 순간까지 자
기는 바로 그날 떠날 거라고 우겨 대리라는 사실을 알고 있
었다. 하지만 또한 이 아름다운 온천 도시를, 여러 해 전부터
때로는 무척 오랜만에, 그러나 항상 즐겁게, 친구를 만나러
오곤 했던 이 도시를 떠나는 순간을 늦추기 위해 자신이 아
침부터 최선을 다하고 있음을 깨달았다.

그는 주차장에 차를 세웠다.(그랬다. 트럼펫 주자의 흰색 승용
차와 프란티셰크의 붉은 오토바이가 주차된 바로 그곳이었다.) 그리
고 삼십 분 후에 올가와 만나기로 약속한 술집으로 들어갔
다. 그는 붉게 타오르는 듯한 공원의 나뭇잎들이 그대로 다

보이는 안쪽 유리창 옆자리가 마음에 들었으나, 불행히도 그 자리에는 한 삼십 대 남자가 이미 앉아 있었다. 야쿠프는 옆 자리에 앉았다. 그 자리에서는 나무들이 보이지 않았다. 반 대로 그의 시선에는 옆자리에 앉아 문 쪽을 쳐다보며 발을 구르고 있는, 눈에 띄게 신경이 곤두선 그 남자가 들어왔다.

7

마침내 그녀가 들어왔다. 클리마는 의자에서 벌떡 일어나 그녀를 맞으러 나가 유리창 옆 테이블로 그녀를 데려왔다. 그는 그녀에게 미소를 지었다. 마치 그 미소로 그들이 합의 본 내용이 여전히 유효하다는 것, 그들 둘 다 마음이 편안하며 또 같은 배를 타고 있다, 그리고 서로를 신뢰한다는 것을 나타내고 싶기라도 한 그런 미소였다. 그는 젊은 여자의 표정에서 자기 미소에 대한 긍정적인 대답을 찾았지만 그런 기미는 전혀 보이지 않았다. 그는 초조해졌다. 하지만 그의 마음을 온통 사로잡고 있는 그 이야기는 감히 꺼낼 수 없었다. 그래서 그는 태평스러운 분위기를 만들기에 딱 좋은 별 의미 없는 대화를 시작했다. 그러나 그의 이야기는 돌 담벼락이라도 되듯 젊은 여자의 침묵에 부딪쳐 공허하게 되돌아올 뿐이었다.

그녀는 그의 말을 가로막으며 말했다.

"생각을 바꿨어. 그건 범죄야. 당신은 그런 일을 할 수 있는지 모르겠지만, 나는 아니야."

트럼펫 주자는 자기 안에서 모든 게 무너지는 걸 느꼈다. 그는 루제나를 향해 무표정한 시선을 던진 채, 더 이상 무슨 말을 해야 할지 몰랐다. 그는 단지 절망적인 피로만 느낄 뿐이었다. 루제나가 반복했다.

"그건 범죄야."

그는 그녀를 바라보았는데, 비현실적 존재처럼 보였다. 그녀와 멀리 떨어져 있을 때면 어떤 모습인지 도무지 생각도 나지 않던 그녀가, 지금은 그에게 주어진 종신형처럼 나타나는 것이었다.(우리 모두처럼, 클리마는 그의 삶 속으로 깊숙이, 점진적으로, 유기적으로 파고 들어오는 것만을 현실로 인정하고, 외부로부터 갑작스럽고 우연히 오는 것은 비현실의 침입으로 받아들였다. 그러나 안타깝게도! 이러한 비현실보다 더 현실적인 것은 없다.)

지난번에 트럼펫 주자를 알아봤던 종업원이 테이블로 다가왔다. 그는 코냑 두 잔을 쟁반에 받혀 가져와선 명랑한 어조로 이야기를 건넸다.

"당신들 눈 속에서 당신들이 뭘 원하는지 전 읽을 수 있답니다."

그리고 루제나에게 지난번과 같은 지적을 했다.

"조심해요! 모든 여자들이 당신을 해치려 하니까요!" 그러고는 크게 웃었다.

하지만 지금 클리마는 두려움에 가득 차서 종업원의 말에 신경 쓸 만한 여유가 없었다. 그는 코냑 한 모금을 마시고 루제나를 향해 몸을 기울였다.

"이봐, 나는 우리가 서로 뜻이 맞다고 생각했어. 모든 이야기를 나눴잖아. 왜 갑자기 생각을 바꿨지? 당신도 나처럼 우리가 몇 년 동안은 각자의 전부를 서로에게만 바칠 수 있어야 한다고 생각했잖아. 루제나! 우리가 그렇게 하는 건 단지 우리들의 사랑 때문이고, 우리가 둘 다 진정으로 원하는 그때 우리 아기를 갖기 위해서야."

8

 야쿠프는 그녀가 늙은이들에게 봅을 넘겨주려고 한 그 간호사임을 바로 알아보았다. 그는 마친 홀린 것처럼 그녀를 바라보았는데, 그녀와 상대방이 무슨 이야기를 나누는지 무척이나 알고 싶었다. 그는 한마디도 알아듣지 못했으나 그들 대화가 극도로 긴장된 것은 충분히 보였다.

 남자의 표정으로 보아, 그는 지금 막 비통한 소식을 알게 된 것이 분명했다. 그가 말문을 되찾기까지는 얼마쯤 시간이 필요했다. 그의 동작에서 그가 젊은 여자를 설득하려고 애쓰며 그녀에게 애원하는 걸 볼 수 있었다. 그러나 젊은 여자는 고집스럽게 침묵을 지켰다.

 야쿠프는 한 사람의 목숨이 달린 문제라는 생각을 떨칠 수가 없었다. 그 젊은 금발 여자는 그에겐 언제나 '망나니가 사형 집행을 하는 동안 그 망나니를 도와 희생자를 붙들 준비가 된 자'처럼 나타났다. 그는 그 남자가 생명의 편이고 그 여자는 죽음의 편이라는 걸 한순간도 의심치 않았다. 그 남자는 지금 누군가의 삶을 구하고자 그녀에게 도움을 청하나, 그 금발 여자는 거절하여 그녀 때문에 누군가가 죽는 것이었다.

그러고 나서 그는 남자가 간청을 멈추고 미소를 지으며 젊은 여자의 뺨을 서슴지 않고 어루만지는 것을 보았다. 합의를 본 것일까? 절대 그렇지 않았다. 금발 아래 여자 얼굴은 남자의 시선을 피하면서 고집스레 먼 곳을 쳐다보았다.

야쿠프는 그 전날부터 망나니의 보조자의 모습과 다르게는 그려 볼 수 없던 그 젊은 여자에게서 두 눈을 뗄 수가 없었다. 그녀는 예쁘기는 하나 얼굴이 공허했다. 남자의 관심을 끌기에 충분히 예쁘고, 또 남자의 모든 애원이 그 속에서 사라져 버리기에 충분히 공허한 그런 얼굴이었다. 그런데 그 얼굴은 자랑스러워하고 있었다. 야쿠프는 알고 있었다. 예쁘다는 걸 자랑스러워하는 게 아니라 그 공허함에 대해 자랑스러워한다는 것을.

그는 그녀 얼굴에서, 자신이 잘 아는 수많은 다른 얼굴들이 그를 향해 다가오는 게 보이는 것 같다고 생각했다. 그는 자기 삶 전부가 바로 그 얼굴과의 끊임없는 대화에 불과했다는 생각이 들었다. 그가 그 얼굴에게 뭔가를 설명하고자 시도했을 때, 그 얼굴은 화가 난 기색으로 고개를 돌렸으며, 그가 제시한 증거에는 전혀 다른 얘기로 대답했고, 또 그가 미소를 지었을 때 그 얼굴은 무례하다며 그를 비난했으며, 그가 애원했을 때 그 얼굴은 그의 우월성을 비난했다. 아무것도 이해하진 못하나 모든 것을 결정해 버리는 그 얼굴, 사막처럼 공허하고 또 그 사막에 대해 자부심을 느끼는 그 얼굴말이다.

야쿠프는 내일 바로 그 얼굴의 왕국에서 떠나가기 위해, 오늘 마지막으로 그 얼굴을 본다고 속으로 생각했다.

9

 루제나 역시 야쿠프를 보았으며 그가 누군지 알아보았다. 그녀는 야쿠프의 시선이 자기를 주시하는 걸 느끼곤 거북스러웠다. 그녀는 암묵적으로 공모한 두 남자 사이에 포위된 형국이었으며, 마치 두 총구처럼 그녀를 향해 조준된 두 시선 사이에 포위된 형국이었다.

 클리마는 자기 논리를 지겹게 되풀이했고 그녀는 뭐라고 대답해야 할지 몰랐다. 그녀는 태어날 아이의 생명에 관한 한, 이성은 아무 소용 없으며 오직 감정에만 말할 권리가 있노라 되풀이하기로 작정했다. 그녀는 자기 얼굴을 조용히 돌려 두 시선의 사정거리 밖 창문 쪽으로 시선을 고정했다. 그러자 어느 정도 정신이 집중됨에 따라, 그녀는 이해받지 못한 어머니와 연인이라는 모욕당한 의식이 자기 안에서 서서히 생겨나는 걸 느꼈다. 그 의식은 그녀 마음속에서 크뇌델

반죽처럼 발효되어 갔다. 그녀는 그 감정을 말로는 표현할
수 없었기에, 공원 안쪽 여전히 똑같은 지점에 고정한 자기
시선을 통해 그 감정을 배출했다.

그런데 두 눈을 멍하게 뜨고 계속 쳐다보고 있는 바로 그
곳에서 그녀는 갑자기 친숙한 실루엣을 발견하고 소스라치
게 놀랐다. 더 이상 클리마가 무슨 얘기를 하는지 전혀 들리
지 않았다. 그 시선은 그녀를 겨냥하는 세 번째 총구였고 가
장 위험했다. 왜냐하면 루제나는 처음에 누가 자기를 임신케
한 장본인인지 확신할 수 없었기 때문이다. 그녀가 가장 먼
저 지목했던 자는 지금 공원 나무 뒤에 엉성하게 숨어 자기
를 지켜보고 있는 자였다. 하지만 분명 처음에만 그랬다. 왜
냐하면 그 후 그녀는 아이 아버지가 트럼펫 주자라는 쪽으로
점점 더 마음이 기울다가, 어느 날 결국 그임이 확실하다고
결정했기 때문이다. 제대로 이해해야 할 것은 그녀가 속임수
를 써서 자기 임신을 그에게 돌리고 싶진 않았다는 점이다.
그런 결정을 내리면서 그녀는 속임수가 아니라 진실을 택했
다. 그녀는 일이 정말로 그렇게 됐다고 결론지었던 것이다.

게다가 임신은 너무나 성스러운 일이기에 자기가 멸시하
는 남자가 그 원인이 될 수 있다는 건 그녀에게 불가능해 보
였다. 그건 논리적 추론이 아니라, 단지 자기 마음에 들고 자
기가 높이 평가하며 또 흠모하는 남자하고가 아니라면 임신
할 수 없다고 그녀를 납득시켰던 일종의 초이성적인 계시였
다. 그런데 그녀가 자기 아이 아버지로 선택했던 자가 그 소
식에 충격을 받고 질겁하여 아버지 역할을 거부한다는 사실

을 수화기를 통해 듣는 순간, 모든 게 결정되었던 것이다. 왜냐하면 그 순간부터 그녀는 자기 진실을 더 이상 의심하지 않았을 뿐만 아니라 그 진실을 위해 투쟁할 준비가 되어 있었기 때문이다.

클리마는 아무 말 없이 루제나의 볼을 어루만졌다. 그녀가 자기만의 상념에서 벗어났을 때 그녀는 그가 미소 짓고 있다는 걸 알아차렸다. 그는 술집 테이블이 그들 사이를 차가운 벽처럼 갈라놓는다며 지난번처럼 야외로 드라이브를 하자고 제안했다.

그녀는 겁이 났다. 프란티셰크는 여전히 공원 나무 뒤에 몸을 숨긴 채 술집 유리창에 시선을 고정하고 있었다. 그들이 나서는 순간 그가 시비를 걸어온다면 어떻게 될 것인가? 지난 화요일처럼 싸움을 걸어오면 어떻게 될 것인가?

"코냑 값 계산할게요." 클리마가 종업원에게 말했다.

루제나는 자기 핸드백에서 가늘고 긴 유리 약통을 꺼냈다.

트럼펫 주자는 종업원에게 지폐를 주고 인심 좋게 거스름돈을 거절했다.

루제나는 약통을 열고 알약 하나를 손바닥에 받아 집어삼켰다.

그녀가 약통을 닫았을 때 트럼펫 주자는 그녀에게로 몸을 돌려 그녀를 마주 바라보았다. 그는 그녀에게 두 손을 내밀었고, 그녀는 그 손의 촉감을 느끼려고 약통을 놓았다.

"자, 가지." 그가 말하자 루제나가 일어섰다. 그녀는 적의에 찬 야쿠프의 시선이 자기를 뚫어지게 응시하는 걸 보곤 눈길을 돌렸다.

일단 밖으로 나오자 그녀는 초초하게 공원 쪽을 쳐다보았
으나 프란티셰크는 더 이상 보이지 않았다.

10

  야쿠프는 일어나서 아직 반쯤 남은 자기 술잔을 들고 그들이 일어난 테이블로 갔다. 유리창을 통해 그는 붉게 물든 공원 나무들을 만족스레 바라보았다. 그 나무들은 마흔다섯 해라는 자기 평생을 던져 넣은 불길 같다고 되뇌었다. 그러고 나서 테이블 위로 시선을 돌린 그는 재떨이 근처에 그녀가 잊고 간 약통을 발견했다. 그는 약통을 들고 자세히 살펴보기 시작했다. 약통에는 전혀 모르는 약 이름이 적혀 있었고, 누군가 연필로 '하루 세 번 복용'이라고 덧붙여 놓았다. 약통 속 알약은 연한 파란색이었다. 그로선 야릇한 일이었다.

  지금은 그가 자기 나라에서 보내는 마지막 시간들이었기에, 가장 사소한 사건들도 특별한 의미를 띠고 우의적인 장면으로 변하는 것이었다. 그는 생각했다. 바로 오늘, 연한 파란색 알약이 든 약통이 테이블 위 자기에게 주어진 것은 무슨 의미일까? 그리고 여기서 내게 그걸 남기는 자가 하필이면 그녀, 정치적 탄압의 계승자이자 망나니들의 중개자였던 그녀여야만 하는 이유가 무엇인가? 그녀는 연한 파란색 알약의 필요성이 아직 끝나지 않았음을 내게 말하려는 건가? 아니면 독약에 대한 이런 암시를 통해 나에 대한 꺼지지 않는 원한을 표현하려는 건가? 그것도 아니라면, 이 나라를 떠나는 것이 내 윗저고리 호주머니 속에 든 연한 파란색 알약을 삼키는 경우와 똑같은 포기인 셈이라는 걸 내게 말하려는 건가?

그는 호주머니를 뒤져 둘둘 말린 종이를 꺼내 펼쳐 보았다. 자기 알약을 살펴보니, 그녀가 잊고 간 약통 속 알약보다 조금 더 진해 보였다. 그는 유리 약통을 열고 한 알을 손바닥 위에 떨어뜨렸다. 그랬다. 그의 것은 약간 더 짙었고 좀 더 작았다. 그는 약통에 두 알약을 같이 넣었다. 그러고 나서 그 알약들을 살펴보니, 얼핏 본다면 두 알약의 차이를 전혀 알아챌 수 없다는 걸 확인했다. 제일 위에, 아마도 가장 사소한 장애를 치료하는 데 쓰는 아무 위험도 없는 알약 위에, 가면을 쓴 죽음이 놓여 있었다.

그때 올가가 테이블로 다가왔다. 야쿠프는 재빨리 약통 뚜껑을 닫아 재떨이 옆에 놓은 다음, 그녀를 맞이하기 위해 자리에서 일어섰다.

"방금 클리마와 마주쳤어요. 그 유명한 트럼펫 주자 말이에요. 놀랍게도!"

그녀는 야쿠프 옆에 앉으면서 이야기했다.

"그 끔찍한 여자와 함께 가더군요. 그녀는 오늘 온천장에서 나를 무척이나 괴롭혔죠!"

하지만 그녀는 말을 멈췄다. 왜냐하면 바로 그때 루제나가 와 테이블 앞에 버티고 서서 말을 꺼냈기 때문이다.

"제 약을 여기 뒀는데요."

야쿠프가 뭐라 대답할 겨를도 없이 그녀는 재떨이 옆에 놓인 약통을 발견하고 손을 뻗었다. 그러나 야쿠프가 더 빨랐고 약통을 먼저 집었다.

"그거 주세요." 루제나가 말했다.

"당신에게 부탁이 있는데, 약 한 알만 주세요." 야쿠프가 말했다.

"미안하군요! 그럴 시간이 없어요!"

"나는 같은 약을 먹습니다. 그런데……."

"나는 떠돌아다니는 약장사가 아니에요."

야쿠프는 뚜껑을 열려고 했으나 루제나는 그럴 틈을 주지 않은 채 재빨리 약통으로 손을 뻗었다. 야쿠프는 곧 약통을 든 손을 꽉 쥐었다.

"무슨 짓이에요! 약 주세요." 젊은 여성이 그에게 외쳤다.

야쿠프는 그녀의 두 눈을 쳐다보면서 천천히 손을 폈다.

11

요란한 기차 바퀴 소리 속에서 그녀는 자기 여행의 허망함을 선명하게 느꼈다. 그녀는 자기 남편이 그 온천 도시에 없으리라는 걸 어쨌든 확신했다. 그럼 왜 그녀는 거기 가고 있단 말인가? 네 시간 동안 기차 여행을 하는 게 단지 자기가 이미 아는 걸 확인하기 위해서란 말인가? 그녀는 이성적인 판단에 따르고 있는 게 아니었다. 일단 돌기 시작해 계속 돌아가는 모터가 그녀 안에 있었는데, 그녀는 그걸 멈추게 할 수 없었던 것이다.

(그렇다. 지금 이 순간 프란티셰크와 카밀라는 눈먼 질투심에 의해 원격 조정되는 두 로켓탄처럼 이 이야기의 공간에 투입되고 있다. 그런데 눈이 먼 것이 어떻게 방향을 제시한단 말인가?)

수도에서 온천 도시까지의 교통은 그리 편하지 않았다. 클리마 부인은 세 번이나 기차를 갈아 탄 다음에야 기진맥진한

상태로, 뛰어난 치료 효과를 자랑하는 그 지방 온천과 기적의
진흙탕을 요란하게 선전하는 문구로 뒤덮인 한 목가적인 역
에 내릴 수 있었다. 그녀는 역에서 온천장으로 난 포플러 나
무 가로수 길을 따라갔다. 그런데 온천장 아치형 통로 첫 번
째 기둥에 도착했을 때 그녀는 남편 이름이 붉은 글씨로 적
힌 손으로 그린 포스터를 보고 놀라지 않을 수 없었다. 그녀
는 놀라움에 가득 차 포스터 앞에 서서 남편 이름 밑에 적힌
다른 두 남자 이름을 자세히 살펴보았다. 그녀는 믿을 수가
없었다. 클리마는 그녀에게 거짓말을 하지 않았던 것이다! 그
녀에게 이야기한 바로 그대로였다. 처음 한순간 그녀는 한없
는 기쁨과 함께 이미 오래전에 잃어버린 신뢰감을 느꼈다.

그러나 그 기쁨은 오래가지 않았다. 왜냐하면 콘서트가
열린다는 사실이 남편이 바람을 피우지 않는다는 걸 증명하
는 건 전혀 아니라는 생각이 금방 들었기 때문이다. 그가 이
외딴 온천 도시에서 콘서트를 하기로 했다면 틀림없이 여기
서 한 여자를 만나기 위해서다. 그녀는 상황이 자기 예상보
다 더 나쁘며 자신이 함정에 빠졌다고 생각했다.

그녀는 남편이 이곳에 없음을 확인하러, 그리하여 간접적
으로 (수없이 그래 왔고, 다시 한 번) 그의 부정을 그에게 입증하
러 왔던 것이다. 그러나 지금 상황이 바뀌었다. 그녀는 지금
거짓말의 현장을 적발하는 게 아니라, 부정을 저지르는 현장
을 (직접적으로, 그리고 자기 두 눈으로) 적발하게 된 것이다. 그
녀가 원하든 원하지 않든 간에 그녀는 클리마가 같이 시간을
보낸 여인을 보게 될 것이다. 그런 생각이 들자 그녀는 거의

휘청거렸다. 물론 오래전부터 그녀는 모든 것을 알고 있다고 확신했지만, 지금까지 그녀는 아무것도 (남편의 어떤 정부도) 직접 보지는 못했다. 사실상 그녀는 아무것도 알지 못했으며 단지 안다고 믿었고, 그러한 가정에 확신의 힘을 부여했다. 그녀는 기독교 신자가 신의 존재를 믿는 것처럼 자기 남편의 부정을 믿었다. 단, 기독교 신자는 결코 신을 볼 수 없다는 절대적인 확신을 품고 신을 믿는다. 자신이 그날 낯선 여자와 함께 있는 클리마를 보게 되리라는 생각에, 그녀는 마치 신이 점심 식사를 같이하러 자기 집에 온다는 소식을 전화로 듣고 놀라는 기독교도와 똑같은 끔찍한 공포를 느꼈다.

그녀의 온몸은 불안에 사로잡혔다. 그때 그녀는 누가 자기 이름 부르는 소리를 들었다. 그녀는 몸을 돌려 아치형 통로 중간에 서 있는 세 남자를 발견했다. 그들은 청바지와 스웨터 차림으로, 방랑자 같은 그들 차림새는 거기서 산책을 즐기는 온천장 다른 고객들의 음울한 옷차림에 비해 확 눈에 띄었다. 그들은 웃음으로 그녀에게 인사했다.

"이런 놀라운 일이!" 그녀는 외쳤다. 그들은 그녀가 무대 위에서 마이크를 잡고 활동할 당시 알고 지냈던 영화인 친구들이었다.

감독인 키가 가장 큰 남자가 그녀 팔을 잡았다.

"당신이 여기에 우리를 보러 왔다면 얼마나 기쁠까마는……."

"하지만 당신 남편을 보러 왔겠지." 조감독이 슬픈 어조로 말했다.

"유감이야!" 감독이 말했다. "수도에서 가장 아름다운 여인을 짐승 같은 트럼펫 주자가 우리 속에 가둬 놓고 있으니, 몇 년 전부터 도무지 볼 수가 없잖아……."

"빌어먹을! 그러니 이렇게 만난 일을 자축해야죠!"

카메라맨이 말했다.(구멍 난 스웨터를 입은 가장 젊은 남자였다.)

그들은 지금 자기들이 한 눈부신 왕비에게 수다스러운 찬사를 늘어놓는다고 여겼다. 거들떠보지도 않는 선물로 가득 찬 버드나무 바구니 속에다 그들의 찬사를 아무렇게나 바로 툭 던져 버리고 마는 그런 왕비에게 말이다. 그러나 그녀는 마치 절름발이 소녀가 자비롭게 내밀어진 팔에 기대듯 그들 이야기를 감사하게 받아들였다.

12

올가는 이야기를 하고 있었고, 야쿠프는 자신이 모르는 한 여자에게 방금 독약을 줬으며 그녀가 언제든지 그 약을 삼킬 위험이 있다는 걸 생각하고 있었다.

그 일은 갑작스럽게 일어났던 것이다. 너무 순식간에 일어나 그가 알아차릴 시간도 없었던 것이다. 그 일은 그도 모르는 사이에 일어났던 것이다.

올가는 여전히 이야기를 하고 있었고, 야쿠프는 속으로 자신을 정당화할 이유를 찾고 있었다. 그는 그 젊은 여자에게 약통을 주려고 하지 않았으며 그녀가, 단지 그녀가 강제로 가져갔을 뿐이라고 되뇌었다.

그러나 그는 곧 그건 너무 쉬운 변명임을 깨달았다. 그녀 말에 따르지 않을 수많은 가능성이 있었던 것이다. 그녀의 무례함에 맞서 그도 무례하게 대응할 수 있었으며, 태연히 맨

위 알약을 자기 손에 받아 호주머니에 집어넣을 수 있었다.

또 자신에겐 순간적 재치가 없었기에, 또 그 당시엔 아무 행동도 하지 않았기에, 그녀를 뒤쫓아 나가 약통 안에 독약이 들었다고 그녀에게 고백할 수도 있는 것이다. 무슨 일이 일어났는지 그녀에게 설명하는 것이 그렇게 어려운 일은 아니었다.

하지만 그는 행동을 하는 대신 의자에 앉은 채, 그에게 무언가를 설명하는 올가를 바라보고 있다. 자리에서 일어나 간호사를 잡기 위해 뛰쳐나가야 한다. 아직 시간이 있다. 그녀의 목숨을 구하기 위해 모든 걸 다할 의무가 그에겐 있다. 그런데 왜 의자에 앉아 있나? 왜 움직이지 않나?

올가는 이야기를 하고 있었고, 그는 자신이 의자에 앉아 움직이지 않는다는 사실에 놀라고 있었다.

그는 당장 일어나 간호사를 찾으러 나가야겠다고 막 결정했다. 그러나 그가 나가 봐야 한다는 걸 올가에게 어떻게 설명할 것인지 생각했다. 방금 무슨 일이 일어났는지 그녀에게 고백해야 한단 말인가? 그는 올가에게 그걸 밝힐 수 없다고 결론지었다. 만약 그가 간호사를 만날 수 있기 전에 그녀가 알약을 먹는다면 무슨 일이 일어날 것인가? 야쿠프가 살인자라는 사실을 올가가 알게 될 것 아닌가? 그리고 만약 제때 그녀를 만난다 하더라도 올가의 눈에 자신을 어떻게 정당화할 수 있을 것이며, 왜 그렇게 오랫동안 주저했는지 그녀에게 이해시킬 수 있을 것인가? 그가 그 여자에게 약통을 주고 말았던 사실을 그녀에게 어떻게 설명할 수 있단 말인가? 지금부터, 의자에 못 박힌 채 아무 행동도 하지 않고 가만히 있는 이 순간 때문에, 그를 관찰하고 있는 모든 자에게 그는 살인자로 통할 게 분명한 것이다!

아니, 올가에게 비밀을 털어놓을 수는 없다. 도대체 그녀에게 무슨 말을 할 수 있을까? 갑자기 일어나 어딘지도 모르는 데로 가 봐야 한다는 걸 그녀에게 어떻게 설명할 것인가?

하지만 그녀에게 무슨 이야기를 하는가가 그렇게 중요한 일인가? 어떻게 아직 그런 바보 같은 것에 신경 쓸 수 있는가? 죽느냐 사느냐가 달린 이 시점에 올가가 뭐라고 생각할 것인가 같은 걱정을 어찌 할 수 있단 말인가?

그는 자기가 하고 있는 이 생각들이 전혀 상황에 맞지 않다는 것, 그리고 주저하는 일 분 일 초가, 간호사를 위협하는 위험을 더욱 가중한다는 것을 알고 있었다. 사실, 이미 너무 늦어 버렸다. 그가 주저하던 그때 이미 그녀는 자기 친구와 함께 술집에서 너무 멀리 가 버려, 야쿠프는 그녀를 찾기 위해 어느 방향으로 가야 하는지 알 수도 없었을 것이다. 그들이 어디로 갔는지 그것만이라도 안다면? 그들을 찾기 위하여 어디로 가야만 하는가?

그러나 즉시, 이러한 추론이 또 다른 변명이라는 것을 깨닫고 그는 자책했다. 물론 그들을 재빨리 찾는 일은 어렵지만 불가능하진 않았다. 행동을 시작하기에 너무 늦지는 않았다. 다만 즉각 실천에 옮겨야만 했고, 그렇지 않으면 너무 늦고 말 것이다!

"오늘은 시작부터가 좋지 않았어요." 올가가 말했다. "아침에 제때 일어나지 못했고, 아침 식사에도 늦어 밥도 못 먹었어요. 또 온천장에는 멍청한 영화 관계자들이 왔고요. 오늘이 아저씨와 이곳에서 보내는 마지막 날이기에 멋진 하루가 되길 얼마나 기대했는데 말이에요. 저한텐 정말 중요한 일이에요. 저한테 어느 정도 중요한지 알기나 하세요?”

그녀는 테이블 위로 몸을 숙여 그의 손을 잡았다.

“아무 걱정 마. 네가 기분 나쁜 날을 보낼 아무런 이유가 없어.”

그는 힘들여 그녀에게 말했다. 왜냐하면 그녀에게 집중할 수가 없었기 때문이었다. 어떤 목소리가 끊임없이 그에게 간호사의 핸드백 속에 독약이 들어 있으며, 그녀의 생사는 그에게 달렸다고 상기시켰다. 성가시고 강요하는 목소리긴 했으나 동시에 기이하게도 약해서, 그에겐 너무나 먼 심연으로부터 들려오는 것 같았다.

13

클리마는 루제나와 함께 숲속 도로를 따라 달리면서 이번에는 고급 승용차 드라이브가 그를 위해 어떤 역할도 해내지 못한다는 걸 확인했다. 그 어떤 것도 고집스럽게 입을 꾹 다물고 있는 루제나의 기분을 풀어 줄 수 없었기에 트럼펫 주자는 오랫동안 말이 없었다. 침묵이 너무 짓누르듯 무거워지자 그가 말했다.

"콘서트에 올 거야?"

"모르겠어."

"와."

저녁에 있을 콘서트는 잠시 그들의 말다툼을 잊게 해 주는 대화 구실을 제공해 주었다. 클리마는 드럼을 연주하는 의사에 대해 유쾌하게 이야기하려고 애썼다. 그러곤 루제나와의 결정적인 접전을 저녁때까지 미루기로 마음먹었다.

"콘서트가 끝난 후 나를 기다려 줘. 지난번처럼……."

마지막 말을 입 밖에 내자마자 그는 그 말의 의미를 깨달았다. '지난번처럼'이란 말은 콘서트가 끝난 후 그들이 사랑을 나눌 것이라는 걸 의미했다. 맙소사, 어떻게 이런 일이 일어날 수 있다는 걸 생각하지 못했을까?

이상한 일이지만, 그녀와 잠자리를 같이할 수 있다는 생각은 지금 이 순간까지 그의 머릿속에 떠오르지도 않았던 것이다. 루제나의 임신은 그녀를 성별 없는 공포라는 영역 속으로 서서히, 감지할 수 없게 밀어냈던 것이다. 물론 그는 그녀에게 다정하게 대하고, 그녀를 애무하고 포옹하기로 작정했으며, 또 그렇게 하려고 노력했다. 그러나 그건 육체에 대한 관심은 조금도 없는 하나의 몸짓, 공허한 신호에 불과했다.

지금 그 생각을 하면서, 그는 루제나의 육체에 관한 이런 무관심은 그가 요 며칠 사이에 저질렀던 가장 심각한 실수라고 느꼈다. 그렇다, 그건 지금 그에게 너무나도 명백한 사실이었다.(그는 그 문제에 대해 주의를 주지 않은 것에 대해, 같이 의논했던 친구들을 원망했다.) 그녀와 꼭 잠자리를 같이했어야 했던 것이다! 이 젊은 여성이 갑자기 취한 이 이질감, 그가 도저히 파악할 수 없었던 이 이질감은 바로 그들 육체가 서로 멀리 떨어져 있었다는 사실에서 기인하기 때문이었다. 루제나 자궁의 꽃인 아이를 거부함으로써, 그는 똑같이 모욕적인 거부로 수태 중인 그 육체도 물리쳤던 것이다. 따라서 (임신하지 않은) 다른 육체에 대해 그만큼 더욱 큰 관심을 보여야만 했다. 임신한 몸이라는 생각은 잠시 잊고 임신하지 않은 매력적인 육체를 떠올리며 그 속에서 미약하나마 동지를 찾아야 했다.

그렇게 추론해 보았을 때, 그는 마음속에서 새로운 희망이 싹트는 걸 느꼈다. 그는 루제나의 어깨를 감싸 안고 그녀를 향해 몸을 기울였다.

"우리들이 서로 다툰다는 걸 생각하면 가슴이 찢어질 것 같아. 이봐, 뭔가 해결책을 찾을 수 있을 거야. 중요한 건 우리가 같이 있다는 거야. 누구도 우리에게서 오늘 밤을 빼앗아 가게 놔두지 않을 거야. 오늘 밤은 지난번처럼 아름다울 거야."

그는 한 손으로 핸들을 잡고, 다른 손으론 루제나의 어깨를 감쌌다. 갑자기 그는 자신의 깊은 곳에서 이 젊은 여성의 벗은 살갗에 대한 욕망이 솟아나는 게 느껴지는 것 같았다. 그는 그 사실이 기뻤다. 왜냐하면 그 욕망은 그가 그녀와 대화를 나눌 수 있는 유일한 공통 언어를 마련해 줄 수 있기 때문이었다.

"그럼 어디서 만나?"

클리마는 이 온천 도시에 사는 모든 사람들이 콘서트가 끝난 후 그가 누구와 같이 떠나는지 보리라는 걸 모르지 않았다. 그러나 다른 방도가 없었다.

"콘서트 끝나자마자 무대 뒤로 나를 찾으러 와."

14

클리마가 마지막으로 「세인트루이스 블루스」와 「성자들의 행진」을 연습하러 인민회관으로 서둘러 들어가는 동안, 루제나는 초조한 시선으로 주위를 둘러보았다. 조금 전만 해도 차 안에서 그녀는 백미러를 통해 그가 오토바이를 타고 멀리서 그들을 뒤쫓는 걸 수차례 확인했던 것이다. 그러나 이제 그는 어디서도 보이지 않았다.

그녀는 시간에 쫓기는 도망자 같았다. 그녀는 지금부터 다음 날까지 자신이 뭘 원하는지 확실히 알아야 한다는 걸 알고는 있었으나, 아무것도 알 수가 없었다. 이 세상에 그녀가 믿을 수 있는 사람은 한 명도 없었다. 가족도 그녀에게는 이방인이었다. 프란티셰크는 그녀를 사랑했으나, 바로 그 때문에 그녀는 (암사슴이 사냥꾼을 경계하듯) 그를 경계했다. 클리마에 대해서도 (사냥꾼이 암사슴을 경계하듯) 경계했다. 그녀는 동료들을 좋아했지만 (사냥꾼이 다른 사냥꾼들을 경계하듯) 그녀들을 완전히 신뢰할 수는 없었다. 그녀는 인생에서 완전히 혼자였다. 그런데 몇 주 전부터 배 속에 낯선 동반자를 갖게 되었다. 어떤 이들은 그것이야말로 그녀의 최대 행운이라 우겨 댔고 다른 이들은 정반대로 말하지만, 정작 그녀 자신은 무관심할 뿐인 그런 동반자 말이다.

그녀는 아무것도 몰랐다. 그녀에겐 무지가 철철 넘쳤다. 그녀는 무지 그 자체였다. 그녀는 심지어 자기가 어디로 가고 있는지조차 몰랐다.

그녀는 온천장에서 가장 형편없는 건물인 슬라비아라는 레스토랑 앞을 막 지나쳤다. 그 지역 사람들이 와서 맥주를 마시고 바닥에 침을 뱉는 그런 더러운 카페였다. 예전에는 아마도 이 온천 도시에서 가장 훌륭한 레스토랑이었을, 그 어떤 시절의 유물로, 작은 정원에는 (벌써 칠이 군데군데 벗겨졌으나) 붉은 페인트칠이 된 나무 테이블 세 개와 의자들이 야외 밴드와 댄스파티, 그리고 의자 옆에 세워 놓은 양산 같은 부르주아적 쾌락에 대한 추억으로 아직 남아 있었다. 그러나 그 시절에 대해 루제나가 무엇을 알겠는가? 역사적 기억이란 하나도 없이 오직 현재의 좁다란 다리 위에서만 살아가는 그녀가. 그녀는 먼 과거로부터 여기까지 투영된 장밋빛 양산의 그림자는 볼 수 없었으며, 그녀 눈에 보인 건 단지 청바지를 입은 세 남자와 예쁘게 생긴 한 여자, 그리고 식탁보도 없는 식탁 가운데 놓인 포도주 한 병뿐이었다.

그들 중 한 남자가 그녀를 불렀다. 고개를 돌린 그녀는 구멍 난 스웨터를 입은 카메라맨을 알아보았다.

"같이 한잔하러 오세요." 그가 외쳤고 그녀는 그렇게 했다.

"이 매력적인 아가씨 덕분에 오늘 우리는 짧은 포르노 영화를 한 편 찍을 수 있었죠."

카메라맨은 그렇게 말하면서 루제나를 다른 여자에게 소개했다. 그녀는 루제나에게 손을 내밀며 알아들을 수 없게 자기 이름을 중얼거렸다.

루제나는 카메라맨 옆자리에 앉았는데, 그는 그녀 앞에 잔을 놓고 술을 따라 줬다.

루제나는 고마웠다. 무슨 일인가 벌어졌기 때문이다. 그녀가 더 이상 어디로 가고 있는지, 또 무슨 일을 해야 하는지 생각하지 않아도 되었기 때문이다. 더 이상 아이를 가져야 할지, 지워야 할지 결정하지 않아도 되었기 때문이다.

15

마침내 그는 행동으로 옮겼다. 그는 종업원에게 돈을 치렀고 올가에게 가 봐야 할 데가 있다며 콘서트 시작 전에 다시 만나자고 말했다.

올가는 무슨 할 일이 있는지 물었고 야쿠프는 그렇게 캐묻는 것이 언짢았다. 그는 슈크레타와 약속이 있다고 대답했다. 그녀가 말했다.

"좋아요. 하지만 그렇게 오래 걸리지는 않겠죠. 전 옷을 갈아입고 여기서 6시에 기다릴게요. 제가 저녁 식사에 초대하는 거예요."

야쿠프는 올가를 카를 마르크스 관까지 데려다 주었다. 그녀가 방으로 통하는 복도로 사라지자 그는 수위에게 말을 건넸다.

"실례지만 루제나 양이 방에 있나요?"

“아니요. 열쇠가 여기 있는걸요.” 수위가 말했다.

“그녀에게 전할 무척 급한 말이 있는데요. 어디 가면 그녀를 볼 수 있을지 모르시나요?”

“전혀 모르겠는데요.”

“오늘 저녁 여기서 콘서트를 여는 트럼펫 주자와 함께 있는 걸 조금 전에 봤어요.”

“그래요. 그녀가 그와 함께 다닌다고들 하더군요. 이 시각이면 그는 인민회관에서 연습을 하고 있을 텐데요.” 수위가 말했다.

무대 위 드럼 뒤에 자리를 잡고 있던 슈크레타 의사는 문가에 나타난 야쿠프를 발견하고 그에게 손짓을 했다. 야쿠프는 그에게 미소를 짓고는 열렬한 팬들이 열 명 남짓 앉아 있는 좌석들을 살펴보았다.(그랬다. 클리마의 그림자가 되어 버린 프란티셰크가 그들 가운데 있었다.) 야쿠프는 간호사가 곧 나타나 주기를 바라며 그 또한 자리에 앉았다.

그는 또 다시 어디로 그녀를 찾으러 가야 할지 생각해 보았다. 이 순간 그녀는 그가 전혀 생각할 수 없는 정말 다양한 장소에 있을 수 있었다. 트럼펫 주자에게 물어봐야 할까? 하지만 그에게 뭐라고 물을 것인가? 그리고 만일 루제나에게 이미 무슨 일이 일어났다면? 어쩌면 이미 일어났을지도 모르는 간호사의 죽음은 전혀 설명되지 않을 테고, 동기 없이 사람을 죽인 살인자는 발각될 수 없다고 야쿠프는 이미 생각하고 있었다. 공연히 자기에게 주의를 끌 필요가 있을까? 흔적을 남겨 의심받을 필요가 있을까?

그는 세상의 이치를 상기했다. 한 인간의 생명이 위험에 처한 판국에 그에겐 이렇게 비겁하게 따져 볼 권리가 없었다. 그는 두 곡 사이 잠깐 쉬는 틈을 이용하여 뒤편으로 해서 단상으로 올라갔다. 슈크레타는 흡족해하며 그를 향해 몸을 돌렸다. 하지만 야쿠프는 손가락을 입술에 대고, 한 시간 전에 자기가 함께 있는 걸 봤던 간호사가 지금 어디 있는지 트럼펫 주자에게 물어봐 달라고 낮은 소리로 말했다.

"모두들 그녀에게 무슨 볼일들이지?"

뚱한 기색으로 슈크레타가 불평했다. 그러곤 트럼펫 주자에게 루제나가 어디에 있느냐고 소리쳤다. 트럼펫 주자는 얼굴을 붉히며 아무것도 모른다고 말했다.

"할 수 없군!" 야쿠프는 변명처럼 말했다. "그럼 계속들 하세요!"

슈크레타 의사가 그에게 물었다.

"우리 오케스트라를 어떻게 생각해?"

"무척 훌륭해."

그렇게 말한 다음 야쿠프는 관객석으로 다시 내려가 앉았다. 그는 자신이 여전히 무척 서툴게 행동하고 있음을 알았다. 그가 정말로 루제나의 생명을 염려했다면 그녀를 최대한 빨리 찾아내기 위해 갖은 애를 다 쓰며 온 세상에 알렸을 것이다. 하지만 그는 단지 자기 자신의 양심 앞에 하나의 알리바이를 만들기 위해 그녀를 찾기 시작했던 것이다.

그는 그녀에게 독약이 든 약통을 줬던 순간을 다시 한 번 마음속에 그려 보았다. 무슨 일이 일어나고 있는지 깨달을

겨를도 없이 그 일이 정말 그렇게 순식간에 일어났던가? 정
말 자신도 모르는 사이에 일어났던가?

야쿠프는 그렇지 않다는 걸 알고 있었다. 그의 의식은 졸
고 있지 않았다. 그는 금발 아래로 보이던 얼굴을 다시 떠올
려 보았다. 그때 그는 자기가 간호사에게 독약이 든 약통을
준 건 우연이 아니라(즉 의식이 마비 상태에 있었기 때문이 아니
라) 그가 수년 전부터 기회를 엿보던 오랜 욕망이었다는 사
실을 깨달았다. 너무나도 강해 결국은 그런 기회를 만들고야
만 그런 욕망 말이다.

그는 몸서리를 치며 의자에서 일어섰다. 그는 뛰어서 카
를 마르크스 관으로 다시 향했다. 하지만 루제나는 여전히
그녀 방에 없었다.

16

얼마나 목가적인 풍경인가! 얼마나 멋진 휴식인가! 숨 막히는 극 중에 이 무슨 평온한 막간인가! 아, 세 호색한과 함께하는 향락의 오후여!

트럼펫 주자를 괴롭히는 두 박해자이자 두 불행인 여인들이 서로 마주 보고 앉아, 둘 다 같은 병에 든 포도주를 마시고 있다. 또 그녀들은 그곳에 있는 것, 그리고 잠시나마 그를 생각하는 것 외에 다른 무언가를 할 수 있음에 둘 다 똑같이 행복해한다. 얼마나 감동적인 공모이며 얼마나 멋진 하모니인가!

카밀라는 세 남자를 바라본다. 그녀는 예전에 그들과 같은 세계에 속했다. 그런데 지금은 마치 그녀의 현재 삶과 완전히 대조되는 네거티브 필름을 눈앞에 두고 있는 듯 그들을 바라본다. 근심에 파묻혔던 그녀가 지금은 그야말로 태평스러움 그 자체와 마주보고 있으며, 또 오직 한 남자에게 얽매였던 그녀가 지금은 온갖 남성미를 구현하는 세 호색한 앞에 앉아 있는 것이다.

이 호색한들의 이야기는 명백한 목표 하나를 겨냥했다. 두 여자와 함께 밤을 보내는 것, 다섯이 같이 밤을 보내는 것이었다. 그들은 카밀라의 남편이 이곳에 있는 걸 알기 때문에 덧없는 목표다. 하지만 그 목표는 너무나 멋져서 실현 가능성이 없다는 걸 알면서도 그들은 계속 그 목표를 좇는 것이다.

카밀라는 그들이 무얼 원하는지 안다. 그런데 그 목표가 단지 하나의 환상이고 장난이며 덧없는 유혹일 뿐이기에, 그녀는 더더욱 쉽게 그들이 하자는 대로 따라 준다. 그녀는 그들의 애매한 농담에 웃음을 터뜨리고, 낯선 공모자와 함께 그들을 부추기는 농담을 주고받는다. 그녀는 자신의 라이벌을 보게 될 순간을, 그리하여 진실을 마주하게 될 순간을 좀 더 오랫동안 늦추기 위해, 이 드라마의 막간을 가능한 한 오랫동안 연장하고 싶다.

포도주가 한 병 더 추가되고, 모두들 유쾌하고 조금은 취한 상태다. 하지만 포도주에 취한다기보다는 이 야릇한 분위기, 그리고 순식간에 지나가 버릴 순간을 연장하고자 하는 욕망에 더 취했다.

카밀라는 테이블 밑에서 감독의 복사뼈가 그녀 왼쪽 다리를 지그시 누르는 것을 느낀다. 그녀는 분명 눈치챘으나 다리를 빼지 않는다. 그들 사이에 육감적인 교감을 형성하는 접촉이다. 하지만 또한 전적으로 우연히 일어났을 수도 있는, 너무나 미미해서 그녀가 전혀 알아차리지 못할 수도 있는 그런 접촉이다. 따라서 정확하게 순진무구함과 음란함의 경계선에 놓인 접촉이다. 카밀라는 그 경계선을 넘고 싶지 않다. 하지만 그녀는 그 경계선에 (갑작스러운 해방감을 느끼는 이 좁다란 영역 위에) 머무를 수 있는 것에 행복감을 느낀다. 그리고 이 마술 같은 선이 다른 언어 암시를 향해, 또 다른 접촉, 또 다른 게임들을 향해 저절로 옮아간다면 더욱더 기뻐할 것이다. 이 유동적인 경계선이 지닌 모호한 순진무구함을 방패막이로 삼은 그녀는 멀리, 멀리, 훨씬 더 멀리 자신이 실려 가도록 내버려두고 싶다.

거의 거북함을 느낄 정도로 눈부신 카밀라의 미모가 감독으로 하여금 신중하고도 서서히 접근하게 만든 반면, 루제나의 평범한 매력은 카메라맨을 거칠고도 단도직입적으로 끌어당긴다. 그는 그녀를 팔로 감싸 그녀 가슴에 손을 얹는다.

카밀라는 그 광경을 지켜본다. 다른 사람들의 노골적인 몸짓을 그렇게 가까이서 본 것이 얼마나 오래전 일인가! 그녀는 남자 손이 옷 위에서 젊은 여자의 젖가슴을 완전히 뒤덮고선 주무르고 짓누르고 또 더듬는 것을 바라본다. 그녀는 루제나의 얼굴을 살펴보는데, 아무 저항 없이 관능에 내맡겨진 채 무표정한 얼굴이다. 손은 가슴을 애무하고, 시간은 서서히 흘러간다. 그리고 카밀라는 그녀의 다른 쪽 다리에 조감독의 무릎이 닿는 것을 느낀다.

그 순간 그녀는 말했다.

“오늘 밤 내내 파티를 하면 좋을 텐데.”

“악마가 당신 남편인 트럼펫 주자를 데려가 버리면 좋을 텐데!” 감독이 대꾸했다.

“그래! 악마가 데려가 버리라고!” 조감독이 반복했다.

17

그 순간 루제나는 그녀가 누구인지 알아보았다. 그래, 동료들이 자기에게 보여 준 바로 그 사진 속 얼굴이었다! 그녀는 카메라맨의 손을 거칠게 뿌리쳤다.

"미쳤어!" 그가 항의했다.

그는 다시 한 번 그녀를 팔로 안으려 했으나 다시 밀쳐졌다.

"도대체 무슨 짓을 하는 거예요!" 루제나가 소리쳤다.

감독과 조감독은 웃음을 터뜨렸다.

"진심으로 말하는 거예요?" 조감독이 루제나에게 물었다.

"물론, 진지하게 말하는 거죠." 그녀가 엄격한 태도로 대구했다.

조감독이 자기 손목시계를 쳐다보고 카메라맨에게 말했다.

"정확히 6시야. 방금 보여 준 이 돌변은 우리 여자 친구 분이 매번 짝수 시각이면 정숙한 여자처럼 처신하기 때문이야. 그러니 자네가 7시까지 참아야 해.”

또다시 웃음이 터졌다. 루제나는 모욕감에 얼굴이 빨개졌다. 그녀는 낯선 남자의 손이 자기 젖가슴을 만지는 것을 들켜 버리고 말았다. 그녀는 남자가 자기를 주물러 대는 모습을 들켜 버리고 말았다. 자신이 모두의 조롱거리가 되는 것을 최악의 라이벌에게 들켜 버리고 만 것이다.

감독이 카메라맨에게 말했다.

“자넨 아마도 예외적으로 6시를 홀수 시각으로 간주해 달라고 아가씨에게 부탁해야 할 거야.”

“6을 홀수로 간주하는 게 이론적으로 가능하다고 믿어요?” 조감독이 물었다.

“그럼.” 감독이 말했다. “유클리드가 그의 유명한 법칙에서 문자 그대로 그렇게 말했어. 몇몇 특수하고 매우 신비로운 경우 몇몇 짝수는 홀수처럼 작동한다고. 우리가 지금 처한 상황이 바로 그런 신비한 경우인 것 같아.”

“그러니 루제나, 6시를 홀수 시각으로 받아들일 겁니까?”

루제나는 아무 말도 하지 않았다.

“받아들여요?” 카메라맨이 그녀에게 몸을 굽히며 말했다.

“아가씨가 아무 말도 안 하는군. 그러니 그녀의 침묵을 동의로 해석해야 할지 아니면 거부로 해석해야 할지 결정하는 건 우리한테 달렸군.” 조감독이 말했다.

“투표로 할 수도 있지.” 감독이 말했다.

“그게 좋겠어요.” 조감독이 말했다. “루제나가 이번 경우에

6을 홀수로 받아들이는 데 찬성하는 사람? 카밀라! 당신이 먼저 말해!"

"루제나는 전적으로 찬성한다고 봐." 카밀라가 말했다.

"그럼 감독님은?"

감독이 부드러운 목소리로 말했다.

"나는 루제나 양이 6을 홀수로 간주하는 데 찬성한다고 확신해."

그때 조감독이 말했다.

"카메라맨은 너무 깊이 연루되었으니 투표하지 않기로 하죠. 저로 말할 것 같으면, 전 찬성입니다. 따라서 우리는 루제나의 침묵이 동의와 같다고 세 표로 결정했습니다. 그러므로 결과적으로 카메라맨, 자넨 하던 일을 당장 계속할 수 있네."

카메라맨은 루제나에게 몸을 기울여 자기 손이 다시 그녀의 한쪽 젖가슴에 가 닿게 그녀를 껴안았다. 루제나는 종전보다 훨씬 더 거세게 그를 밀치며 소리쳤다.

"이 더러운 손 치워!"

카밀라가 끼어들었다.

"이봐요, 루제나. 당신이 그렇게 마음에 드니 그도 어쩔 수 없는 거예요. 우리 모두 기분이 아주 좋았잖아요……."

몇 분 전만 해도 루제나는 완전히 수동적이었다. 그녀에게 일어날 우연들 속에서 자기 운명을 읽고 싶다는 듯, 그들이 하고 싶은 대로 하게 일이 흘러가는 흐름에 자신을 내맡겼다. 그녀는 자기가 빠져 있던 궁지에서 벗어날 수만 있다면, 자신을 납치하고 유혹하도록 내버려 뒀을 것이며 또 뭐든지 다 받아들였을 것이다.

그런데 그 우연, 그녀가 애원하는 얼굴로 바라본 그 우연은 갑자기 적대적인 것임이 밝혀졌다. 자기 라이벌 앞에서 망신 당하고 모두의 놀림감이 되고 만 루제나는 이제 자신에겐 단 한 가지 확실한 지주이자 유일한 위안이며 유일한 구원의 기회, 즉 자기 배 속 태아밖에 없다고 생각했다. 그녀의 온 영혼은 (다시 한 번! 다시 한 번!) 아래쪽으로, 안쪽으로, 그녀 육체의 가장 깊은 곳을 향해 다시 내려갔다. 그리고 루제나는 그녀 안에서 평온히 싹트고 있는 그것과 결코 헤어져선 안 된다는 걸 점점 더 확신했다. 그들의 비웃음과 더러운 손으로부터 훨씬 더 높은 곳으로 그녀를 끌어올려 주는 비장의 무기가 그 속에 있는 것이다. 그녀는 이 사실을 그들에게 말해 주고, 그들 얼굴에 대고 외치고 싶었다. 그들과 그들의 조롱에 대해 복수하고, 그 여자와 그 여자의 거만한 친절에 대해 한없이 복수하고 싶었다.

'무엇보다 진정해야 해!'라고 그녀는 생각했다. 그녀는 약통을 집으려고 핸드백을 뒤졌다. 막 약통을 꺼냈을 때 그녀는 누군가 자기 손목을 꽉 잡는 것을 느꼈다.

18

아무도 그가 다가오는 것을 보지 못했다. 그는 갑자기 나타났고, 막 고개를 돌린 루제나는 그의 미소를 보았다.

그는 여전히 그녀 손을 잡고 있었다. 루제나는 자기 손목에 닿은 그의 손가락에서 기운찬 힘을 느꼈다. 그리고 그가 하는 대로 따랐다. 그리하여 약병은 핸드백 속으로 다시 떨어졌다.

"신사 숙녀분 들, 여러분들의 테이블에 앉아도 되겠지요. 저는 베르틀레프입니다."

남자들은 아무도 이 불청객이 온 것을 탐탁히 여기지 않았고, 또 아무도 자기소개를 하지 않았다. 그리고 루제나는 그에게 함께 있는 이들을 소개할 만큼 사교적이지 않았다.

"제가 뜻하지 않게 끼어들어 당황스러우신가 봅니다." 베르틀레프가 말했다.

그는 옆 테이블 의자 하나를 잡아 테이블 끝 빈자리로 끌어 와서는 루제나를 오른쪽에 두고 좌중을 굽어볼 수 있는 위치에 앉았다. 그러곤 말을 이었다.

"미안합니다. 오래전부터 인간이 아니라 환영처럼 나타나는 묘한 습관이 배어서요."

"그렇다면 당신을 환영처럼 생각해서 우리는 신경 쓰지 않아도 되겠죠."라고 조감독이 말했다.

"기꺼이 그러십시오." 베르틀레프가 몸을 살짝 앞으로 굽히며 말했다. "하지만 전적인 저의 선의에도 불구하고 그렇게 못 하실까 봐 걱정이군요."

그러고 나서 불이 켜진 술집 홀 문을 향해 몸을 돌려 손뼉을 쳤다.

"누가 당신을 여기에 초대했습니까, 어르신?" 카메라맨이 물었다.

"그 말씀은 제가 환영받는 사람이 아니란 뜻인가요? 그럼 루제나와 같이 곧바로 가 버릴 수도 있지만 제 습관이 습관이라서 말이죠. 저는 매일 오후 느지막이 이곳 이 테이블에 와서 포도주 한 병을 마십니다.(그는 테이블에 놓인 병의 상표를 살펴보았다.) 물론 여러분들이 마시고 있는 것보다 나은 포도주지요."

"당신이 어떻게 해서 이 싸구려 술집에서 좋은 술을 마시는지 의문이군요." 조감독이 말했다.

"어르신, 제 생각엔 어르신께서 허풍을 많이 떠시는 것 같습니다. 사실 어느 정도 나이가 들고 나면 허풍 외엔 다른 건 거의 할 수도 없죠." 카메라맨이 불청객을 우스꽝스럽게 만들려고 덧붙였다.

"당신이 잘못 알았어요." 카메라맨의 빈정대는 소리를 듣지 못한 것처럼 베르틀레프가 말했다. "아직 이곳에는 그 어떤 특급 호텔에서 구할 수 있는 것보다 훨씬 더 좋은 포도주가 몇 병 장작단 뒤에 감춰져 있죠."

그는 이미 주인에게 손을 내밀고 있었다. 여태까지 거의 보이지 않던 주인이 이젠 나타나 베르틀레프를 맞으며 물었다.

"이분들 모두를 위해 식탁을 차릴까요?"

"물론입니다."

베르틀레프가 대답하고는 다른 사람들을 향해 말했다.

"신사 숙녀 여러분, 제가 여러 번 맛을 봐서 최고라고 생각하는 포도주를 저와 함께 마시지 않겠습니까?"

아무도 베르틀레프에게 대답하지 않자 주인이 말했다.

"먹고 마시는 일에 관해서는 여기 계신 신사 숙녀분 들도 베르틀레프 씨를 전적으로 믿으셔도 좋습니다."

베르틀레프가 주인에게 말했다.

"주인장, 치즈 한 접시와 포도주 두 병을 가져다주세요."

그리고 다른 사람들을 향해 말했다.

"주저하실 필요 없습니다. 루제나의 친구들은 제 친구들이니까요."

술집 홀에서 겨우 열두서너 살 된 아이 하나가 잔과 받침, 그리고 테이블보가 놓인 쟁반을 들고 뛰어왔다. 그는 쟁반을 옆 테이블에 놓고 손님들 어깨 위로 몸을 기울여 아직 반쯤 찬 그들의 잔을 집어, 좀 전에 쟁반을 놓은 옆 테이블 위에다 그들이 마시던 포도주 병과 함께 가지런히 놓았다. 그러곤 보기에도 분명 더러운 테이블을 행주로 오랫동안 닦은 다음, 눈부시게 하얀 식탁보를 깔았다. 그는 방금 걸어 낸 유리잔을 옆 테이블에서 다시 집어 손님들 앞에 놓으려 했다.

"이 잔들과 싸구려 포도주는 치워라." 베르틀레프가 아이에게 말했다. "네 아버지가 더 좋은 것을 한 병 가져오실 거야."

그때 카메라맨이 반대하며 나섰다.

"어르신, 우리 마음에 드는 걸 마시도록 그냥 내버려 두실 수 없습니까?"

"원하는 대로 하시죠. 나는 사람들에게 행복을 강요하는 사람은 아니에요. 나쁜 포도주를 마시든, 바보짓을 저지르든, 손톱에 때가 끼든 각자 자기 권리죠."

베르틀레프는 아이 쪽을 향해 말을 덧붙였다.

"애, 꼬마야, 이분들께 아까 그 술잔과 새로 갖고 온 빈 잔을 다 드려라. 내 손님들이 안개가 만든 포도주와 태양에서 태어난 포도주 가운데서 자유롭게 선택할 수 있을 거야."

그래서 이제 그들 각각 앞에 잔 두 개, 즉 빈 잔과 포도주가 남은 다른 잔이 놓였다. 주인이 포도주 두 병을 들고 테이블로 와서 한 병을 무릎 사이에 끼우고 힘차게 마개를 당겼다. 그리고 베르틀레프의 잔에 조금 따랐다. 베르틀레프는 그의 잔을 입술에 갖다 대고 맛을 보더니 주인을 향해 몸을 돌렸다.

“훌륭해요. 1923년 산인가요?”

“1922년 산입니다.” 주인이 고쳐 말했다.

“따라 주세요.” 베르틀레프가 말하자 주인은 병을 들고 테이블을 돌며 빈 잔들을 모두 채웠다.

베르틀레프는 손가락으로 잔을 들었다.

“친구들, 이 포도주 맛을 보세요. 옛날의 은은한 풍미가 있습니다. 오래전에 잊힌 여름을 들이마시듯 이 포도주 맛을 음미하세요. 나는 과거와 현재, 그리고 1922년의 태양과 이 순간의 태양을 결합시키며 축배를 들고 싶습니다. 이 순간의 태양은 바로 루제나예요. 여왕이면서도 그 사실을 깨닫지 못하는 아주 단순한 이 아가씨 말입니다. 그녀는 거지 옷에 있는 다이아몬드 하나처럼 이 온천 도시를 배경으로 반짝여요. 그녀는 아침 빛으로 창백해진 하늘 속에 잊힌 초승달과 같습니다. 그녀는 눈 위를 날아다니는 한 마리 나비와 같습니다.”

카메라맨이 억지로 웃었다.

“과장하는 것 아닙니까, 어르신?”

“아니, 과장하는 게 아닙니다.” 베르틀레프가 말하곤 카메라맨을 향해 말을 이었다. “하지만 당신은 그런 느낌일 거예요. 왜냐하면 인간 빙초산 같은 당신 말입니다, 당신은 인간의 밑바닥에서만 사니까 그래요! 연금술사의 냄비 속처럼 당신 안은 부글부글 끓는 산으로 넘쳐나요! 당신은 자신 속 추함을 당신 주위에서 발견하기 위해서라면 생명이라도 바칠 겁니다. 그게 당신이 일시적이나마 이 세상과 평화를 누리는 유일한 방법이니까요. 왜냐하면 아름다운 세상은 당신을 두렵게 하고, 당신에게 고통을 주고, 당신을 끊임없이 밀쳐 내니까 말입니다. 손톱에 때가 낀 채 예쁜 여자를 자기 곁에 두는 건 얼마나 견디기 힘들겠어요, 그렇지 않나요? 그러니까 우선 여자를 더럽히고 나서 즐겨야겠지. 안 그래요, 선생? 당신이 손을 테이블 아래로 감춰서 다행입니다. 당신 손톱 얘기는 분명 맞을 거예요.”

“나는 당신의 갖가지 고상한 태도에는 관심 없어요. 나는 당신처럼 와이셔츠에 넥타이를 맨 광대가 아닙니다.” 카메라맨이 말을 끊었다.

이어 베르틀레프가 말했다.

“당신의 더러운 손톱과 구멍 난 스웨터가 유사 이래 새로운 건 전혀 아니지요. 예전에도 인습에 대한 자신의 경멸을 과시하며 모두의 찬사를 들으려고 구멍 뚫린 외투를 입고 아테네 거리를 으스대며 걷던 냉소적인 철학자가 한 명 있었어요. 어느 날 소크라테스는 그와 마주치자 말했습니다. ‘당신 외투 구멍에서 난 당신의 자만을 봅니다.’라고요. 선생, 당신의 더러움도 일종의 자만이에요. 당신의 자만은 더럽습니다.”

루제나는 얼이 빠져서 정신을 차릴 수가 없었다. 온천에서 요양하는 사람이라고 막연히 알던 남자가 마치 하늘에서 떨어지듯 그녀를 도우러 온 것이다. 그녀는 그의 태도가 보여 주는 매력적인 자연스러움과 카메라맨의 무례함을 산산조각 내 버린 잔인한 자신감에 매료되었다.

짧은 침묵이 지난 후 베르틀레프가 카메라맨에게 말했다.

“말문이 막히셨군요. 그런데 선생을 모욕할 생각은 전혀 없었음을 믿어 주세요. 나는 화합을 좋아하지 다툼은 싫어합니다. 내가 너무 웅변하듯 얘기했다면 용서하세요. 내가 바라는 건 단지 하납니다. 선생이 이 포도주를 맛보고 내가 여기 온 이유인 루제나의 건강을 위해 나와 함께 건배를 드는 겁니다.”

베르틀레프가 잔을 들었으나 아무도 그에게 동조하지 않았다. 베르틀레프가 레스토랑 주인을 향해 말했다.

“주인장, 우리와 함께 건배합시다!”

“이 포도주라면 언제나 좋죠.” 주인이 말하고선, 옆 테이블에서 빈 잔을 하나 들어 포도주로 채운 뒤 말을 이었다.

“베르틀레프 씨는 좋은 포도주에 일가견이 있으십니다. 제비가 멀리서도 자기 둥지를 알아보듯 오래전에 제 지하 포도주 창고 냄새를 맡으셨죠.”

베르틀레프는 자존심이 치켜세워진 남자처럼 행복하게 웃은 다음 말했다.

“우리와 함께 루제나를 위해 건배하시겠어요?”

“루제나요?” 주인이 물었다.

베르틀레프가 눈짓으로 자기 곁에 있는 여자를 가리키며 말했다.

“그래요, 루제나를 위해서. 이 아가씨가 내 마음에 들듯 당신 마음에도 드시는지?”

“베르틀레프 씨, 당신은 언제나 예쁜 여자분들하고만 있어요. 당신 곁에 앉아 있으니까 아가씨가 예쁜지는 쳐다볼 필요도 없지요.”

다시 한 번 베르틀레프는 행복하게 웃었고 주인도 따라 웃었다. 이상한 일은, 베르틀레프의 등장을 처음부터 재미있어하던 카밀라까지 그들과 함께 웃었던 것이다. 예상치 못한 웃음이었으나 놀랍고도 설명할 수 없을 정도로 전염성 강한 웃음이었다. 미묘한 연대 의식으로 감독 또한 카밀라에게 합세했고, 이어 조감독이, 그리고 마침내 루제나까지 합세했는데, 그녀는 마치 자비로운 포옹 속으로 빠져들듯 여러 목소리가 어우러진 그 웃음소리 속으로 빠져들었다. 그녀는 오늘 처음 웃는 것이었다. 처음으로 긴장이 풀리며 마음이 진정되는 순간이었다. 그녀는 다른 사람들보다 더 크게 웃었으나, 실컷 웃어 댈 수는 없었다.

베르틀레프는 자기 잔을 한층 더 높이 들어 올렸다.

"루제나를 위해!"

주인 또한 자기 잔을 들었다. 그러자 카밀라가 들었고 감독과 조감독이 뒤따랐다. 그리고 모두 베르틀레프를 따라 반복했다.

"루제나를 위해!"

카메라맨 역시 결국에는 자기 잔을 들었고 아무 말 없이 마셨다.

감독이 한 모금 맛을 보고 말했다.

"정말 이 포도주 훌륭하군요."

"제가 그랬지 않았습니까!" 주인이 말했다.

그러는 동안 꼬마가 커다란 치즈 쟁반을 테이블 한가운데 놓았다.

“드세요. 치즈가 아주 맛있어요!” 베르틀레프가 말했다.

감독이 깜짝 놀라 말했다.

“어디서 이 치즈들을 다 구했어요? 프랑스에 있는 것 같군요.”

갑자기 긴장이 완전히 사라지고 분위기가 편해졌다. 그들은 말을 많이 했고 치즈를 먹었으며 (치즈가 몇 종류 없는 이 나라에서) 도대체 어디서 주인이 치즈를 구할 수 있었는지 궁금해하며 잔에 포도주를 따라 댔다.

분위기가 무르익을 때쯤 베르틀레프가 일어나서 인사말을 했다.

“여러분과 함께 있어 매우 즐거웠습니다. 감사합니다. 내 친구 슈크레타 의사가 오늘 저녁 콘서트를 여는데 루제나와 같이 그곳에 참석하려 합니다.”

19

루제나와 베르틀레프가 어두워져 가는 가벼운 밤의 베일 속으로 막 사라지고 나자, 술자리는 그들이 꿈꾸던 향락의 섬으로 그들을 몰아넣었던 처음의 열기를 완전히 잃었으며, 아무것도 그 열기를 다시 북돋울 수 없었다. 모두 맥이 빠져 버렸다.

카밀라는 어떻게 해서라도 연장하고 싶었던 꿈에서 깨어나는 것 같았다. 그녀는 굳이 콘서트에 갈 필요가 없다고 생각했다. 그녀가 이곳에 온 것은 남편 뒤를 밟기 위해서가 아니라 사랑의 모험을 하기 위해서임을 알게 된다면 스스로에겐 환상적인 놀라움일 것이라 생각했다. 세 영화인과 밤을 보내고 다음 날 아침 몰래 집에 돌아가는 건 또 얼마나 짜릿할까 생각했다. 그렇게 해야 한다고 무언가가 그녀에게 속삭였다. 그것이야말로 진정한 행위이며, 해방이며, 완쾌이며,

마법에서 깨어나는 것이라고 속삭였다.

하지만 그녀는 이미 너무나 정신이 말짱했다. 모든 요술이 효력을 다했다. 그녀는 그녀 자신과 자신의 과거, 그리고 자신의 오랜 고통스러운 상념들로 가득 차 머리가 묵직해진 채 다시 혼자가 되었다. 그녀는 너무나 짧은 이 꿈을 몇 시간만이라도 더 연장하고 싶었다. 그러나 꿈은 이미 창백해져 희미한 새벽빛처럼 흩어지고 만 것을 그녀는 알고 있었다.

"나도 가 봐야 해." 그녀가 말했다.

그들은 그녀를 잡아 둘 힘과 자신감이 더 이상 없음을 알면서도 그녀를 말리려 했다.

"빌어먹을. 그 작자 도대체 누구였어?" 카메라맨이 말했다.

그들은 주인에게 물어보려 했으나, 베르틀레프가 떠난 후 또 다시 아무도 그들 시중을 드는 사람은 없었다. 안쪽 홀에서는 얼근히 취한 손님들의 목소리가 들려왔고, 그들은 남은 포도주와 치즈 앞에 버려진 채 테이블에 앉아 있었다.

"그가 무엇이었든 간에 우리 저녁을 망쳐 놨어. 우리에게서 아가씨를 하나 뺏어 갔고 이제 남은 한 사람마저 혼자 가 버리는군. 카밀라를 바래다줍시다."

"아니야. 여기 계세요. 혼자 있고 싶어." 그녀가 말했다.

그녀의 마음은 더 이상 그들과 같이 있지 않았다. 이제 그들의 존재는 그녀에게 방해가 됐다. 질투가 죽음처럼 그녀를 찾아왔던 것이다. 그녀는 이미 질투의 손아귀에 빠져 다른 사람은 전혀 눈에 들어오지 않았다. 그녀는 자리에서 일어나 베르틀레프가 조금 전 루제나와 함께 사라진 쪽으로 걸어갔다. 멀리서 카메라맨이 말하는 소리가 들렸다.

"빌어먹을……."

20

콘서트가 시작되기 전 야쿠프와 올가는 무대 뒤 연주자들이 있는 곳으로 가서 슈크레타와 악수를 한 후 홀 안으로 들어갔다. 올가는 그날 저녁 내내 야쿠프와 단둘이 지내기 위해 막간에 나가길 원했다. 야쿠프는 친구가 화를 낼 거라고 대답했으나, 올가는 자기네들이 일찍 떠난 것을 그가 알아채지도 못할 거라고 단언했다.

홀은 꽉 차서 그들이 앉을 줄에는 그들 두 자리만 남아 있을 뿐이었다.

"저 여자는 그림자처럼 우리를 따라다니는군요."

자리에 앉으면서 올가가 야쿠프 쪽으로 몸을 기울이며 말했다.

야쿠프는 고개를 돌렸다. 올가 옆으로 베르틀레프가 보였고 그의 곁에는 핸드백에 독약을 가지고 있는 간호사가 있었다. 순간 그는 심장이 멈춰 버리는 것만 같았다. 하지만 평생 자기 마음속 깊은 곳에서 일어나고 있는 일을 감추고자 애를 써 왔기에, 그는 더할 나위 없이 차분한 목소리로 말했다.

"우리가 앉은 이 줄은 슈크레타가 자기 친구와 지인 들에게 나누어 준 무료 초대석이군. 그러니 그는 우리가 어디 있는지 알고 또 우리가 떠난 걸 알아볼 거야."

"앞쪽은 음향이 나빠 막간 후엔 뒤쪽으로 가서 앉았다고 말하면 되잖아요." 올가가 말했다.

그런데 벌써 클리마가 그의 금빛 트럼펫을 들고 무대 위로 나왔다. 관중들은 박수를 치기 시작했다. 슈크레타 의사가 그 뒤를 따라 나오자 박수는 더욱 커졌고 물결치듯 웅성거리는 소리가 홀 안을 휩쓸고 지나갔다. 슈크레타 의사가 조신하게 트럼펫 주자 뒤에 서서, 콘서트의 주인공은 수도에서 온 초대 손님임을 가리키려고 어색하게 팔을 흔들었다. 관중들은 묘하게 매력적인 그 어색한 몸짓을 보고선 훨씬 더 큰 박수갈채를 보내 화답했다. 뒤쪽에서 누군가 소리쳤다.

"슈크레타 의사 만세!"

셋 중 가장 이목을 끌지 못했고 또 환호도 가장 덜 받은 피아니스트가 나지막한 피아노 의자에 앉았다. 슈크레타는 웅장한 드럼 세트 뒤에 자리를 잡았고 트럼펫 주자는 가볍고 리드미컬한 발걸음으로 피아니스트와 슈크레타 사이를 왔다 갔다 했다.

박수 소리가 멈추고 피아니스트가 건반을 두드리며 혼자서 전주를 연주하기 시작했다. 그때 야쿠프는 자기 친구가

신경이 곤두선 것 같아 보였으며 불만스러운 기색으로 주위
를 둘러보는 것을 보았다. 트럼펫 주자 역시 의사에게 문제
가 생겼다는 것을 알아채고 그에게 다가갔다. 슈크레타가 그
에게 뭐라고 속삭였다. 두 사람은 몸을 앞으로 숙였다. 그들
은 바닥을 살폈고, 잠시 후 트럼펫 주자가 피아노 다리 옆에
떨어져 있는 작은 북채를 집어 슈크레타에게 내밀었다.

그 순간 이 모든 장면을 주의 깊게 관찰하던 관중들이 다
시 한 번 박수를 쳤고, 이 갈채를 자기 전주에 대한 환호로
생각한 피아니스트가 피아노를 계속 치면서 관중에게 연방
인사를 했다.

올가는 야쿠프의 팔을 잡고 그에게 귓속말을 했다.

"정말 재미있군요! 너무 재미있어 벌써 오늘 액땜을 한 것
같아요."

마침내 트럼펫과 드럼이 막 연주에 합세했다. 클리마는
경쾌한 발걸음으로 왔다 갔다 하며 불어 댔으며, 슈크레타는
그의 드럼 뒤에 마치 멋지고 의젓한 부처처럼 당당히 자리
잡고 있었다.

야쿠프는 간호사가 콘서트 중간에 마침내 자기 약을 생각
해 내고 그 알약을 삼키고서는 경련을 일으키며 늘어져 의자
위에서 죽을 것이며, 그동안 슈크레타 의사는 무대 위에서
북을 쳐 대고 관중들은 박수를 치고 고함을 질러 댈 것이라
고 상상했다.

갑자기 그는 무엇 때문에 그 젊은 여자가 자기와 같은 줄
에 앉아 있는지 분명히 깨달았다. 조금 전 술집에서의 그 뜻

하지 않은 만남은 하나의 유혹이며 시험이었던 것이다. 오직 그가 자기 모습을 거울 속에서 볼 수 있게 하기 위한 만남이었다. 자기 이웃에게 독약을 주는 한 남자의 모습을. 하지만 그를 시험에 들게 한 이는 (즉 그가 믿지 않는 하느님은) 피로 얼룩진 희생을 요구하지 않고, 무고한 이들의 피도 요구하지 않는다. 시험 마지막에 반드시 죽음이 필요치는 않다. 단지 터무니없는 그의 도덕적 오만을 그에게서 영원히 빼앗아 버리기 위해, 야쿠프가 자기 자신에게 가하는 자기 폭로가 필요했던 것이다. 간호사가 지금 그와 같은 열에 앉아 있다는 것은, 바로 그가 마지막 순간에 그녀의 생명을 구할 수 있도록 하기 위해서였다. 또 바로 그 때문에 야쿠프가 전날 만나 알게 된, 그래서 그를 도와줄 그 남자가 그녀 곁에 있는 것이다.

그래, 그는 기회가 오면 바로, 아마도 두 곡 사이 잠깐 쉬는 시간을 기다릴 것이다. 그리고 베르틀레프에게 그 젊은 여자와 같이 나가자고 청할 것이다. 그때 모든 것을 설명할 수 있을 것이고, 도저히 믿을 수 없는 이 터무니없는 사건은 끝날 것이다.

연주자들이 첫 곡을 끝내자 큰 박수 소리가 들려왔고, 간호사가 "실례합니다."라고 말하며 베르틀레프와 같이 열에서 빠져나갔다. 야쿠프는 그들을 쫓아가려고 일어나려 했으나, 올가가 그의 팔을 붙들고 그를 막았다.

"아니, 지금 말고요. 막간 후에요!"

모든 것이 너무도 빨리 일어나 그는 상황을 파악할 겨를도 없었다. 이미 연주자들이 다음 곡을 시작했다. 야쿠프는

자신을 시험에 들게 한 이가 루제나를 자기 곁에 앉힌 것은
자기를 속죄해 주기 위해서가 아니라, 한 점 의혹 없이 자신
의 실패와 단죄를 확인시키기 위한 것임을 깨달았다.

　트럼펫 주자는 트럼펫을 불어 댔고, 슈크레타 의사는 위
대한 드럼의 부처처럼 버티고 앉아 있었다. 그리고 야쿠프는
자기 자리에 앉아 움직이지 않았다. 그에겐 이 순간 트럼펫
주자도 슈크레타 의사도 보이지 않았다. 그의 눈에 보인 것
은 자기 자신뿐이었다. 그는 자신이 앉아 있는 것을, 자신이
움직이지 않는 것을 보았으며, 그 끔찍한 모습으로부터 시선
을 뗄 수가 없었다.

21

트럼펫의 청아한 소리가 귓전에 울려 퍼지는 것을 들으며 클리마는 이렇게 진동하는 것이 바로 자기 자신이며, 자기 혼자서 홀 전체를 메우고 있다고 생각했다. 그는 힘이 솟구치는 것을 느꼈다. 루제나는 특별히 초대된 사람들을 위해 예약된 좌석에 앉아 있었다. 그녀는 베르틀레프 곁에 있었고 (그 또한 좋은 징조였다.) 콘서트 분위기는 매혹적이었다. 관중들은 열심히 귀를 기울였다. 특히나 기분 좋게 듣고 있어서 클리마는 모든 게 잘 끝날 것 같은 은밀한 희망을 느꼈다. 첫 번째 박수갈채가 울려 퍼지자 클리마는 우아한 몸짓으로 슈크레타를 가리켰는데, 그날 저녁에는 그가 호의적이고도 가깝게 여겨지는 것이었다. 의사는 드럼 뒤에서 일어나 인사를 했다.

그러나 두 번째 곡이 끝난 후 홀을 바라보았을 때, 그는 루제나의 의자가 비어 있음을 확인했다. 그는 두려웠다. 그 순간부터 그는 홀 안 의자를 하나하나 전부 훑어보며 각 자리마다 확인을 해 나갔는데, 그녀를 발견하지 못하자 안절부절못하며 연주를 했다. 그는 그녀가 위원회에 출석하지 않으려고 작정을 하고선 더 이상 그의 이야기를 듣지 않으려고 일부러 가 버렸다고 생각했다. 콘서트가 끝난 다음 어디서 그녀를 찾아야 하나? 그리고 그녀를 찾지 못하면 무슨 일이 일어날 것인가?

그는 자신이 정신은 딴 데 두고 기계적으로, 어설프게 연주를 하고 있다고 느꼈다. 그러나 관중은 트럼펫 주자의 울적한 기분을 알아챌 수 없었다. 그들은 만족했고, 매번 곡이 끝날 때마다 박수갈채가 터져 나왔다.

그는 그녀가 아마 화장실에 갔을지도 모른다고 생각하며 위안을 삼았다. 임신한 여성들이 곧잘 그렇듯 몸이 불편했을 것이다. 삼십 분 정도가 지나고 나서는 그녀가 집으로 뭔가를 가지러 갔고, 곧 자리에 다시 나타나리라 생각했다. 그러나 막간도 지났고 콘서트가 끝나 갔지만 의자는 여전히 비어 있었다. 혹시 콘서트 중이라 감히 들어오지 못한 걸까? 혹시 마지막 박수갈채를 받는 동안 다시 들어오려는 걸까?

하지만 마지막 박수가 끝날 때까지도 루제나는 나타나지 않았고, 클리마는 더 이상 견딜 수가 없었다. 관중들은 일어나서 "앙코르!"를 외치기 시작했다. 클리마는 슈크레타 의사 쪽으로 몸을 돌려 더 이상 연주하고 싶지 않다는 걸 알리기 위해 머리를 흔들었다. 그러나 그는 밤새도록 북을 치고 또

치고 계속 치고만 싶어 하는 행복해하는 두 눈과 마주쳤다.

관중은 클리마가 머리를 흔든 것을 스타들이 늘 하는 애교로 해석하고 지치지 않고 계속 박수를 쳤다. 그 순간 한 아름다운 젊은 여자가 단 아래로 미끄러지듯 다가왔다. 그녀를 알아봤을 때, 클리마는 자신이 쓰러져 정신을 잃고 다시는 깨어나지 못할 것이라 생각했다. 그녀는 그에게 미소 지으며 말했다.(그녀의 목소리는 들리지 않았지만 입술 모양으로 무슨 말을 하는지 알아챘다.)

"자, 연주해요! 연주해!"

클리마는 연주하겠다는 뜻으로 트럼펫을 들었다. 관중은 단숨에 조용해졌다.

그의 두 동료는 기뻐서 어쩔 줄 모르며 마지막 곡을 연주했다. 클리마는 마치 장례 행렬에서 자신의 관을 뒤따라가며 연주하는 것 같았다. 그는 연주를 계속했다. 그리고 그는 모든 것이 끝장났으며, 자신은 단지 두 눈을 감고 팔을 늘어뜨릴 수밖에 없음을, 운명의 수레바퀴가 자기를 짓밟고 지나가게 내버려 둘 수밖에 없음을 깨달았다.

22

베르틀레프의 아파트 안 조그만 테이블에는 이국적인 이름의 화려한 라벨이 붙은 술병들이 나란히 놓여 있었다. 루제나는 고급술에 관해선 아무것도 알지 못했다. 다른 술은 아는 것이 없었기 때문에 위스키를 달라고 했다.

그러는 동안 그녀의 이성은 자신을 둘러싼 이 멍한 상태에서 벗어나 상황을 이해하려고 애썼다. 그녀는 베르틀레프에게 자기를 거의 알지도 못하는데 무엇 때문에 바로 그날 자기를 보려 했는지 여러 차례 물었다. 그녀는 거듭 물었다.

"알고 싶어요. 왜 제 생각을 했는지 알고 싶어요."

"난 오래전부터 당신 생각을 했어요."

베르틀레프가 계속 그녀 눈을 바라보며 대답했다.

"그렇다면 왜 하필 오늘이죠?"

"모든 일엔 시기가 있기 때문이죠. 그런데 우리의 시기는 지금입니다.”

그 말은 수수께끼 같았다. 하지만 루제나는 그 말이 진지하다는 걸 느꼈다. 도무지 풀릴 길 없는 그녀의 상황을 더 이상 견딜 수 없었기에 무슨 일이든 일어나야만 했다.

“그래요, 정말 이상한 하루였어요.” 그녀가 꿈꾸듯 말했다.

“거봐요, 당신 자신도 내가 제때 온 걸 알잖아요.” 베르틀레프가 부드러운 목소리로 말했다.

루제나는 혼란스럽긴 하나 달콤한 안도감에 빠져들었다. 즉 베르틀레프가 바로 오늘 나타난 것은, 이 모든 일이 외부 명령에 의해서며, 그녀는 가만히 이 초월적 힘을 따르기만 하면 된다는 의미였던 것이다.

“그래요, 사실이에요. 제때 오셨어요.”

“나도 알아요.”

하지만 여전히 그녀가 알 수 없는 것이 있었다.

“그런데 왜죠? 왜 저를 보려고 하셨죠?”

“당신을 사랑하기 때문입니다.”

사랑한다는 말은 아주 나지막했다. 그러나 방 안은 갑자기 그 말로 가득 찼다.

루제나는 목소리를 낮춰 물었다.

“절 사랑하신다고요?”

“그래요. 당신을 사랑해요.”

프란티셰크와 클리마도 이미 그녀에게 그렇게 말했다. 그러나 간청하지도 기대하지도 않았을 때 다가오는 그 말 자체를, 거짓 없고 순수한 그 말 그대로를 그녀가 들은 것은 그날

저녁이 처음이었다. 그 말은 마치 기적처럼 방 안으로 들어
왔다. 절대로 설명할 수는 없었지만 그렇기에 루제나에게는
더더욱 현실적으로 느껴졌다. 왜냐하면 이 세상에서 가장 기
본적인 것들은 그 자체에서 스스로의 존재 이유를 찾을 뿐,
어떤 설명도 동기도 없이 존재하기 때문이다.

"정말요?"

그녀가 물어보았다. 지나치게 크던 평소 그녀 목소리는
속삭일 뿐이었다.

"그래요, 정말입니다."

"하지만 전 아주 평범한 여잔데요."

"천만에요."

"아뇨, 전 평범해요."

"당신은 아름다워요."

"아니에요."

"당신은 다정해요."

"아니에요." 그녀는 머리를 가로저으며 말했다.

"당신에게선 부드럽고 착한 기운이 퍼져 나와요."

"아니, 아니, 아니에요." 그녀는 머리를 가로저었다.

"당신이 어떤지는 내가 압니다. 당신보다 더 잘 알아요."

"당신은 아무것도 몰라요."

"아니요, 난 알아요."

베르틀레프의 두 눈에서 뿜어 나오는 신뢰감은 마치 기적
의 온천수 같았다. 루제나는 자신을 온통 감싸고 애무하는
이 시선이 가능한 오래도록 지속되길 바랐다.

"정말이에요? 제가 그런가요?"

"그래요. 난 알아요."

마치 현기증이 날 듯 멎졌다. 그녀는 베르틀레프의 눈에 비친 자신이 섬세하고 부드럽고 순수하게, 여왕처럼 고귀하게 느껴졌다. 자신이 갑자기 꿀과 향기나는 화초들로 가득 찬 듯했다. 그녀는 스스로 자신이 사랑스럽게 느껴졌다.(놀라운 일이었다! 그녀는 한 번도 자신을 그렇게 감미로울 만큼 사랑스럽다고 생각한 적이 없었다.)

"하지만 저를 거의 모르시잖아요." 그녀는 계속해서 이의를 제기했다.

"나는 오래전부터 당신을 알고 있었어요. 오래전부터 당신을 관찰했지만 당신은 눈치도 채지 못했던 거죠. 난 당신을 속속들이 알아요."

그렇게 말하고선 그는 손가락으로 그녀 얼굴을 짚어 갔다.

"당신 코, 섬세하게 그려지는 당신 미소, 당신 머리카락……."

그리고 그는 그녀의 옷 단추를 풀기 시작했다. 그녀는 전혀 저항하지 않았다. 그녀는 그의 두 눈 속에, 마치 물처럼, 보드라운 물처럼 그녀를 감싸는 그의 시선 속에 자기 두 눈을 담그는 것에 만족했다. 그녀는 가슴을 드러낸 채 그의 앞에 앉아 있었다. 아무것도 걸치지 않은 그녀의 젖가슴은 그의 시선 아래 봉긋이 솟아 있었는데, 보이고 찬미되길 갈망했다. 그녀 몸 전체가 마치 해바라기가 태양을 좇듯 그의 시선을 향해 돌아섰다.

23

그들은 야쿠프의 방에 있었다. 올가는 연신 말을 해 대고 야쿠프는 아직 시간이 있노라고 속으로 되뇌었다. 그는 다시 카를 마르크스 관으로 가 볼 수 있을 것이다. 만일 그녀가 거기 없다면 베르틀레프에겐 방해가 된다 하더라도 옆 아파트에 있는 그를 찾아가 그 젊은 여자가 어떻게 됐는지 모르느냐고 물어볼 수도 있을 것이다.

올가는 수다스럽게 얘기를 했고, 그는 계속 머릿속으로 고통스러운 한 장면을 그려 보고 있었다. 자신이 간호사에게 무언가를 설명하며, 말을 더듬고 변명을 내세우며, 사과를 하고 또 그녀에게서 약통을 얻어 내려 하는 고통스러운 장면을. 그러다가 갑자기, 몇 시간 전부터 맞서 싸우고 있는 이런 환상에 이젠 지치기라도 했다는 듯, 강한 무관심에 빠져드는 것을 느꼈다.

단지 피로에 의한 무관심이 아니라, 의도적이며 호전적인 무관심이었다. 야쿠프는 사실 그 금발 피조물이 살아남건 말건 자기와는 전혀 상관없음을, 그리고 자신이 그녀를 구하려고 애쓴다면 그건 위선이며, 치사한 코미디일 거라는 사실을 막 깨달았다. 그리하여 단지 그를 시험하는 자를 속이려는 것일 뿐임을. 왜냐하면 그를 시험하는 자(존재하지 않는 하느님)는 겉으로 내보이는 야쿠프가 아니라, 있는 그대로의 야쿠프를 알고 싶어 했을 것이기 때문이다. 그래서 야쿠프는 그 앞에서 정직해지기로, 있는 그대로의 그가 되기로 마음먹었다.

그들은 마주 보고 소파에 앉아 있었고, 그들 사이에는 조그만 테이블이 있었다. 야쿠프는 올가가 그 조그만 테이블 위로 자기 쪽으로 몸을 굽히는 걸 보았다. 그리고 이렇게 말하는 그녀의 목소리를 들었다.

"키스하고 싶어요. 그렇게 오래전부터 알고 지냈으면서도 어떻게 한 번도 키스를 하지 않았을까요?"

24

카밀라가 남편 뒤를 따라 연주자들을 위한 대기실로 슬그머니 들어갔을 때, 얼굴로는 억지웃음을 지었으나 마음속에는 고통이 가득했다. 그녀는 클리마의 정부의 진짜 얼굴을 보기가 두려웠던 것이다. 그러나 정부는 아무도 없었다. 클리마에게 사인을 해 달라고 법석을 떠는 몇몇 여자애들은 물론 있었지만, 카밀라는 그들 중 누구도 그를 개인적으로 알지는 못한다는 것을 충분히 알 수 있었다.(그녀 눈은 독수리처럼 예리했다.)

하지만 그녀는 남편의 정부가 그곳 어딘가에 있음을 확신했다. 그녀는 창백하고 넋 나간 클리마의 얼굴에서 그 사실을 눈치 챘다. 그는 그녀와 똑같이 자기 아내에게 억지로 미소를 지어 보였다.

슈크레타 의사, 약사, 그리고 분명 의사들과 그 부인들일 몇몇 다른 사람들이 카밀라에게 인사를 하며 자기소개를 했다. 누군가 그 지역 유일한 술집에 가서 자리를 잡자고 제안했다. 클리마는 피곤하다며 거절했다. 카밀라는 정부가 그 술집에서 기다리는 게 틀림없다고 생각했다. 그 때문에 클리마가 그곳에 가지 않으려 하는 것이리라. 불행이 그녀를 자석처럼 잡아당겼기에, 그녀는 그에게 자기를 기쁘게 해 달라고, 그러니 피곤을 참아 달라고 청했다.

그러나 술집에도 클리마와의 관계를 의심해 볼 만한 여자는 한 명도 없었다. 모두들 큰 테이블에 앉았다. 슈크레타 의사는 말이 많았고, 트럼펫 주자에게 찬사를 퍼부었다. 약사는 뭐라 표현해야 할지 모르는 수줍은 행복에 가득 차 있었다. 카밀라는 상냥해지고 싶었고 즐겁게 수다를 떨고 싶었다. 그래서 슈크레타에게 말했다.

"의사 선생님, 정말 훌륭하세요. 약사 선생님도요. 분위기가 진지했고 즐겁고 편안했어요. 수도에서 열리는 콘서트보다 훨씬 좋았어요."

남편을 처다보진 않았지만 그녀는 한순간도 놓치지 않고 그를 관찰했다. 남편은 지금 신경이 극도로 곤두선 걸 가까스로 감추고 있다는 것, 그리고 이따금씩 한마디 말을 던지는 건 단지 정신이 딴 데 가 있다는 걸 내보이지 않기 위해서라는 것을 느꼈다. 그녀가 그의 무언가를, 평범하지 않은 무언가를 망친 게 확실했다. 늘 있는 연애 사건이라면(클리마는 결코 딴 여자와 사랑에 빠질 수는 없을 거라고 온갖 신의 이름을 걸고 그녀에게 늘 맹세했다.) 그가 이처럼 심각하게 우울해하지는 않을 것이다. 물론 그의 정부는 보이지 않았지만 사랑이, 남편의 얼굴에서 사랑(고통스럽고 절망적인 사랑)이 보이는 듯했고, 그래서 그녀는 그 모습에 더더욱 고통스러웠다.

"무슨 일입니까, 클리마 선생님?"

약사가 갑자기 물었는데, 그는 말이 없는 만큼 더욱더 다정하고 관찰력이 뛰어났다.

"아무것도, 전혀 아무 일도 아니에요. 머리가 좀 아파서요."

겁에 질려 클리마가 말했다.

"약 하나 들지 않겠어요?" 약사가 물었다.

"아니, 아닙니다." 트럼펫 주자가 머리를 흔들며 대답했다. "하지만 우리가 좀 일찍 떠나더라도 양해해 주십시오. 정말 너무 피곤해서요."

25

어떻게 그녀가 마침내 그런 일을 감행한 것일까?

야쿠프를 술집에서 만난 후 그녀는 그가 평소 같지 않다고 생각했다. 말이 없었지만 다정했고, 주의를 집중하진 않았으나 친절히 따라 주었고, 또 정신은 딴 데 가 있었지만 그녀가 바라는 대로 다 해 주었다. (그가 곧 떠나기 때문이라고 생각되는) 그의 이런 집중력 부족이 그녀는 오히려 기분 좋았다. 그녀는 멍한 얼굴에 대고 말을 해 댔는데, 자기 말이 그에겐 들리지 않는 먼 곳에서 자신이 이야길 하고 있는 것 같았다. 따라서 그녀는 그에게 한 번도 말한 적이 없는 것을 말할 수 있었다.

그에게 키스를 하고 싶다고 말한 지금, 그녀는 그를 방해하고 그를 괴롭힌다는 느낌이 들었다. 하지만 그 느낌은 그녀를 주춤하게 만들기는커녕 도리어 기쁘게 했다. 그녀는 마침내 자신이 항상 바라던 대담하고 도발적인 여자가, 언제나 상황을 주도해서 움직이고 상대방을 흥미롭게 관찰하며 그를 당황스럽게 만드는 그런 여자가 되었다고 느꼈다.

그녀는 계속 그의 눈을 뚫어질 듯 바라보았으며 미소를 지으며 말했다.

"하지만 여기서 말고요. 키스를 하려고 테이블 위로 몸을 굽히는 건 우스꽝스러울 거예요."

그녀는 그에게 손을 내밀어 긴 소파 쪽으로 끌었다. 그녀는 자기 행동의 섬세함과 우아함, 그리고 차분한 위엄을 맛보았다. 그러고 나서 그에게 키스를 했는데, 그녀가 아직까지 한 번도 자신에게서 느껴 보지 못한 격렬함에 따라 행동했다. 하지만 자제가 안 되는 육체의 본능적 격정은 아니었다. 대뇌의 격정, 의식적이며 고의적인 격정이었다. 그녀는 야쿠프에게서 아버지 역할이라는 가면을 벗기고 싶었다. 그녀는 그에게 충격을 주고 싶었고 그가 동요하는 걸 보고 흥분하고 싶었으며, 그를 강간하고 또 강간하는 자신을 관찰하고 싶었다. 그의 혀 감촉을 알고 싶었고 아버지 같은 그의 손이 점차 대담해져서 그녀를 애무로 뒤덮는 것을 느끼고 싶었다.

그녀는 그의 웃옷 단추를 풀고 옷을 벗겼다.

26

그는 콘서트 내내 그에게서 눈을 떼지 않았다. 그리고 연주자들의 사인을 받으러 무대 뒤로 몰려가는 열렬한 팬들 사이에 뒤섞였다. 그러나 루제나는 거기 없었다. 그는 트럼펫 주자를 술집으로 안내한 몇 안 되는 사람들을 뒤쫓아 갔다. 그는 루제나가 이미 그곳에서 기다리고 있다고 확신하고 그들과 함께 그곳으로 들어갔다. 착오였다. 그는 밖으로 나와 오랫동안 문 앞에서 망을 보았다.

갑자기 그는 가슴을 꿰뚫는 것 같은 고통을 느꼈다. 트럼펫 주자가 막 술집에서 나왔고 한 여자의 형체가 그에게 바싹 붙어 있었다. 그는 그 여자가 루제나라고 믿었으나 아니었다.

그는 리치먼드 호텔까지 그들을 뒤쫓아 갔는데, 클리마는 모르는 여자와 같이 그곳으로 들어갔다.

그는 공원을 통해 재빨리 카를 마르크스 관으로 갔다. 현관문은 아직 열려 있었다. 그는 수위에게 루제나가 집에 있는지 물었다. 그녀는 집에 없었다.

그는 루제나가 그 사이 클리마와 리치먼드 호텔에서 만나지는 않았을까 걱정하며 다시 호텔로 뛰어갔다. 그는 공원 산책길에서 서성거리며 출입구에서 눈을 떼지 않았다. 그는 무슨 일이 일어나고 있는지 전혀 이해가 안 됐다. 몇 가지 가정이 머리에 떠올랐지만 문제가 안 되었다. 중요한 것은 그가 그곳에 있고 망을 본다는 것이었다. 그는 자신이 그들을 볼 때까지 지키고 서 있으리라는 것을 알고 있었다.

무엇 때문에? 무슨 소용이 있어서? 집으로 돌아가 잠이나 자는 게 낫지 않을까?

그는 마침내 모든 진실을 밝혀내야 한다고 다짐했다.

하지만 그는 정말 진실을 알고 싶은 걸까? 루제나가 클리마와 같이 잔다는 사실을 정말 그토록 강렬히 확인하고 싶은 걸까? 오히려 루제나가 결백하다는 증거를 기다리고 싶었던 건 아닐까? 그러나 그렇게 의심 많은 그가 그 증거를 과연 믿을 수 있을 것인가?

그는 자신이 왜 기다리고 있는지 몰랐다. 그는 단지 오랫동안, 필요하다면 밤새도록, 그리고 몇 날 며칠이라도 기다리리라는 것만은 알고 있었다. 왜냐하면 질투로 박차가 가해진 시간은 놀라울 만큼 빠르게 가기 때문이다. 질투는 정열을 쏟는 지적인 일에 몰두하는 것보다 훨씬 더 완벽하게 정신을 사로잡는다. 그때 정신은 단 일 초의 휴식도 없다. 질투에 사로잡힌 사람은 권태를 모른다.

프란티셰크는 리치먼드 호텔에서 겨우 백여 미터 떨어져서 그 출입구가 보이는 오솔길 위를 왔다 갔다 하고 있다. 그는 다른 사람들이 모두 잠들 때까지 밤새도록 이렇게 서성일 것이며, 다음 날까지 이렇게 서성일 것이다.

그런데 왜 앉지 못하는 걸까? 리치먼드 호텔 앞에는 긴 의자들이 있지 않은가!

그는 앉을 수가 없다. 질투는 심한 치통과 같다. 질투를 할 때는 아무것도, 앉는 것조차 할 수 없다. 단지 왔다 갔다 할 뿐이다. 한 지점에서 다른 지점으로.

27

그들은 베르틀레프와 루제나, 야쿠프와 올가가 지나간 똑같은 길을 따라갔다. 이 층까지 계단을 올라 붉은 양탄자가 깔린 복도로 들어섰는데, 복도 끝에는 베르틀레프 아파트의 커다란 문이 있었다. 복도 오른편에는 야쿠프의 방이 있었고 왼편에는 슈크레타 의사가 클리마에게 빌려 준 방이 있었다.

문을 열고 불을 켰을 때, 그는 방 안을 휘둘러보는 카밀라의 탐색하는 듯한 짤막한 시선을 알아챘다. 그는 그녀가 여자 흔적을 찾고 있다는 걸 알고 있었다. 그는 그 시선을 익히 알고 있었다. 그는 그녀의 모든 것을 알고 있었다. 그녀의 호의가 진심이 아님을 알고 있었다. 그녀가 자신을 감시하기 위해 왔다는 것을 알고 있었으며, 자신을 기쁘게 해 주기 위해 온 척하리라는 것을 알고 있었다. 그리고 그녀가 자신이 거북해하는 것을 정확히 꿰뚫고 있으며 그녀가 자기 연애 행각을 망쳐 놨다고 확신한다는 걸 알고 있었다.

"여보, 내가 온 게 정말 당신을 성가시게 하진 않지?" 그녀가 물었다.

"어떻게 그게 성가실 수 있겠어!"

"당신이 여기서 울적할까 봐 걱정했어."

"당신이 없었다면 울적했을 거야. 무대 아래서 박수를 치고 있는 당신을 보고 기뻤어."

"당신, 피곤해 보여. 기분이 언짢은 게 아니라면."

"아니, 아니야, 언짢은 게 아니야. 단지 피곤해."

"여기서 종일 남자들 사이에 있어서 침울한 거야. 그래서 당신 기분이 안 좋아진 거지. 하지만 지금 당신은 아름다운 여자랑 있잖아. 내가 아름답지 않아?"

"맞아, 당신은 아름다운 여자야."

클리마가 말했다. 그가 그날 그녀에게 말한 첫 번째 진심이었다. 카밀라는 천상의 아름다움을 지녔다. 클리마는 이 아름다움이 죽음의 위험에 처했다는 생각에 한없는 고통을 느꼈다. 그런데 그 아름다움이 그에게 미소 지으며 그의 눈 앞에서 옷을 벗기 시작했다. 그는 그녀의 육체가 벌거벗는 것을 바라보았다. 마치 그에게 작별 인사를 하는 것 같았다. 젖가슴, 정결하고도 흠잡을 데 없는 아름다운 그녀의 젖가슴, 가는 허리, 막 팬티가 미끄러져 내려온 배. 그는 마치 하나의 추억이라도 되듯 아련한 마음으로 그녀를 관찰했다. 마치 유리창을 통해서처럼. 마치 먼 곳을 바라보듯. 그녀의 벗은 몸은 너무도 멀게 느껴져 그는 조금도 흥분되지 않았다.

하지만 그는 게걸스러운 시선으로 그녀를 음미했다. 죄수가 사형 집행을 당하기 전 마지막 술잔을 마시듯 그는 그 나신을 마셨다. 마치 잃어버린 과거를, 잃어버린 인생을 마시듯 그 나신을 마셨다.

카밀라가 그에게 다가왔다.

"무슨 일이야? 당신은 옷 안 벗어?"

그는 옷을 벗지 않을 수 없었고, 또 끔찍하게 우울했다.

"내가 당신을 만나러 온 이상 당신에게 피곤할 권리가 있다고 여기진 마. 난 당신을 원해."

그는 그게 진실이 아님을 알고 있었다. 그는 육체 관계를 갖고 싶은 생각이 그녀에겐 조금도 없다는 걸 알고 있었다. 그녀가 그의 슬픔을 보았다는 단지 그 이유로 이런 도발적인 태도를 억지로 취한다는 것, 그리고 그녀는 이 슬픔을 다른 여자에 대한 그의 사랑 때문이라고 여긴다는 것을 알고 있었다. 그는 또한 알고 있었다. (맙소사, 그는 그녀를 얼마나 속속들이 아는가!) 그녀는 이 애정의 도발을 통해서 그의 정신이 어느 정도로 딴 여자에게 빠졌는지 알기 위해 그를 시험하고자 한다는 것을. 또 그의 슬픔으로 그녀 자신을 괴롭히고자 한다는 것을 알고 있었다.

"나 정말 피곤해."라고 그가 말했다.

그녀는 그를 껴안고서 침대로 이끌었다.

"내가 그 피곤을 얼마나 말끔히 잊게 해 주는지 한번 봐!"

그리고 그녀는 자신의 벗은 몸을 놀리기 시작했다.

그는 수술대 위에 누운 것처럼 누워 있었다. 그는 아내의 모든 시도가 헛될 것임을 알고 있었다. 그의 육체는 속으로 움츠러들었고, 팽창 기능은 완전히 마비되었다. 카밀라는 젖은 입술로 그의 온몸을 애무했다. 그는 그녀가 스스로를 고통스럽게 하고, 또 그를 고통스럽게 하고자 한다는 걸 알고 있었으며, 그녀가 미웠다. 그는 자기 사랑의 강렬함을 다해 그녀를 미워했다. 모든 것을 망쳐 버린 건 그녀, 그녀 혼자였다. 그녀의 질투와 의심과 불신으로, 그리고 오늘 그녀의 방문으로, 바로 그녀, 그녀 혼자서 모든 것을 망쳤다. 그들의 결혼이 다른 여자 배 속에 놓인 폭탄에 의해, 일곱 달 후면 폭발하여 모든 걸 쓸어 버릴 그 폭탄에 의해 파괴된다면 그건 바로 그녀 때문이었다. 그들의 사랑을 위해 마치 미친 사람처럼 불안에 떤 결과, 바로 그녀가, 그녀 혼자서 모든 걸 망쳐 놓은 것이다.

그녀는 그의 배 위에 입을 갖다 댔다. 그는 자기 성기가 부드러운 애무를 받으며 점점 움츠러들고 안으로 기어 들어가는 것을, 그녀 앞에서 도망쳐 점점 더 작아지고 점점 더 안절부절못하는 것을 느꼈다. 그리고 그는 카밀라가 그의 육체의 거부로 다른 여자에 대한 사랑의 크기를 가늠한다는 걸 알고 있었다. 그는 그녀가 끔찍이 고통스러워한다는 것, 그리고 그녀의 고통이 심할수록 그에게 더욱더 고통을 줄 것이며, 축 늘어진 그의 육체를 더욱더 끈질기게 젖은 입술로 애무하리라는 걸 알고 있었다.

28

그는 그 무엇보다도 이 여자아이와는 자고 싶지 않았다. 그는 그녀에게 기쁨을 주고 호의를 베풀기를 바랐지만, 그 호의는 관능적 욕망과는 아무런 상관이 없었다. 뿐만 아니라 그 호의란 순결하고 사심 없고 모든 쾌락과는 무관하길 원했기 때문에, 그런 욕망을 완전히 없었던 것이다.

그런데 그는 지금 어떻게 해야 하나? 자신의 호의를 더럽히지 않기 위해 올가를 거부해야 하나? 그럴 수는 없었다. 그의 거부는 올가에게 상처를 주고 오랫동안 흔적을 남길 것이다. 그는 호의의 고통스러운 술잔을 마지막 한 방울까지 다 마셔야 함을 깨달았다.

그녀는 갑자기 그의 앞에서 알몸이 되었다. 그는 그녀의 얼굴이 고상하고 온화하다고 생각했다. 하지만 몸과 나란히 그 얼굴을 보았을 때 그 생각은 보잘것없는 위안임을 알았다. 마치 가늘고 긴 줄기 끝에 머리털이 덥수룩한 엄청나게 큰 꽃이 매달려 있는 것 같았다.

그러나 그녀가 아름답든 아름답지 않든 야쿠프는 더 이상 빠져나갈 방도가 없음을 알고 있었다. 게다가 그의 육체(이 노예 같은 육체)는 다시 한 번 만족스럽게 그의 창기를 들어 올릴 태세가 완연했다. 하지만 흥분은 그의 영혼 밖 저 멀리, 다른 사람에게서 일어나고 있는 듯했다. 마치 자신은 전혀 동참하지 않은 채 흥분한 것처럼, 그리고 그 자신은 그 흥분을 은밀히 경멸한다는 듯이. 그의 영혼은 육체와 멀리 떨어진 채 낯선 여인의 핸드백 속에 든 독약 생각에 사로잡혀 있었다. 기껏해야 그의 영혼은 맹목적으로, 그리고 가차 없이 천박한 자기 이익을 좇는 육체를 안타깝게 관찰할 뿐이었다.

덧없는 기억 하나가 그의 머리를 스쳐 갔다. 어떻게 아기가 태어나는지 그가 안 것은 열 살 때였다. 그 후 그는 언제나 그 생각에 사로잡혀 있었는데, 해를 거듭함에 따라 여성 인체의 세세한 부분들을 더욱 자세히 발견했던 만큼 더더욱 그랬다. 그 후 그는 자신의 탄생 과정을 종종 상상했다. 그는 축축한 좁은 터널을 통해 미끄러져 가는 자신의 조그만 몸을 상상했다. 그의 몸 전체에 끈적끈적하게 범벅이 되어 흔적을 남긴 이상한 점액이 코와 입에 가득 찬 자신을 상상했다. 그렇다. 여성의 점액이 그에게 흔적을 남겼던 것이다. 그래서 평생 동안 야쿠프에게 신비한 권력을 발휘하여 언제라도 그를 자기 곁에 불러, 그 육체의 야릇한 메커니즘을 일으키도록 명령할 권리를 갖기 위해서 말이다. 그 모든 것은 언제나 그에게 혐오감을 주었다. 그는 이 노예 상태에 반항했다. 적어도 여자들에게 자기 영혼을 내주길 거부함으로써, 그의 자유와 고독을 지킴으로써, 또 그 점액의 권력을 자기 인생의 아주 한정된 시간에만 국한함으로써 반항했다. 그랬다. 그가 올가에게 그토록 깊은 애정을 품고 있었다면 그건 아마도 그에게 있어서 그녀는 온전히 섹스의 한계 저 너머에 있었기 때문이며, 그녀는 그녀 육체로 그가 이 세상에 태어나게 된 수치스러운 방식을 결코 떠오르게 하지 않을 것임을 확신했기 때문이다.

그는 이런 생각들을 급하게 몰아냈다. 왜냐하면 소파 위의 상황이 빠르게 진행됐으며 그가 조만간 그녀 몸속으로 들어가야만 했고, 또 혐오감을 주는 것을 생각하며 그것을 하고 싶지 않았기 때문이다. 그는 자신에게 지금 몸을 연 이 여자가 그가 살아오는 동안 유일하게 순수한 애정을 바친 사람이며, 그가 지금 그녀와 사랑을 나누는 것은 오직 그녀가 행복하도록, 그녀가 쾌락을 알고 또 스스로에게 확신을 갖고 즐거워하도록 하기 위해서라 생각했다.

그는 스스로 놀랐다. 그는 마치 호의의 물결 위에서 흔들리듯 그녀 몸 위에서 움직였다. 그는 행복함을 느꼈고 기분이 좋았다. 그의 영혼은 겸허하게 그 육체의 활동과 합치되었다. 마치 사랑의 행위가 단지 호의적인 다정함과 이웃에 대한 순수한 감정의 육체적 표현일 뿐이라는 듯. 장애도 없었고, 삐걱거리는 느낌도 전혀 없었다. 그들은 서로 뒤엉켰으며 그들의 숨결은 뒤섞였다.

아름답고 긴 순간이었다. 그러고 나서 올가가 그의 귀에 음란한 말을 한마디 했다. 그녀는 그 말을 속삭였다. 한 번, 두 번, 그리고 또다시, 그녀 자신도 그 말에 자극되어 속삭였다.

호의의 물결은 단숨에 물러가 버리고, 야쿠프는 사막 한가운데 젊은 여자와 다시 남게 되었다.

아니, 평소 그는 사랑의 행위를 하는 동안 음란한 말을 하는 것엔 전혀 아무렇지도 않았다. 그 말들은 그에게 관능과 잔혹함을 일깨워 줬다. 그 말들은 여자들을 자기 영혼에는 기분 좋을 정도로 무관한 존재로 만들었고, 또 자기 육체에는 기분 좋을 정도로 매력적인 존재로 만들었다.

그러나 올가의 입을 통한 음란한 말은 모든 달콤한 환상을 확 지워 버렸다. 그 말은 그를 꿈에서 깨웠다. 호의의 구름이 걷히고 조금 전에 보았던 그대로의 올가, 거대한 꽃송이 같은 머리 아래 가냘픈 줄기가 떨고 있는 듯한 올가를 자기 품에서 보았다. 이 애처로운 피조물은 창녀 같은 요염한 몸짓을 하면서도 여전히 애처로웠다. 그 애처로움이 그 음란한 말에 우습고 슬픈 무언가를 주고 있었다.

그러나 야쿠프는 그런 기색을 전혀 나타내지 말아야 하며, 스스로를 억제한 채 호의의 쓰디 쓴 술잔을 마시고 또 마셔야 한다는 걸 알고 있었다. 왜냐하면 이 어처구니없는 사랑의 행위가 그의 유일한 선행이며, 그의 유일한 속죄이며(그는 한순간도 멈추지 않고 다른 여자의 핸드백 속에 들어 있는 독약을 생각했다.) 그의 유일한 구원이었기 때문이다.

29

두 조개껍질 사이에 있는 커다란 진주처럼 베르틀레프의
화려한 아파트는 양쪽으로 야쿠프와 클리마가 묵는 덜 화려
한 방들로 싸여 있다. 두 옆방이 오래전부터 침묵과 고요에
휩싸인 그때, 루제나는 베르틀레프의 품에서 마지막 관능의
숨결을 뿜어내고 있다.

그러고 나서 그녀는 조용히 그의 곁에 누워 있으며 그는
그녀 얼굴을 쓰다듬는다. 잠시 후 그녀는 오열을 터뜨린다.
그녀는 머리를 그의 가슴에 파묻고 오랫동안 운다.

베르틀레프는 그녀를 어린애처럼 쓰다듬고, 그녀는 진짜
자신이 아주 조그맣게 느껴진다. 그 어느 때보다도 작게(그녀
는 결코 누구의 가슴에 그렇게 숨어 본 적이 없었다.) 그러나 그 어
느 때보다도 크게(그녀는 결코 오늘 같은 환희를 느껴 본 적이 없
었다.) 느껴진다. 그 울음의 불규칙한 흐느낌에 실려 그녀는

자신이 지금까지 역시나 알지 못했던 평안한 감각 속으로 빠져든다.

이 순간 클리마는 어디 있는가? 프란티셰크는 어디 있는가? 그들은 마치 솜털처럼 가벼운 그림자가 되어 저 멀리 안개 속 어딘가 지평선에서 멀어져 가고 있다. 그리고 그들 한 명은 점령하고, 다른 한 명은 떨쳐 버리겠다는 루제나의 끈덕진 욕망은 어디 있나? 그녀가 아침부터 갇혀 있던 발작적인 그녀의 분노와 상처 받은 침묵은 지금 어찌 되었는가?

그녀는 누워서 흐느껴 울고, 그는 그녀의 얼굴을 쓰다듬는다. 그는 옆방에 자기 침실이 있다며 그녀에게 잠을 자라고 한다. 루제나는 눈을 떠 그를 바라본다. 베르틀레프는 옷을 벗은 채 욕실로 간다. (물 흐르는 소리가 들린다.) 그러고 나서 그는 돌아와 옷장을 열고 담요를 꺼내 조심스럽게 루제나에게 덮어 준다.

루제나는 그의 장딴지에 선명히 드러난 정맥을 본다. 그가 그녀에게 몸을 굽혔을 때 그녀는 그의 곱슬머리가 희끗희끗하고 성겨서 두피가 들여다보이는 걸 보았다. 그렇다. 베르틀레프는 예순, 아마도 예순다섯은 되었을 거다. 하지만 루제나에게는 중요치 않다. 오히려 베르틀레프의 나이가 그녀를 안심시키며, 아직 표현력이 부족한 그녀 자신의 회색빛 젊음에 밝은 빛을 던져 준다. 그래서 그녀는 생동감 넘치고, 이제 막 인생을 시작한 자신을 느낀다. 이제 그녀는 그의 존재를 통해, 자신은 아직 오랫동안 젊게 지낼 것이며, 급히 서두를 필요가 없다는 걸 깨닫는다. 베르틀레프는 막 그녀 곁에 다시 앉아 그녀를 애무한다. 그녀는 그의 손가락이 주는 위로의 감촉보다 그의 지긋한 나이가 주는 편안한 포옹에서 더욱 피난처를 찾은 느낌이다.

그러고서 그녀는 의식을 잃었다. 그녀의 머릿속에서는 막 잠이 들 무렵의 혼란스러운 환영들이 지나가고 있다. 그녀가 잠시 다시 깨어나니, 온 방 안이 야릇한 푸른빛 속에 잠겨 버린 것 같다. 그녀가 한 번도 본 적 없는 이 이상한 빛은 도대체 무엇일까? 푸른색 베일을 쓰고 이곳까지 내려온 달인가? 적어도 루제나가 눈을 뜬 채 꿈을 꾸는 것이 아니라면?

베르틀레프는 계속 그녀의 얼굴을 쓰다듬으며 그녀에게 미소를 짓는다.

마침내 루제나는 잠에 빠져들어 완전히 눈을 감는다.

5부   다섯째 날

1

클리마가 매우 얕은 잠에서 깨었을 때는 아직 밤이었다. 그는 루제나가 일하러 나가기 전에 그녀를 만나고 싶었다. 그러나 해가 뜨기도 전에 볼일이 있다는 것을 카밀라에게 어떻게 설명할 것인가?

그는 손목시계를 보았다. 새벽 5시였다. 루제나를 놓치고 싶지 않다면 당장 일어나야만 했다. 그런데 그는 핑계를 찾지 못했다. 그의 심장이 매우 크게 뛰었다. 그러나 어떻게 하겠는가! 그는 카밀라를 깨울까 봐 겁이 나 살그머니 일어나 옷을 입기 시작했다. 그가 웃옷 단추를 끼울 때 그녀의 목소리가 들렸다. 반쯤 잠에 취해 나오는 작고도 날카로운 목소리였다.

"어디 가?"

그는 침대로 다가가 그녀 입술에 살짝 키스했다.

“자, 곧 올게.”

“같이 가.”라고 말했으나 카밀라는 곧 다시 잠이 들었다.
클리마는 재빨리 나갔다.

2

그게 가능한 일인가? 그는 여전히 서성이고 있는가?

그랬다. 하지만 갑자기 그가 멈춰 섰다. 그는 리치먼드 호텔 정문에서 클리마를 보았다. 그는 숨어서 카를 마르크스 관까지 조심스레 그를 뒤쫓기 시작했다. 그는 수위실 앞을 지나갔다.(수위는 자고 있었다.) 그리고 루제나의 방이 있는 복도 모서리에서 멈춰 섰다. 그는 트럼펫 주자가 간호사의 방문을 두드리는 것을 보았다. 아무도 문을 열지 않았다. 클리마는 계속 몇 번 더 두드리다가 돌아서서 가 버렸다.

프란티셰크는 그의 뒤를 따라 뛰어서 건물에서 나왔다. 그는 루제나가 삼십 분 뒤면 일하러 갈 온천장을 향해 클리마가 긴 길을 따라 올라가는 것을 보았다. 그는 뛰듯 다시 카를 마르크스 관으로 돌아와 루제나의 방문을 두드렸다. 그리고 열쇠 구멍에 대고 낮지만 또렷한 목소리로 말했다.

“나야, 프란티셰크! 나는 걱정 안 해도 돼! 나한테는 문을 열어도 돼!”

아무도 대답하지 않았다.

그가 되돌아왔을 때 수위가 막 일어났다.

“루제나 집에 있나요?” 프란티셰크가 그에게 물었다.

“어제부터 안 들어왔어요.” 수위가 말했다.

프란티셰크는 거리로 나갔다. 멀리서 클리마가 온천장 안으로 들어가는 것이 보였다.

3

루제나는 평소 규칙적으로 5시 30분에 일어났다. 그날 역시 너무나 기분 좋게 잠을 잔 후라 더 오래 자지는 않았다. 그녀는 일어나서 옷을 입고 까치발로 작은 옆방으로 들어갔다.

베르틀레프는 옆으로 누워 깊이 숨을 쉬고 있었다. 낮 동안에는 늘 가지런히 빗질되어 있던 그의 머리칼은 헝클어져 벗은 이마를 내보였다. 잠이 든 그의 얼굴은 더 회색빛에 더 나이 들어 보였다. 루제나에게 병원을 연상시키는 약병들이 조그만 머리맡 탁자 위에 놓여 있었다. 그러나 그녀는 이 모든 것에 전혀 개의치 않았다. 그를 바라보는 그녀의 두 눈에 눈물이 고였다. 그녀는 지난밤보다 더 아름다운 밤을 보낸 적이 없었다. 그녀는 그 앞에 무릎을 꿇고 싶은 야릇한 욕망을 느꼈다. 그렇게 하지는 않았으나 그녀는 몸을 굽혀 그의 이마에 살며시 입을 맞췄다.

밖으로 나와 온천장 가까이 갔을 때, 그녀는 프란티셰크가 그녀 앞으로 다가오는 것을 보았다.

전날만 해도 이 만남에 그녀는 당황했을 것이다. 비록 그녀가 트럼펫 주자에게 빠지긴 했지만, 프란티셰크는 그녀에게 무척 중요했다. 그는 클리마와 함께 떼어 놓을 수 없는 한 쌍을 이루었다. 한 명은 평범한 삶을, 또 다른 한 명은 꿈을 구현했다. 한 명은 그녀를 원하고, 한 명은 그녀를 원치 않았다. 한 명에게서는 벗어나고 싶었으며, 다른 쪽은 그녀가 원했다. 두 남자는 각각 상대방의 존재 의미를 결정지었다. 그녀가 클리마의 아이를 가졌다고 결정했을 때도, 그렇다고 해서 프란티셰크를 그녀 인생에서 지워 버리지는 못했다. 그 반대였다. 그녀가 그런 결정을 하게 만든 것은 프란티셰크였다. 그녀는 그녀 인생의 두 극점처럼 그 두 남자 사이에 있었다. 그들은 그녀 위성의 북극과 남극이었고, 그녀에게 다른 방향은 전혀 없었다.

그런데 그날 아침, 그녀는 그들만이 그녀가 살 수 있는 유일한 위성이 아님을 갑자기 깨달았던 것이다. 그녀는 클리마 없이, 프란티셰크 없이도 살 수 있음을 깨달았다. 서두를 이유가 전혀 없다는 것과 시간이 충분하다는 것, 그리고 사람을 너무나 빨리 늙게 하는 이 마술에 걸린 땅으로부터 멀리 떨어져, 현명하고 성숙한 한 남자의 인도를 받을 수도 있다는 걸 깨달았다.

"어디서 밤을 보냈어?" 프란티셰크가 말을 던졌다.

"너랑 상관없는 일이야."

"네 방에 갔었어. 방에 없더군."

"내가 어디서 밤을 보냈건 너랑 전혀 상관없는 일이야."

루제나가 말했다. 그리고 멈추지 않고 온천장 문을 넘어서며 말을 이었다.

"더 이상 나를 보러 오지 마. 이젠 끝이야."

프란티셰크는 온천장 앞에서 꼼짝하지 않았다. 밤새 서성대느라 발이 아팠기에 입구를 감시할 수 있는 벤치에 앉았다.

루제나는 성큼성큼 계단을 올라 이 층 넓은 대기실로 들어갔다. 그곳엔 환자를 위한 벤치와 의자 들이 벽을 따라 놓여 있었다. 루제나가 일하는 부서 문 앞에 클리마가 앉아 있었다.

"루제나."

일어서며 그가 말했다. 그리고 그는 절망적인 눈으로 그녀를 바라보았다.

"제발. 제발 부탁이야. 고집 부리지 말고! 내가 같이 갈게!"

지난 며칠간 그토록 노력했던 감상적인 책략을 완전히 잃은 듯 그의 얼굴에는 고통이 적나라하게 드러나 보였다.

루제나가 그에게 말했다.

"날 떼어 버리고 싶은 거지."

그는 두려웠다.

"당신을 떼어 버리고 싶은 게 아니야. 그 반대야. 우리가 아직 좀 더 함께 행복하기 위해 그러는 거야."

"거짓말하지 마."

“루제나, 부탁이야! 당신이 가지 않는다면 불행일 거야!”

“안 간다고 누가 그랬어? 아직 세 시간 남았어. 아직 6시 밖에 안 됐어. 조용히 침대에 있는 당신 부인에게나 가 봐!”

그녀는 등 뒤로 문을 닫고 흰색 가운을 걸쳤다. 그리고 사십 대 여자에게 말했다.

“9시에 자리를 비워야 해. 한 시간만 내 일을 대신해 줄 수 있어?”

“그렇다면 결국 설득당한 거로구나.” 그녀의 동료가 책망하듯 말했다.

“아니야. 나, 사랑에 빠졌어.”

4

야쿠프는 창가로 다가가 창문을 열었다. 그는 옅은 파란색 알약을 생각했다. 그리고 자기가 전날 모르는 여자에게 그 약을 정말 줬다는 걸 믿을 수가 없었다. 그는 파란 하늘을 바라보며 가을 아침의 신선한 공기를 들이마셨다. 창문으로 보이는 세계는 정상적이고 고요하며 자연스러웠다. 전날 간호사와의 일이 갑자기 터무니없이 느껴지고 믿어지지가 않았다.

그는 수화기를 들어 온천장으로 전화를 걸었다. 그는 여자 온천장의 간호사 루제나를 대 달라고 했다. 한참 기다린 다음 한 여자의 목소리가 들렸다. 그는 루제나 간호사를 바꿔 달라고 다시 말했다. 루제나 간호사는 지금 수영장에 있어서 올 수 없다는 대답이었다. 그는 고맙다고 말하고 끊었다.

그는 무한한 안도감을 느꼈다. 간호사가 살아 있었다. 약

통의 알약들은 하루 세 번 먹으라고 처방되어 있었다. 그렇
다면 그녀는 아마도 전날 저녁에 한 알, 그리고 오늘 아침에
한 알을 먹었을 테니 결국 오래전에 야쿠프의 알약을 먹었던
것이다. 순간 모든 것이 더할 나위 없이 명료해졌다. 즉 그가
자기 자유의 보증인 양 주머니에 간직했던 옅은 파란색 알약
은 가짜였던 것이다. 그의 친구가 엉터리 약을 준 것이었다.

　세상에, 어떻게 그가 여태껏 한 번도 그런 생각을 하지 못
했을까? 그는 다시 한 번 그가 친구들에게 독약을 요구했던
그 먼 옛날을 돌아보았다. 그 당시 그는 막 출감한 상태였다.
오랜 세월이 지난 지금, 그는 그 모든 사람들이 당시 자신의
요구를 그가 견뎌 낸 고통에 대해 뒤늦게 관심을 끌려는 과
장된 몸짓일 뿐이라고 생각했음을 깨달았다. 그러나 슈크레
타는 주저 않고 그가 요구한 것을 주기로 약속했다. 그리고
며칠 뒤 그에게 반짝이는 옅은 파란색 알약을 가져왔다. 그
가 무엇 때문에 주저했겠는가? 그가 무엇 때문에 친구 생각
을 바꾸려고 애썼겠는가? 그의 요구를 거절했던 사람들보다
슈크레타는 더 능란하게 처신했던 것이다. 그는 야쿠프에게
평온과 확신에 대해 안전한 환상을 줬고, 게다가 그 일로 영
원한 친구를 하나 얻은 것이다.

　그래, 어떻게 그가 한 번도 그런 생각을 하지 못했을까? 그
당시 슈크레타가 일반 공장에서 만든 평범한 알약 모양 독약
을 자기에게 준 게 조금 이상하긴 했다. 생화학자인 슈크레타
가 독약을 구할 수 있다는 것은 알았지만, 그가 어떻게 알약
을 제조하는 공장 기계를 이용할 수 있었는지는 알 수 없었

다. 그러나 의문을 제기하진 않았다. 모든 것을 의심하는 성격이긴 했으나, 그는 성경을 믿듯이 그 알약을 믿었다.

지금, 이 무한한 안도의 순간, 그는 자기 친구의 속임수가 분명 고마웠다. 그는 간호사가 살아 있음에, 그리고 이 모든 터무니없는 불상사가 단지 한때의 악몽이었음에 기뻤다. 그러나 이 세상에서는 그 어떤 것도 오래 지속되지 않는다. 점점 약해지는 안도의 물결 뒤로 가느다란 유감의 목소리가 울려 왔다.

얼마나 우스꽝스러웠는가! 그가 주머니 속에 간직했던 알약은 그의 발걸음마다 과장된 엄숙함을 줬고, 그가 자신의 인생을 위대한 신화로 만들도록 해 주었던 것이다! 그는 얇은 종잇조각 속에 든 죽음을 몸에 지니고 있다고 확신했었다. 그런데 그것은 사실 슈크레타의 싱거운 웃음일 뿐이었다.

야쿠프는 자기 친구가 결국 옳았다는 것을 알고 있었다. 하지만 그는 자신이 그렇게 좋아하던 슈크레타가 한순간에 세상에 수없이 많은 그런 한 평범한 의사가 되고 말았다는 생각을 하지 않을 수 없었다. 당연한 일인 듯 자기에게 주저 없이 독약을 줬다는 사실이 그를 야쿠프가 아는 사람들과 근본적으로 구분 지었었다. 그의 행동에는 무언가 믿어지지 않는 것이 있었다. 그는 다른 사람들처럼 사람을 대하지 않았다. 그는 야쿠프가 신경 발작이나 우울증 발작으로 독약을 남용할 위험이 있지 않나 전혀 걱정하지 않았다. 슈크레타는 그를 완전히 자기 억제가 가능하고, 인간의 나약함이 없는 사람으로 취급했다. 그들은 인간들 사이에서 살도록 강요된 두 신처럼 서로를 대했는데, 바로 그게 아름다웠던 것이다. 잊을 수 없었다. 그런데 갑자기 끝나 버린 것이다.

야쿠프는 파란 하늘을 바라보았다. 그리고 생각했다. 그는 오늘 내게 안도와 평화를 가져다주었다. 그리고 동시에 그는 내게서 그 자신을 빼앗아 갔다. 내게서 나의 슈크레타를 탈취해 갔다.

5

루제나의 동의에 클리마는 다행이다 싶으면서도 어안이 벙벙했다. 하지만 이젠 그 무엇을 준다 해도 그를 대기실 밖으로 끌어낼 수는 없었을 것이다. 이해할 수 없는 루제나의 잠적이 전날부터 그의 기억 속에 위협적으로 새겨진 것이다. 그는 아무도 그녀 마음을 바꾸지 못하게, 그녀를 데려가 버리지 못하게 거기서 끈질기게 기다리기로 결정했다.

요양객들이 도착하기 시작했고 그녀들은 루제나가 좀 전에 열고 들어간 문을 연방 열어 댔다. 몇 명은 그리로 들어갔고 다른 몇 명은 돌아와 벽에 붙여 죽 늘어놓은 의자에 앉아 있었는데, 모두들 클리마를 호기심 있게 살펴보았다. 여성 대기실에서 남자를 보는 일이 드물었기 때문이다.

잠시 후 흰 가운을 입은 한 뚱뚱한 부인이 문 앞에 나타나더니 클리마를 오랫동안 쳐다보았다. 그리고 그에게 다가와 루제나를 기다리고 있는지 물었다. 그는 얼굴을 붉히며 그렇다고 했다.

"여기서 기다릴 필요 없어요. 지금부터 9시까지 시간이 많은데."

그녀는 기분 나쁠 정도로 친밀하게 말했다. 클리마는 방 안에 있는 모든 여자들이 그 말을 들었고 무슨 일인지 아는 듯한 느낌이 들었다.

루제나가 평상복을 입고 다시 나타났을 때는 9시 15분 조금 전이었다. 그는 그녀 뒤를 바싹 따랐고, 그들은 아무 말 없이 온천장을 나섰다. 그들 둘 다 각자 자기 생각에 잠겨서 프란티셰크가 공원 덤불에 숨어서 그들을 뒤쫓는 걸 알아채지 못했다.

6

이제 야쿠프에겐 올가와 슈크레타에게 작별을 고하는 일만 남았다. 하지만 그는 그 전에 공원에서 잠시(마지막으로) 혼자 산책을 하며 불꽃 같은 나무들을 향수에 젖어 바라보고 싶다.

그가 복도로 나오는 순간, 한 젊은 여자가 맞은편 방문을 닫고 있었는데, 우아한 몸매가 그의 시선을 사로잡았다. 그녀가 몸을 돌렸을 때 그는 그녀의 아름다움에 너무나 놀랐다.

그는 그녀에게 말을 걸었다.

"슈크레타 의사의 친구십니까?"

여자가 상냥하게 미소를 지었다.

"어떻게 아세요?"

"슈크레타 의사가 자기 친구들을 위해 마련해 둔 방에서 나오셨으니까요."

야쿠프가 말하며 자신을 소개했다.

"반가워요. 전 클리마 부인이에요. 의사 선생님께서 제 남편을 여기 묵게 했어요. 전 지금 남편을 찾고 있어요. 분명 의사 선생님과 같이 있을 거예요. 혹시 어디 있는지 모르세요?"

야쿠프는 지칠 줄 모르는 기쁨을 맛보며 젊은 여인을 바라보았다. 그리고 그의 머릿속에는 (다시 한 번!) 오늘이 바로 그가 이곳에서 지내는 마지막 하루이며, 그래서 아주 사소한 사건도 특별한 의미를 지니며 하나의 상징적 메시지가 된다는 생각이 들었다.

그러나 이 메시지는 도대체 그에게 무얼 의미하는 걸까?

"슈크레타 의사 집에 같이 가 드릴까요?"

"그러면 정말 고맙겠어요."

그래, 이 메시지가 도대체 그에게 무얼 의미하는 걸까?

우선 이건 메시지일 뿐 그 이상은 아니었다. 두 시간 후면 야쿠프는 떠날 것이고, 이 아름다운 피조물은 그에게 어떤 흔적도 남기지 않은 채 사라지고 말 것이다. 이 여인은 그 앞에 하나의 거부처럼 나타났다. 그가 그녀를 만난 것은 단지 그녀가 그의 것일 수 없다는 사실을 확신하기 위해서일 뿐이었다. 그가 마주친 그녀는 그가 떠남으로써 잃는 모든 것의 영상이었다.

"놀라운 일입니다. 오늘 나는 아마도 내 생에서 마지막으로 슈크레타 의사와 이야기할 겁니다."라고 그가 말했다.

그러나 이 여인이 그에게 가져다준 메시지는 또한 그 이상을 말했다. 이 메시지는 그에게, 그것도 마지막 순간에 아름다움을 알려 주려고 왔다. 그래, 아름다움이었다. 그리고 야쿠프는 자신이 아름다움에 관해 아무것도 모르며, 평생 아름다움을 보지 못한 채 지나쳤고, 한 번도 아름다움을 위해 산 적이 없음을 깨달으며 거의 두려움을 느꼈다. 이 여인의 아름다움은 그를 매료했다. 그는 갑자기 자신의 모든 계산에는 처음부터 늘 오류 같은 게 있었다는 느낌을 받았다. 그가 잊고 고려하지 못한 요소가 있었음을. 만일 그가 이 여인을 알았더라면 그의 결정은 달라졌을 것 같았다.

"그와 마지막으로 이야기하다니, 무슨 일이에요?"

"외국으로 떠납니다. 아주 오랫동안요."

그에게 예쁜 여자들이 없었기 때문이 아니라, 그들의 매력이 그에게는 늘 부수적이었기 때문이다. 그를 여자들에게로 떠민 것은 복수의 욕망이었으며, 슬픔과 불만, 혹은 동정이나 연민이었다. 그에게 있어서 여성의 세계는, 그가 박해자였고 또 박해받는 자였던 이 나라, 그가 수많은 투쟁을 했지만 순수한 사랑은 전혀 모르고 산 이 나라에서 겪은 쓰디쓴 비극과 혼동되었었다. 하지만 이 여인은 모든 것에서 분리되고, 그의 삶으로부터 분리되어 그 앞에 나타났다. 그녀는 외부에서 왔다. 그녀는 하나의 환영처럼 나타났는데, 아름다운 여인으로 나타났을 뿐만 아니라 아름다움 그 자체로 나타나, 그에게 이 세상에서 달리 살 수도 있으며 뭔가 다른 것을 위해 살 수도 있다는 것을 알려 주었다. 그리고 아름다움은 정의보다 더 우위에 있고 진실보다도 더 우위에 있다는 것, 아름다움은 더 생생한 현실이며 더 명백하며 또한 더 다가가기 쉽다는 것, 아름다움은 모든 것을 넘어선다는 것, 그런데 그 아름다움이 지금 이 순간 그에게는 완전히 끝났음을 알려 주고 있었다. 그가 모든 것을 알았노라고, 그가 이곳에서 자신의 모든 가능성을 소진하면서 인생을 살았다고 믿지 않도록 하기 위해서, 이 아름다운 여인이 그에게 자기 모습을 드러내러 온 것이었다.

"당신이 부럽군요." 그녀가 말했다.

그들은 공원을 가로질러 함께 걸었다. 하늘은 푸르고 공원 덤불숲은 노랗고 붉었다. 야쿠프는 그 나뭇잎들이 자기 과거의 모든 사건들, 모든 추억들, 모든 기회들을 태워 삼켜 버리는 불의 이미지라고 속으로 되뇌었다.

"절 부러워하실 게 하나도 없습니다. 전 지금 이 순간, 떠나지 말아야 할 것 같다는 생각이 듭니다."

"왜요? 마지막 순간에 이곳이 좋아지기 시작했나 보죠?"

"마음에 드는 건 바로 당신입니다. 너무나도 당신이 좋군요. 당신은 말할 수 없이 아름다우십니다."

그는 그냥 나오는 대로 말했다. 자신은 몇 시간 후면 떠날 것이기에, 그리고 그의 말은 그에게나 그녀에게나 어떤 결과도 가져오지 않을 것이기에 그녀에게 모든 걸 다 이야기할 수 있을 것 같았다. 그는 갑작스레 얻은 이 자유로움에 도취된 기분이었다.

"난 아무것도 보지 못하고 살았어요. 눈이 먼 채 말입니다. 오늘 처음으로 아름다움이 존재한다는 걸 깨달았어요. 그리고 제가 바로 그 곁을 지나치고 있다는 것도요."

그에게 아름다움은 그가 한 번도 발을 들여놓지 않은 음악과 그림 같은 심미적인 왕국과 혼동되었으며, 그의 주위 각양각색 나무들과 혼동되었다. 그런데 갑자기 그는 더 이상 그 나무들에서 어떤 메시지나 의미 들을(불이나 소각의 이미지를) 보지 못했다. 오직 이 여인의 발걸음, 그녀의 목소리와 만나 신비롭게 다시 깨어난 아름다움의 황홀경만 볼 뿐이었다.

"당신을 내게 붙잡아 둘 수만 있다면 뭐든 다 할 겁니다. 오직 당신을 위해서, 그리고 당신 때문에 모든 걸 포기하고 평생을 달리 살 수도 있을 거예요. 하지만 그럴 수가 없군요. 난 이 순간 더 이상 진정으로 이곳에 있지 않기 때문이죠. 어제 떠났어야 해요. 오늘 이곳에 있는 건 단지 늑장을 부리는 내 그림자일 뿐입니다."

아, 그랬다! 그녀를 만나는 이 일이 왜 자신에게 일어났는지 그는 막 깨달았다. 이 만남은 그의 인생 밖에서 일어났다. 그의 운명 중 감춰진 일면 어딘가에서, 그의 삶의 여정 뒷면에서 일어났다. 그래서 더욱더 스스럼없이 말했던 것이다. 그러나 갑자기 자신이 원하는 모든 얘기를 그녀에게 하는 건 어쨌든 불가능하다는 것을 느꼈다. 그는 그녀의 팔을 잡았다.

"바로 여기 슈크레타 의사의 진료실이 있습니다. 이 층이죠."

클리마 부인은 오랫동안 그를 바라보았다. 야쿠프는 마치 먼 곳을 바라보듯 그녀의 부드럽고 젖은 두 눈에 시선을 담갔다. 그는 다시 한 번 그녀 팔을 잡고는 돌아서서 멀어졌다.
　잠시 후 그는 다시 돌아섰다. 클리마 부인이 여전히 같은
자리에서 그를 지켜보고 있는 게 보였다. 그는 여러 번 돌아
보았고 그녀 역시 여전히 그를 바라보고 있었다.

7

초조해하는 여자들 스무 명쯤이 대기실에 앉아 있어서, 루제나와 클리마에겐 앉을 자리가 없었다. 그들 맞은편 벽에는 여자들에게 유산을 포기하게 하는 그림과 문구가 담긴 커다란 포스터들이 걸려 있었다.

엄마, 왜 저를 원하지 않아요? 요 위에 누워 미소를 짓고 있는 아기를 보여 주는 포스터에서 이런 굵은 글씨를 볼 수 있었다. 아기 아래쪽에는 시 한 편이 진한 글씨로 인쇄되어 있었는데, 태아가 엄마에게 낙태 수술을 하지 말라고 간청하며 그 보답으로 수많은 기쁨을 약속하고 있었다. 엄마, 저를 살게 내버려 두지 않으면 누구 품에 안겨 돌아가실 건가요?

또 다른 포스터들에는 유모차 손잡이를 잡고 웃음 짓는 어머니들의 사진과 오줌을 누고 있는 사내애들의 사진이 있었다.(오줌 누는 사내애란 아이의 탄생을 부추기기 위한 부인할 수 없는 논거라고 클리마는 생각했다. 그는 어느 날 뉴스에서 오줌을 누고 있는 남자애를 보았는데, 방 안 전체가 행복에 찬 여자들의 탄성으로 진동했음을 기억했다.)

잠시 기다린 후 클리마가 문을 두드렸다. 간호사가 나왔고, 클리마는 슈크레타 의사의 이름을 말했다. 잠시 후 그가 나와, 클리마에게 서류 한 장을 내밀며 서류를 다 쓰고 차분히 기다리라고 했다.

클리마는 서류를 벽에 대고 여러 칸을 메우기 시작했다. 이름, 생년월일, 출생지. 루제나는 그에게 해당 사항을 속삭이듯 일러 주었다. 그러고 나서 아버지 성명이라고 쓰인 칸에 이르자 그는 주저했다. 그는 흰 종이에 검은 글씨로 이 수치스러운 항목이 적힌 걸 보는 것과 거기에 자기 이름을 쓴다는 게 끔찍했다.

클리마의 손을 쳐다보던 루제나는 그의 손이 떨리는 걸 알아챘다. 그녀는 기뻤다.

"자, 써요!"

"어떤 이름을 써야 하지?" 클리마가 속삭였다.

그녀는 그가 무기력하며 겁쟁이라 여겼고 그를 경멸했다. 그는 모든 걸 두려워했다. 그는 책임지는 일들을 두려워했고 공식 서류에 써넣는 자신의 서명을 두려워했다.

"이봐요! 누가 아버지인지는 뻔한 것 같은데!"

"그건 중요치 않다고 생각했어."

그녀는 더 이상 그에게 관심이 없었으나, 이 무기력한 인간이 자기에게 잘못을 저질렀다는 건 마음속 깊이 확신했다.

그래서 그에게 벌을 주는 게 기분 좋았다.

"당신이 계속 그렇게 거짓말을 하려 한다면, 다시 생각해 봐야겠어."

그가 칸에 그의 이름을 써넣었을 때 그녀는 한숨을 쉬며 덧붙였다.

"어쨌든 아직 난 어떡할지 모르겠어."

"뭐라고?"

그녀는 겁에 질린 그의 얼굴을 바라보았다.

"낙태 수술 전까진 생각을 바꿀 수도 있지."

8

　그녀는 안락의자에 앉아 있었다. 테이블 위에 다리를 올려놓고 이 온천 도시에서 보낼 지루한 날들을 위해 사 둔 탐정소설을 훑어보았다. 그러나 그녀는 책 읽는 데 제대로 집중할 수가 없었다. 전날 밤의 상황과 말들이 끊임없이 그녀 머릿속에 떠올랐기 때문이다. 그날 저녁 일어난 모든 일이 그녀 마음에 들었다. 특히 자신에게 만족했다. 그녀는 마침내 자신이 늘 되고자 했던 그대로가 되었다. 즉 더 이상 남성의 뜻에 따르는 희생물이 아니라, 스스로 자기 운명의 주도자가 되는 것 말이다. 그녀는 야쿠프가 정해 준 순진한 피후견인 역할을 완전히 벗어 던졌다. 그리고 정반대로 자신의 욕망에 따라 스스로 그 역할을 개조했던 것이다.

　그녀는 자신이 우아하고 독립적이며 대담하다고 여겼다. 그녀는 쫙 달라붙는 흰색 진 바지에 싸여 테이블에 놓인 자기 다리를 바라보았다. 그때 누군가 노크했고 그녀는 명랑하게 외쳤다.

"들어와요, 기다리고 있었어요."

야쿠프가 괴로워하는 모습으로 들어왔다.

"안녕!" 그녀가 말했다.

그러고도 한동안 그녀는 테이블에 다리를 올려놓고 있었다. 그녀는 야쿠프에게서 거북해하는 기색을 알아차렸는데, 그게 기뻤다. 그러곤 그에게 다가가 볼에 살짝 키스를 했다.

"좀 더 있을 거예요?"

"아니." 야쿠프가 슬픈 목소리로 말했다. "이번엔 정말 작별 인사를 하러 왔어. 잠시 후 떠나. 마지막으로 널 온천장까지 데려다 줄 수 있으리라 생각했지."

"알았어요. 산책하러 가죠." 올가가 명랑하게 말했다.

9

야쿠프는 아름다운 클리마 부인의 모습으로 꽉 차 있었다. 그래서 지난밤 이래 그의 영혼에 거북함과 얼룩만 남겨 놓은 올가에게 작별 인사를 하러 오기 위해서는 일련의 불쾌감을 억눌러야만 했다. 그러나 어떤 일이 있어도 그녀에게 그런 내색은 보이지 않을 것이었다. 그는 그들의 사랑 놀음이 그에게 어느 정도로 별다른 기쁨이나 쾌락도 주지 못했는지 그녀가 결코 알아차릴 수 없도록, 그리고 그녀가 그에 대해 가장 좋은 추억을 간직하도록 특별히 신중하게 행동하리라 스스로에게 다짐했다. 그는 심각한 태도를 취했고 의미 없는 말들을 슬픔에 찬 어조로 말했으며, 그녀의 손을 슬쩍 스치고 이따금씩 그녀의 머리칼을 어루만졌다. 또 그녀가 그의 두 눈을 바라보았을 때 그는 슬프게 보이려고 애썼다.

도중에 그녀는 다시 포도주 한 잔을 마시러 가자고 제안했으나, 야쿠프는 힘든 마지막 만남을 최대한 짧게 하길 원했다.

"너무 힘들어, 이별은. 길게 하고 싶지 않군."

온천장 정문 앞에서 그는 그녀의 두 손을 잡고 두 눈을 오랫동안 바라보았다.

"야쿠프, 와 줘서 정말 고마워요. 어제는 달콤한 하룻밤이었어요. 아저씨가 결국 아빠 역할을 포기하고 야쿠프가 돼서 기뻐요. 멋있었어요, 어제는. 멋지지 않았어요?"

야쿠프는 자신이 아무것도 이해하지 못하고 있음을 깨달았다. 이 섬세한 아가씨가 어젯밤 사랑의 행위를 그저 단순한 유희로만 여겼던 건 아닌가? 그녀는 모든 감정이 배제된 관능적 쾌락 때문에 그에게 이끌렸던 건 아닌가? 그녀에겐 단 하룻밤 사랑의 즐거운 추억이 영원한 이별의 슬픔보다 더 무겁게 여겨지는 건 아닌가?

그는 그녀에게 입맞춤을 했다. 그녀는 그에게 즐거운 여행을 기원하고 온천장 안으로 사라졌다.

10

    그는 약 두 시간 전부터 종합진료센터 건물 앞에서 왔다 갔다 하고 있었는데, 드디어 인내심을 잃기 시작했다. 그는 소란을 피우면 안 된다고 되뇌며 자책했으나 조만간 더 이상 자제할 힘이 없을 거라고 느꼈다.

    그는 건물 안으로 들어갔다. 이곳 온천장은 크지 않았기 때문에 모두가 그를 알고 있었다. 그는 루제나가 들어가는 걸 보았느냐고 수위에게 물었다. 수위는 끄덕이며 그녀가 엘리베이터 타는 것을 보았다고 말했다. 엘리베이터는 사 층에서만 멈추며 삼 층까지는 층계를 이용하기 때문에 프란티셰크는 그의 의심을 건물 위쪽 층 복도 둘로 한정 지을 수 있었다. 한쪽 복도에는 사무실들이 있고, 다른 쪽에는 산부인과가 있었다. 그는 우선 첫 번째 복도(그곳은 한적했다.)로 가 보았다. 그러고 나서 남자들에겐 출입이 금지된 터라 언짢은 기분으로 두 번째 복도로 들어갔다. 그는 안면 있는 간호사 한 명을 만나 루제나에 대해 물어보았다. 그녀는 복도 끝 문을 가리켰다. 문은 열려 있었고 몇몇 여자들과 남자들이 문턱에 서서 기다리고 있었다. 프란티셰크는 대기실로 들어가 다른 여자들이 앉아 있는 것을 보았으나, 루제나도 트럼펫 주자도 그곳에 없었다.

"젊은 여자 못 보셨어요? 금발인데."

한 부인이 사무실 문을 가리켰다.

"안에 들어갔어요."

프란티셰크는 포스터로 눈을 들었다. 엄마 왜 저를 원하지 않아요? 그리고 다른 포스터에는 오줌을 누고 있는 사내애들과 신생아들 사진을 볼 수 있었다. 그는 무슨 일인지 깨닫기 시작했다.

11

사무실 안에는 긴 테이블이 하나 있었다. 클리마가 루제나와 나란히 앉아 있었으며, 그들 앞에는 몸집이 풍만한 두 여자를 옆에 거느리고 슈크레타가 버티고 있었다.

슈크레타 의사는 신청자들을 올려다보며 지겹다는 듯 머리를 흔들었다.

"당신들을 바라보는 것만으로도 괴로워요. 아이를 가질 수 없는 불행한 여자들을 치료하려고 우리가 여기서 얼마나 힘들게 일하는지 아세요? 그런데 이렇게 아주 건강하고 아주 잘생긴 당신네들 같은 젊은 사람들이, 인생이 우리에게 줄 수 있는 가장 값진 선물을 스스로 없애려고 한단 말입니다. 이 위원회는 낙태를 종용하기 위해서가 아니라 통제하기 위한 곳이라는 걸 확실히 알려 드립니다."

두 여자는 그 말에 동의하며 불평을 해 댔고, 슈크레타 의사는 두 신청자를 계속 훈계했다. 클리마의 심장은 무척 크게 뛰었다. 그는 의사의 말이 자신을 향한 게 아니라 두 배석자, 즉 이미 아이를 낳아 봤던 자기네 자궁의 모든 정력을 다해서 그들, 즉 아기 낳기를 거부하는 젊은 여자들을 증오하는 두 배석자를 염두에 두고 하는 말임을 짐작하긴 했으나, 루제나가 혹 이 훈계로 흔들릴까 두려웠다. 조금 전 어떻게 할지 아직 모른다고 말하지 않았던가?

"무엇을 위해 살고 싶습니까?" 슈크레타 의사가 다시 시작했다. "아이 없는 인생은 마치 나뭇잎 없는 한 그루 나무 같아요. 내가 권력을 쥐면 난 낙태를 금지할 거예요. 인구가 매년 준다는 생각에 불안하지 않습니까? 그것도 어머니와 아이를 세계 그 어느 곳보다 더 잘 보호해 주는 바로 우리나라에서요! 누구도 장래를 걱정할 필요가 없는 이곳에서 말이에요?"

두 여자가 또 다시 그 말에 동의하며 불평했고, 슈크레타 의사는 계속했다.

"동무는 결혼한 사람으로, 무책임한 성관계의 모든 결과를 책임지길 두려워해요. 그렇다면 미리 생각했어야죠, 동무!"

슈크레타 의사는 잠시 멈춘 후 다시 클리마를 향해 말했다.

"선생에겐 아이가 없죠. 이 태아의 미래를 위해 정말 이혼할 순 없습니까?"

"안 됩니다."

"알겠어요." 슈크레타 의사가 한숨을 쉬었다. "나는 클리마 부인이 자살 충동을 겪고 있다는 의견을 피력한 정신과 의사의 소견서를 받았어요. 아이가 태어나면 그녀 생명을 위협하고 한 가정을 파괴할 거예요. 그리고 간호사 루제나는 미혼모가 되겠죠. 우리가 어떻게 할 수 있겠어요?” 그는 다시 한숨 지으며 말했다.

그는 마찬가지로 한숨을 쉬는 두 여자 앞으로 서류를 밀었고, 그들은 필요한 칸에 각자 서명을 끼적였다.

“다음 월요일 아침 8시에 수술받으러 이곳에 오세요.”

슈크레타 의사가 루제나에게 말하며 돌아가도 좋다고 표시했다.

“하지만 당신은 여기 남아요!”

뚱뚱한 여자 가운데 한 명이 클리마에게 말했다. 루제나는 밖으로 나갔고 그 여자가 말을 이었다.

“낙태 수술은 당신이 생각하듯 그렇게 하찮은 수술이 아니에요. 큰 출혈이 따라요. 당신의 무책임함으로 저 동무가 피를 흘리는 거예요. 그러니 당신이 헌혈을 하는 건 당연해요.”

그녀는 클리마 앞에 서류 한 장을 내밀며 말했다.

“여기 서명하세요.”

당황해하던 클리마는 고분고분 서명했다.

“헌혈 자원협회 가입 서류예요. 저쪽으로 가세요. 간호사가 곧 피를 뽑을 거예요.”

12

루제나는 시선을 떨구고 대기실을 가로질렀다. 그 때문에 복도에서 프란티셰크가 그녀에게 말을 건넬 때에야 그를 보았다.

"어디서 오는 거야?"

그녀는 화난 그의 말투에 겁이 나 걸음을 빨리했다.

"어디서 오는 거냐고 물었어."

"너와는 상관없는 일이야."

"어디서 오는지 난 알아."

"그렇다면 묻지 마."

그들은 계단을 내려갔다. 루제나는 프란티셰크로부터, 그리고 그와의 대화에서 벗어나려고 계단을 구르듯 내려갔다.

"낙태 위원회지." 프란티셰크가 말했다.

루제나는 아무 말도 하지 않았다. 그들은 건물 밖으로 빠저나왔다.

“낙태 위원회라는 걸 알아. 너 낙태하려는 거지.”

“내가 하고 싶은 대로 할 거야.”

“네가 하고 싶은 대로 하지 못할걸. 나도 상관 있으니까.”

루제나는 걸음을 재촉했으며, 거의 뛰다시피 했다. 프란티셰크도 그녀 뒤를 따라 뛰었다. 그들이 온천장 문에 다다랐을 때 그녀가 말했다.

“날 따라오지 마. 이제 난 일할 거야. 내 일을 방해할 권리는 없잖아.”

프란티셰크는 매우 흥분해서 말했다.

“내게 명령하지 마!”

“넌 그럴 권리가 없어!” 루제나가 말했다.

“그럴 권리가 없는 건 바로 너야!”

루제나는 건물 속으로 들어갔고 프란티셰크가 뒤따랐다.

13

　야쿠프는 모든 것이 끝나고, 이제 슈크레타에게 작별 인사를 하는 일만 남아서 기분이 좋았다. 온천장에서부터 카를 마르크스 관까지 그는 천천히 공원을 따라갔다.

　멀리 공원의 큰 오솔길에서 여교사 한 명과 그녀 뒤로 스무 명쯤 되는 유치원 꼬마 애들이 그를 향해 오고 있었다. 여교사는 손에 긴 빨간 줄을 쥐고 있었는데 그녀 뒤를 줄줄이 따라오는 모든 아이들이 그 줄을 잡고 있었다. 아이들은 천천히 걸었고, 여교사는 그들에게 덤불과 나무 들의 이름을 가르쳐 주고 있었다. 야쿠프는 멈춰 섰다. 그는 식물에 대해서는 아무것도 알지 못했고 단풍나무가 단풍나무라고 불리고, 소사나무가 소사나무라고 불리는 걸 늘 잊고 지냈기 때문이다.

　"이건 보리수야."

　여교사는 노란 나뭇잎이 무성한 나무 하나를 가리켰다.

야쿠프는 아이들을 바라보았다. 그들은 모두 조그만 파란
색 외투를 입고 빨간 베레모를 쓰고 있었다. 어린 형제들 같
았다. 그는 그들을 마주 보며 그들이 서로 닮았다고 생각했
는데, 옷 때문이 아니라 얼굴 생김새 때문이었다. 그는 그들
중 일곱 명의 코가 확연히 두드러지고 입이 커다란 것을 확
인했다. 그들은 슈크레타 의사와 닮은 것이었다.

그는 코가 큰 숲속 여인숙 아이를 떠올렸다. 슈크레타의
우생학적 꿈은 단지 환상이 아니란 말인가? 이 나라에서 위
대한 슈크레타를 아버지로 둔 아이들이 태어나는 일이 정말
있을 수 있을까?

야쿠프는 그런 생각이 우스꽝스럽다고 여겼다. 세상 모든
아이들은 서로 닮았기 때문에 이 애들이 서로 닮아 보이는
것이리라.

그럼에도 그는 이렇게 생각하지 않을 수 없었다. 슈크레
타가 정말 그의 특이한 계획을 실현하다면? 괴상한 계획이
라고 실현될 수 없으란 법이 과연 있을까?

"이건 뭐예요, 여러분?"

"자작나무요!"

한 꼬마 슈크레타가 대답했다. 그렇다, 슈크레타의 닮은꼴
그대로였다. 큰 코뿐 아니라 작은 안경도 썼고, 슈크레타 의사
의 말투를 아주 감동적인 희극조로 만드는 그 콧소리가 났다.

"아주 잘했어요, 올드르지흐!" 여교사가 말했다.

야쿠프는 생각했다. 십 년, 이십 년 뒤에 이 나라에는 수많
은 슈크레타가 있을 것이다. 다시 한 번 야쿠프는 자기 나라

에서 무슨 일이 일어나는지 전혀 모른 채 살았다는 야릇한 느낌이 들었다. 말하자면 그는 행동의 핵심부에서 살았다. 그는 당대에 벌어진 가장 사소한 사건도 직접 겪었다. 그는 정치에 참여했고 목숨을 잃을 뻔했으며, 그가 정치 일선에서 물러나야 했을 때조차도 정치는 그의 가장 중대한 관심사였다. 그는 언제나 조국의 가슴에서 뛰는 심장 소리를 듣고 있다고 믿었다. 그러나 그가 진짜 무슨 소리를 들었는지 누가 알겠는가? 그게 심장 소리였을까? 낡은 자명종 소리에 불과한 건 아니었을까? 시각을 잘못 가리키는 낡은 폐품 자명종 말이다. 그의 모든 정치 투쟁들이란 진짜 중요한 것으로부터 그의 시선을 돌려놓은 도깨비불에 불과한 건 아니었나?

여교사는 아이들을 공원 큰 오솔길로 데려갔고, 야쿠프는 자기가 여전히 그 아름다운 여인의 모습으로 가득 차 있음을 느꼈다. 그 아름다움의 기억은 그의 머릿속에 끊임없이 질문을 떠올렸다. 만약 그가 자신이 상상했던 것과는 완전히 다른 세계에서 살았던 거라면? 만약 그가 모든 것을 거꾸로 보고 있다면? 만약 아름다움이 진실 이상을 의미하는 거라면, 그리고 만약 베르틀레프에게 지난번 달리아를 가져온 애가 진짜 천사였다면?

"그리고 저거, 저건 뭐죠?"라고 묻는 여교사의 목소리가 들렸다.

안경을 쓴 꼬마 슈크레타가 말했다.

"단풍나무요."

14

루제나는 성큼성큼 계단을 오르며 뒤돌아보지 않으려고 애썼다. 그녀는 자기 부서의 문을 꽝 닫고는 재빨리 탈의실로 갔다. 그녀는 맨몸 위에 바로 하얀 간호사 가운을 걸치고 안도의 한숨을 내쉬었다. 프란티셰크와 다툰 게 당황스러웠지만, 동시에 이상하게도 안심되었다. 프란티셰크와 클리마 둘 다 이제 그녀에게 낯설고도 멀게 느껴졌다.

그녀는 탈의실에서 나와 여자들이 목욕 후 침대에 누워 있는 방으로 들어갔다.

사십 대 간호사가 문 옆 작은 테이블 앞에 앉아 있었다.

"그래, 허가를 받았어?" 그녀가 차갑게 물었다.

"응, 고마워요." 루제나가 말했다. 그리고 새로 온 환자에게 열쇠 한 개와 큰 시트 하나를 내주었다.

사십 대 간호사가 나가자마자 문이 반쯤 열리고 프란티셰크의 머리가 나타났다.

"그게 너만의 문제라는 건 말도 안 돼. 우리 둘의 문제야. 나도 할 말이 있어!"

"제발 가 줘!" 그녀가 대꾸했다. "여긴 여자들 온천장이야. 남자들 볼일은 없어! 당장 나가! 안 그러면 끌어내게 하겠어!"

프란티셰크는 얼굴이 빨개졌다. 위협하는 루제나의 말에 어찌나 화가 났는지 그는 방 안으로 들어와 등 뒤로 문을 탁 닫았다.

"아무 상관없어. 나를 끌어내게 하든 말든! 아무 상관없어!" 그가 소리쳤다.

"당장 나가라고 내가 분명히 말했어!"

"내가 훤히 다 알아, 너희들 둘 다! 그 녀석이지! 그 트럼펫 주자! 모든 게 거짓말이고 계략이야! 그가 어제 의사와 같이 콘서트를 연 걸 보면, 그가 널 위해 의사와 모든 걸 짠 거야! 하지만 난, 난 다 알아. 내 아기를 못 죽이게 할 거야! 내가 아빠니까 나도 할 말이 있어! 네가 내 아기를 죽이는 걸 막을 거야!"

프란티셰크는 울부짖었고, 시트에 싸여 침대에 누워 있던 여자들은 무슨 일인가 궁금해 머리를 들었다.

이번에는 루제나가 완전히 당황하고 말았다. 프란티셰크가 울부짖고 있는데 그녀는 어떻게 이 말다툼을 가라앉혀야 할지 몰랐기 때문이다.

"네 아이가 아냐. 네가 지어 낸 얘기야. 네 아이가 아니야."

“뭐라고?” 그는 소리치며 방 안쪽으로 들어와 테이블을 돌아 루제나에게로 다가갔다.

“뭐라고! 내 애가 아니라고! 내가 다 아는데 무슨 소리야! 내가 안다고, 내가!”

그때 한 부인이 수영장에서 나와 알몸으로 물을 뚝뚝 흘리며 루제나에게로 다가왔다. 루제나더러 시트로 자기 몸을 싸서 침대로 데려다 달라는 것이었다. 그녀는 몇 미터 앞에 있는 프란티셰크를 보고 소스라쳤다. 그는 그녀를 뚫어지게 바라보고 있었지만 실상 그의 눈에는 아무것도 보이지 않았다.

루제나에게 그건 잠시 쉴 틈이었다. 그녀는 부인에게 다가가 그녀를 시트로 감싸 침대로 데려갔다.

“저 사람 여기서 뭐 해요?” 부인이 프란티셰크 쪽으로 몸을 돌리며 물었다.

“미친 사람이에요. 돌았는데 어떻게 여기서 내보낼지 모르겠어요. 도무지 어떻게 해야 할지 모르겠어요!” 루제나는 따뜻한 시트로 부인을 싸면서 말했다.

누워 있던 한 부인이 프란티셰크에게 외쳤다.

“이봐요, 젊은이! 여기선 아무 볼일 없어요! 나가요!”

“이곳에 볼일이 있다고 생각하는데요!”

프란티셰크는 까딱도 하지 않고 고집스레 대꾸했다. 루제나가 그 곁에 돌아왔을 때 그의 얼굴은 더 이상 붉지 않고 창백했다. 그는 더 이상 소리를 지르는 게 아니라 나지막하고도 단호한 어조로 말했다.

“한 가지만 말하겠어. 아이를 없애면 나도 죽을 거야. 그러니 네가 아이를 죽이면 두 목숨을 죽인 셈이야."

루제나는 깊은 한숨을 내쉬며 테이블을 바라보았다. 거기에는 옅은 파란색 알약 통과 함께 그녀의 핸드백이 놓여 있었다. 그녀는 손바닥에 한 알을 꺼내 삼켰다.

프란티셰크는 더 이상 소리치지 않고 애원하고 있었다.

"제발, 루제나. 제발. 너 없인 살 수 없어. 난 죽어 버릴 거야."

그 순간 루제나는 아랫배에 격렬한 통증을 느꼈다. 프란티셰크는 그녀 얼굴이 고통으로 일그러져 알아볼 수 없게 변하는 걸 보았다. 그녀의 두 눈은 초점을 잃은 채 멍하니 커다랗게 벌어지고, 몸은 뒤틀리며 앞으로 고꾸라지고, 두 손은 배를 눌러 대고 있었다. 그러고 나서 그녀가 바닥으로 나뒹구는 게 보였다.

15

올가는 온천탕 속에서 첨벙거리고 있었는데 갑자기 무슨 소리가 들렸다……. 정확히 무슨 소리였을까? 그녀는 그게 무슨 소리인지 몰랐다. 홀은 아수라장이었다. 그녀 곁에 있던 여자들은 온천탕에서 나와 옆방을 바라보았는데, 그 방은 가까이 있는 모든 걸 흡입하는 것 같았다. 올가도 저항할 수 없는 이 흡입의 물결에 휩쓸려 아무 생각 없이, 하지만 초조한 호기심에 가득 차 다른 여자들 뒤를 따라갔다.

옆방 문 곁에 옹기종기 모인 여자들이 보였다. 여자들은 그녀에게 등을 돌리고 있었고 모두 알몸으로 물에 젖어 있었으며, 엉덩이를 쳐든 채 바닥으로 몸을 숙이고 있었다. 여자들 정면에는 꼼짝 않고 서 있는 한 젊은이가 보였다.

또 다른 알몸 여자들이 서로 밀치며 다가와 합류했으며 올가 자신도 혼잡한 틈을 비집고 들어갔다. 간호사 루제나가 바닥에 누워 움직이지 않는 게 보였다. 젊은이는 무릎을 꿇고 울부짖기 시작했다.

"내가 죽였어! 바로 내가 죽인 거야! 난 살인자야!"

여자들은 물을 뚝뚝 흘리고 있었다. 그중 한 명이 몸을 굽혀 누워 있는 루제나의 맥을 짚었다. 하지만 쓸데없는 몸짓이었다. 왜냐하면 죽음이 거기 있었고 누가 보더라도 의심의 여지가 없었기 때문이다. 죽음을 가까이서 보려고, 친숙한 얼굴에서 죽음을 보려고 물에 젖은 여자들의 알몸들이 초조하게 서로 밀쳐 댔다.

프란티셰크는 여전히 무릎을 꿇고 있었다. 그는 루제나를 품에 부둥켜안고 얼굴에 키스를 퍼부었다.

여자들이 그의 주위에 모여 있었고, 프란티셰크는 그들을 향해 고개를 들고 되풀이해 외쳤다.

"바로 내가 그녀를 죽였어요! 나예요! 날 체포하라고 해요!"

"어떻게 좀 해야죠!"

한 여자가 말했다. 그리고 다른 여자가 복도로 뛰어나가 사람을 부르기 시작했다. 잠시 후 루제나의 동료 둘이 흰 가운을 입은 의사 한 명과 함께 달려왔다.

그제야 올가는 자기가 알몸이며, 알지도 못하는 젊은이와 의사 앞에서 다른 알몸의 여자들과 서로 떠밀고 있다는 걸 알아차리고선 이 상황이 갑자기 우스꽝스럽게 느껴졌다. 그러나 그렇다고 해서 그녀를 사로잡는 죽음을 외면하고 그 떠들썩한 무리에서 벗어나 혼자 돌아가지 않으리라는 사실을 그녀는 알고 있었다.

　의사는 누워 있는 루제나의 손목을 잡고 맥박을 찾으려 했으나 소용없었다. 프란티셰크는 계속 외쳐 댔다.

　"바로 내가 그녀를 죽였어요! 경찰을 불러요, 날 체포하라고 해요!"

16

　야쿠프는 종합진료센터에서 막 돌아오는 친구를 카를 마르크스 관에 있는 그의 진료실에서 만났다. 그는 친구에게 전날 드럼 실력을 칭찬했고, 콘서트 후에 그를 기다리지 못한 걸 사과했다.

　"정말 유감이야." 의사가 말했다. "자네가 여기서 지내는 마지막 날인데, 저녁에 어딜 돌아다니는지 알 수가 있어야지. 서로 할 말이 얼마나 많은데. 게다가 최악은 자네가 분명 그 말라빠진 여자애랑 같이 있었을 거란 점이야. 난 보답이란 건 저급한 감정이라고 봐."

　"뭘 보답한다는 거지? 내가 무엇 때문에 그녀에게 보답한다는 거야?"

　"그녀 아버지가 자네에게 잘해 줬다고 나한테 편지 썼잖아."

그날 슈크레타 의사에겐 진료가 없었고, 산부인과 진료대
는 진료실 안쪽에 빈 채 있었다. 두 친구는 소파에 마주 보고
앉았다. 야쿠프가 말했다.

"그게 아니야. 난 단지 자네가 그녀를 돌봐 주길 바랐어.
그래서 내가 그녀 아버지에게 보답할 빚이 있다고 말하는 편
이 훨씬 간단하다고 여겼지. 하지만 사실은 전혀 그런 게 아
니야. 모든 걸 마무리 짓는 마당에 사실대로 말하지. 내가 체
포된 건 바로 그녀 아버지가 전적으로 동의했기 때문이야.
바로 그녀 아버지가 날 죽음으로 보낸 거지. 그런데 육 개월
후 그가 교수대에 앉았고, 반면 나는 운이 좋아서 거기서 빠
져나왔지."

"그럼, 더러운 놈의 딸이구먼." 의사가 말했다.

야쿠프는 어깨를 들썩였다.

"그는 내가 혁명의 적이라고 믿었어. 모두가 그에게 그 말
을 반복했고, 그도 결국 확신했던 거지."

"그런데 뭣 때문에 나한테 그를 자네 친구라고 말했나?"

"우린 친구였어. 하지만 그에겐 날 체포하는 데 동의하는
게 더 중요했을 뿐이지. 그렇게 그는 우정보다 이상을 더 중
시한다는 걸 보였던 거야. 나를 혁명의 배신자로 고발했을
때, 그는 뭔가 더 숭고한 이름으로 개인적인 이해관계는 저
버린다는 심정이었을 거야. 그래서 그 일을 자기 인생의 위
대한 행위로 삼았던 거지."

"그게 자네가 그 못난 여자애를 사랑하는 이유야?"

"그녀는 이 일과는 아무 상관없어. 그녀는 무고해."

“그녀처럼 무고한 여자는 수없이 많아. 자네가 그 모든 무
고한 여자들 중에서 그녀를 택했다면 그건 아마도 그녀가 그
의 딸이기 때문이겠지.”

야쿠프는 어깨를 들썩했고, 슈크레타 의사는 말을 이었다.

“자네는 그와 똑같이 비뚤어져 있어. 난 자네 또한 그 아
이에 대한 애정을 자네 인생의 가장 위대한 행위로 여긴다고
생각해. 자네는 자네가 관대하다는 걸 스스로에게 증명해 보
이기 위해 자네 속에 있는 당연한 증오와 혐오를 억눌렀던
거야. 멋있어. 하지만 동시에 자연을 거스르는 아무 쓸데없
는 짓이야.”

“그렇지 않아.” 야쿠프가 반박했다. “난 내 안에 있는 어
떤 것도 억누르려 하지 않았고 또 관대해 보이려고 애쓴 적
도 없어. 단지 그녀에게 연민을 느꼈어. 그녀를 처음 봤을 때
부터. 그녀가 집에서 쫓겨난 건 아직 어렸을 때야. 그녀는 어
머니와 산골 마을 어딘가에서 살았고, 사람들은 그들에게 말
거는 것도 두려워했어. 머리가 뛰어난 소녀였지만 오랫동안
학교에 다닐 허가를 못 얻었지. 부모 때문에 아이들을 학대
하는 건 비열한 짓이야. 자넨 나 역시 그녀 아버지 때문에 그
녀를 미워하길 원했겠어? 난 그녀를 동정했어. 그녀의 아버
지가 사형당했기 때문에 그녀를 동정했어. 그리고 그녀 아버
지가 한 친구를 죽음으로 보냈기에 그녀를 동정했지.”

그때 전화가 울렸다. 슈크레타가 받아서 잠시 듣고는 표
정이 어두워지더니 말했다.

“지금 여기 일이 있는데, 정말 내가 가야 합니까?”

그러고 나서 잠시 침묵이 흐르고 슈크레타가 말했다.

"알겠어요. 곧 가죠." 그는 전화를 끊고 욕을 했다.

"가 봐야 하면 내 걱정은 하지 마. 어쨌든 난 떠나야 하니까."

야쿠프가 소파에서 일어서며 말했다.

"아니, 떠나지 마! 우린 아무 얘기도 못 나눴잖아. 오늘 뭔가를 의논해야 했는데, 안 그래? 내 생각의 실마리가 끊어졌어. 뭔가 중요한 일이었는데. 오늘 아침부터 난 그 생각을 하고 있었는데. 무슨 문제였는지 자네 기억나나?"

"아니."

"제기랄! 지금 난 온천장으로 가 봐야 해."

"이렇게 헤어지는 게 나아. 이야기 도중에 말이야."

야쿠프는 말하며 친구와 악수를 했다.

17

　루제나의 시신은 평소 야간 근무를 하는 의사들이 사용하는 작은 방에 놓여 있었다. 몇몇 사람들이 그곳에 모여 분주하게 움직였다. 강력계 형사가 벌써 와 있었고 막 프란티셰크를 취조한 다음 그의 진술을 받아쓰고 있었다. 그리고 프란티셰크는 다시 한 번 자신을 체포하라고 말했다.

　"그녀에게 그 알약을 준 사람이 바로 당신입니까, 아닙니까?" 형사가 말했다.

　"아니에요!"

　"그렇다면 당신이 그 여자를 죽였다고 말하지 말아요."

　"그녀는 늘 내게 자살하겠다고 했어요." 프란티셰크가 말했다.

　"왜 자살하겠다고 그랬죠?"

　"내가 자기 인생을 계속 망치려 들면 자살하겠다고 했어

요. 아이를 원하지 않는다고 했어요. 아이를 낳느니 차라리
자살하는 편이 좋다고요."

슈크레타 의사가 방에 들어왔다. 그는 다정하게 형사에게
인사했고 죽은 여자에게 다가갔다. 그는 결막 색깔이 어떤지
보려고 여자의 눈꺼풀을 뒤집었다.

"의사 선생님, 선생님은 이 간호사의 상관이셨죠?" 형사가
물었다.

"그래요."

"그녀가 선생님 부서에서 평소에 구할 수 있는 독약을 사
용했다고 생각하세요?"

슈크레타는 다시 루제나의 시신을 향해 몸을 돌리고선 자
세한 사망 경위를 설명하게 했다. 그러고는 말했다.

"우리 진찰실에서 얻을 수 있는 약품이나 물질이 아닌 것
같아요. 아마도 알칼로이드 같은데, 해부해 보면 알겠죠."

"그러면 그건 어떻게 구할 수 있었을까요?"

"뭐라 말하기 어렵습니다."

"지금은 모든 게 수수께끼입니다." 형사가 말했다. "동기도
그래요. 이 젊은이가 방금 말한 바로는, 그녀가 자기 아이를
가졌는데 낙태하고 싶어 했다는군요."

"바로 그자가 그렇게 하도록 강요했어요." 프란티셰크가
소리쳤다.

"누구?" 형사가 물었다.

"트럼펫 주자요. 그가 내게서 그녀를 빼앗고 그녀에게 내
아이를 낙태하도록 강요하려 했어요! 내가 그들 뒤를 쫓았

거든요! 그가 그녀와 같이 위원회에 갔었어요."

"그 말은 제가 보장할 수 있어요." 슈크레타 의사가 말했다. "오늘 아침 우리가 이 간호사의 낙태 신청을 검토한 건 사실이에요."

"그 트럼펫 주자가 그녀와 같이 있었나요?" 형사가 물었다.

"네." 슈크레타가 말했다. "루제나가 그를 아이 아버지라고 지목했어요."

"거짓말이에요! 내 애예요!" 프란티셰크가 소리쳤다.

"아무도 의심하지 않아요. 하지만 위원회가 낙태 수술을 허락하도록 루제나는 결혼한 남자를 아버지라고 지목해야 했던 거예요." 슈크레타 의사가 말했다.

"그러면 당신은 그게 거짓말이란 걸 알았단 말이죠!" 프란티셰크가 슈크레타 의사에게 외쳤다.

"법에 따라 우리는 여자의 주장을 믿어야 합니다. 루제나가 클리마 씨의 아이를 가졌다고 우리에게 말한 이상, 그리고 클리마 씨가 그 주장을 확인한 이상 우리들 누구도 그렇지 않다고 주장할 권리는 없는 거예요."

"그런데 클리마 씨가 진짜 아버지라는 생각은 안 했나요?" 형사가 물었다.

"안 했죠."

"무슨 근거로 그렇게 생각하시는 거죠?"

"클리마 씨는 기껏해야 이 온천 도시에 두 번 왔고, 그것도 아주 짧게 머물렀어요. 그와 간호사 사이에 성관계가 있었을 가능성은 희박해요. 그리고 이 온천장은 너무 작은 도시라 그 소문이 제게 들어오지 않을 수 없거든요. 클리마 씨를 친부라고 한 것은, 모든 가능성을 살펴볼 때 위원회가 낙태를 허가하도록 루제나가 그를 설득하기 위해 꾀를 쓴 거였어요."

그러나 프란티셰크는 슈크레타가 말하는 걸 더 이상 듣지 않았다. 그는 거기 꼼짝 않고 서 있었고 그의 눈에는 아무것도 보이지 않았다. '당신은 날 자살로 몰아넣을 거야, 분명코 날 자살로 몰아넣을 거야.'라는 루제나의 말만 들렸다. 그는 자신이 그녀 죽음의 원인이라는 건 알았지만 왜 그런지는 몰랐으며, 모든 게 그에게는 설명할 수 없는 일처럼 보였다. 그는 마치 기적을 마주한 원시인처럼 거기 서 있었고, 비현실을 마주한 것처럼 서 있었다. 그에게 들이닥친 이해할 수 없는 일을 그의 이성으론 도저히 해석할 수 없었기 때문에 순식간에 벙어리, 장님이 된 채 말이다.

(불행한 프란티셰크, 넌 평생 헤맬 거야. 그리고 너의 사랑이 네가 사랑하던 여자를 죽였다는 사실 외에는 아무것도 이해하지 못할 거야. 넌 그 확신을 마치 비밀스러운 공포의 낙인처럼 지니게 될 거야. 사랑하는 이들에게 설명할 수 없는 재난을 가져오는 문둥이처럼 넌 헤맬 것이며, 불행을 몰고 오는 사람처럼 평생을 헤맬 거야.)

그는 창백했다. 마치 소금 동상처럼 꼼짝도 하지 않고 서 있어서, 한 남자가 흥분해서 방으로 방금 들어온 것조차 보지 못했다. 새로 온 사람은 주검으로 다가가 오랫동안 그녀를 바라보며 그녀의 머리칼을 쓰다듬었다.

"자살입니다. 독약요." 슈크레타 의사가 속삭였다.

새로 온 사람은 거세게 머리를 흔들었다.

"자살요? 내 목을 걸고 이 여자는 자살하지 않았다고 맹세할 수 있어요. 그녀가 독약을 마셨다면 살인일 수밖에 없어요."

형사는 새로 온 이를 놀라서 바라보았다. 베르틀레프였다. 그의 두 눈은 분노의 불꽃으로 이글거렸다.

18

  야쿠프는 열쇠로 시동을 걸었고 자동차는 떠났다. 온천장의 마지막 빌라들을 지나자 환히 트인 경치가 펼쳐졌다. 국경을 향해 나아갔는데 그는 서두르고 싶지 않았다. 이곳을 마지막으로 지나간다는 생각에, 그 풍경은 그의 마음에 아주 소중하고 색다르게 보였다. 또 순간순간 그 풍경은 아주 낯설게, 또 그가 상상했던 것과는 다르게 느껴졌으며, 그곳에서 더 오랫동안 머물 수 없는 것이 애석했다.

  그러나 곧 그는 출발을 하루 혹은 몇 년을 더 연기하더라도 어쨌든, 지금 그를 고통스럽게 하는 것에서 바뀔 수 있는 것은 하나도 없을 거라 생각했다. 즉 그가 지금 아는 것보다 더 내밀하게 이 풍경을 알게 되지는 못하리라는 것이다. 그는 이곳을 알지 못한 채, 이곳의 매력을 다 맛보지 못한 채 떠나간다는 생각을 받아들여야 했다. 채권자인 동시에 채무

자처럼 이곳을 떠나간다는 생각을 받아들여야 했다.

그러고 나서 그는 자기가 가짜 독약을 약통에 넣어 준 그 젊은 여자를 다시 생각하기 시작했다. 그러곤 살인자로서의 경력이 자신의 모든 경력 가운데 가장 짧았다고 생각했다. '나는 열여덟 시간 정도 암살자였군.'이라고 생각하며 그는 미소를 지었다.

그러나 곧 그는 자신에게 이의를 제기했다. 그건 사실이 아니다, 그렇게 짧은 시간 동안만 살인자였던 게 아닌 것이다. 그는 분명 살인자였으며, 죽을 때까지 그럴 것이다. 왜냐하면 옅은 파란색 알약이 독약이냐 아니냐는 중요치 않으며, 중요한 건 그가 그걸 독약이라 믿었고, 그럼에도 그걸 모르는 여자에게 줬다는 것, 또 그녀를 구하기 위해 아무 일도 하지 않았다는 사실이었기 때문이다.

그러고 나서 그는 자신의 행위가 순전히 실험 차원이라고 믿는 사람처럼 태평스럽게 그 모든 것을 찬찬히 생각하기 시작했다.

그의 살인은 야릇했다. 동기 없는 살인이었다. 그 살인은 살인자를 위한 어떤 이익도 꾀하지 않았다. 그렇다면 그 의미는 정확히 무엇인가? 그 살인의 단 하나의 의미, 그것은 분명히 그가 살인자임을 그 자신에게 알려 주려는 것이었다.

실험으로서, 그리고 자아 인식 행위로서의 살인, 이는 그에게 뭔가를 환기했다. 그래, 라스콜니코프였다. 인간이 열등한 자를 죽일 권리가 있는지 알려고, 그리고 자신이 살인을 견딜 힘이 있는지 알려고 사람을 죽였던 라스콜니코프였다. 그 살인을 통해 그는 자기 자신에 대해 스스로 질문을 제기했던 것이다.

  그래, 라스콜니코프와 유사한 점이 있었다. 즉 살인의 무용성, 그 이론적 성격. 그러나 차이점도 있었다. 라스콜니코프는 재능 있는 인간이 그 자신의 이익을 위해 열등한 생명을 희생할 권리가 있는가를 스스로에게 물었다. 하지만 야쿠프가 간호사에게 독약이 든 약통을 주었을 때 그는 그와 유사한 어떤 것도 염두에 두지 않았다. 야쿠프는 인간이 타인의 생명을 희생할 권리가 있는지 자문한 게 아니었다. 반대로 야쿠프는 평생 인간에겐 그럴 권리가 없다고 믿었었던 것이다. 야쿠프는 사람들이 추상적 이념을 위해 타인의 생명을 희생하는 세계에 살았다. 야쿠프는 그런 사람들의 얼굴을 잘 알고 있었다. 때로는 뻔뻔하게도 순진하며, 때로는 슬프게도 비겁한 그 얼굴들, 온갖 변명을 늘어놓으며, 하지만 은밀하게 자기 이웃들에게 잔인한 판결을, 그네들 스스로 그게 잔인하다는 걸 익히 알고 있는 그런 판결을 내리는 그 얼굴들 말이다. 야쿠프는 그 얼굴들을 잘 알고 있었고 또 증오했다. 더욱이 야쿠프는 모든 인간은 타인의 죽음을 원하며, 단지 두 가지, 즉 처벌의 두려움과 살인을 행하는 데 따르는 물질적 어려움이라는 두 가지 사실만이 인간들에게 살인을 단념케 한다는 것을 알고 있었다. 야쿠프는 모든 인간들이 몰래, 그리고 멀리서 살인할 수만 있다면 인류는 몇 분 후면 사라지리라는 걸 알고 있었다. 따라서 그는 라스콜니코프의 실험은 완전히 헛된 것이라고 결론지어야만 했다.

그렇다면 그는 왜 간호사에게 독약을 줬을까? 단순한 우연은 아니었나? 라스콜니코프는 사실 오랫동안 그의 범죄를 꾸미고 준비했다. 반면 야쿠프는 순간적 충동에 사로잡혀 행동했다. 하지만 야쿠프는 그역시 여러 해에 걸쳐 무의식 중에 살인을 저지를 준비를 해 왔다는 것, 그가 루제나에게 독약을 준 순간이란 곧 그의 모든 과거가, 인간에 대한 그의 모든 혐오감이 하나의 지렛대로 박혀 있던 균열이었다는 걸 알고 있었다.

라스콜니코프는 고리대금업 노파를 도끼로 살해했을 때 자신이 끔찍한 문턱을 넘어섰다는 것, 신의 규율을 어겼다는 것, 그리고 아무 가치가 없을망정 그 노파도 신의 피조물임을 알고 있었다. 그런데 라스콜니코프가 느낀 공포, 야쿠프는 그걸 느끼지 못했다. 그에게 있어서 인간들이란 신의 피조물이 아니었다. 야쿠프는 섬세함과 고매한 정신을 좋아했다. 그러나 그런 것들은 인간의 속성이 아님을 그는 확신했다. 야쿠프는 인간들을 잘 알고 있었다. 바로 그 때문에 그는 그들을 좋아하지 않았던 것이다. 야쿠프의 정신은 고매했다. 바로 그 때문에 그는 그들에게 독약을 줬던 것이다.

'결국 난 고매한 정신 때문에 살인자가 된 거야.'라고 그는 생각했고, 그런 생각이 우스꽝스럽고 처량해 보였다.

라스콜니코프는 고리대금업 노파를 죽인 후 밀려오는 엄청난 회한의 폭풍우를 막을 힘이 없었다. 반면 인간에겐 타인의 생명을 희생할 권리가 없다고 내심 확신하던 야쿠프는 회한을 느끼지 않았다.

그는 자신이 죄의식을 느끼는지 보기 위해 간호사가 진짜 죽었다고 상상해 보려 했다. 아니, 그래도 아무것도 느끼지 못했다. 야쿠프는 자신에게 작별을 고하는 감미롭고도 기분 좋은 경치를 가로질러 차분하고도 평화로운 마음으로 차를 몰았다.

라스콜니코프는 그의 범죄를 하나의 비극적 운명처럼 받아들여 살았고, 결국 자기 행위의 무게에 눌려 쓰러지고 말았다. 그런데 야쿠프는 자신의 행위가 그리도 가벼움에, 조금도 무게가 나가지 않음에, 그리고 그 행위가 그를 전혀 짓누르지 않음에 놀랄 따름이다. 그는 이 가벼움이 그 러시아 주인공의 히스테릭한 감정보다 훨씬 더 끔찍한 게 아닌가 자문한다.

그는 천천히 운전했다. 그는 자기 상념에서 깨어나 경치를 바라보았다. 그는 그 알약 사건은 단지 하나의 게임일 뿐이라고 생각했다. 그가 아무 흔적도, 뿌리도, 자국도 남기지 않고, 마치 산들바람과 물거품이 사라지듯 지금 떠나가는 이 나라에서의 그의 삶과도 같이, 아무 결과도 없는 하나의 게임에 불과하다고 생각했다.

19

클리마는 피를 사분의 일 리터 뽑고 대기실에서 매우 초조하게 슈크레타 의사를 기다렸다. 그는 온천장을 떠나기 전에 의사에게 인사를 하고 루제나 일을 좀 맡아 달라고 꼭 당부해 두고 싶었던 것이다. "수술 전까지는 생각을 바꿀 수도 있지." 그에게는 아직까지 간호사의 말이 생생히 들려왔고 그는 겁이 났다. 그는 자신이 떠난 후 루제나가 그의 영향에서 벗어나 마지막 순간에 결정을 번복할까 봐 두려웠다.

슈크레타 의사가 마침내 나타났다. 클리마는 그를 향해 달려가 작별 인사를 하고, 그의 훌륭한 드럼 연주에 감사했다. 슈크레타 의사가 말했다.

"대단한 콘서트였어요. 당신은 참 멋지게 연주했어요. 다시 할 수 있다면 정말 좋겠군요! 다른 온천 도시에서도 이런 콘서트를 열 방법을 구상해 봐야겠어요."

“좋죠. 같이 연주해서 무척 즐거웠어요.”

트럼펫 주자가 열에 들뜬 듯이 말하며 덧붙였다.

“한 가지 부탁이 있는데요. 루제나 일을 좀 맡아 주십사 하고요. 또 다시 흥분하지 않을까 걱정이 돼서요. 여자들은 도무지 알 수가 없으니까요.”

“이제는 흥분하지 않을 거예요. 염려 마세요. 루제나는 더 이상 이 세상 사람이 아녜요.”

슈크레타 의사가 말했다.

클리마는 무슨 말인지 선뜻 이해하지 못했다. 슈크레타 의사가 무슨 일이 일어났는지 설명했다. 그리고 덧붙였다.

“자살입니다. 하지만 어쨌든 수수께끼 같은 데가 꽤 있어요. 어떤 사람들은 당신과 함께 위원회에 출석한 지 한 시간 후에 스스로 목숨을 끊은 걸 이상하게 생각할 수도 있을 거예요. 아, 아니, 아닙니다. 걱정 마세요.”

그는 트럼펫 주자가 창백해지는 걸 보고서 그의 손을 잡고 덧붙였다.

“당신에게는 다행스럽게도, 루제나에게는 애가 자기 애라고 확신하는 젊은 수리공 애인이 있었어요. 난 당신과 간호사 사이에는 결코 아무 일도 없었고, 위원회는 부모 둘 다 미혼일 경우 낙태를 허가하지 않기 때문에 그녀가 당신에게 애 아버지인 걸로 해 달라고 단지 부탁했을 뿐이라고 말했어요. 그러니 혹 심문을 받더라도 모르는 척하세요. 신경이 곤두선 게 보이는데 유감스럽군요. 우리가 앞으로 할 콘서트가 아직 많으니 정신을 차리셔야겠어요.”

클리마는 할 말을 잃었다. 그는 슈크레타 의사에게 거듭 고개를 숙이고 악수를 했다. 카밀라는 호텔 방에서 그를 기다리고 있었다. 클리마는 아무 말 없이 그녀를 껴안았고 그녀의 볼에 키스를 했다. 그는 그녀의 얼굴 구석구석에 키스를 하고 나서, 무릎을 꿇고 그녀 원피스에 대고 위에서 아래로 무릎까지 입술을 맞췄다.

"무슨 일이야?"

"아무것도 아냐. 내게 당신이 있어서 너무나 행복해. 당신이 이 세상에 있어서 너무 행복해."

그들은 소지품을 여행 가방에 넣고 자동차로 갔다. 클리마는 피곤하다고 말하며 그녀에게 운전해 달라고 부탁했다.

그들은 아무 말 없이 달렸다. 말 그대로 클리마는 기진맥진했지만 큰 안도감을 느꼈다. 심문을 받을지도 모른다는 생각에 아직 조금은 불안했다. 그러면 카밀라가 어쨌든 뭔가 눈치 챌 것이다. 하지만 그는 슈크레타 의사가 그에게 한 말을 되뇌었다. 그가 심문을 받으면 그는 도와주려고 아이 아버지인 체했을 뿐인 친절한 남성의 결백한 (그리고 이 나라에선 꽤나 흔한) 역할을 연기할 것이다. 누구도 그를 원망할 수 없을 것이다. 혹 카밀라가 그 일을 안다 해도 그녀조차 그를 원망할 수는 없을 것이다.

그는 그녀를 바라보았다. 그녀의 미모는 머리를 어지럽히는 향수 냄새처럼 차의 좁은 공간을 가득 메웠다. 그는 평생 동안 이 향기 외에는 더 이상 들이마시고 싶지 않다고 생각했다. 멀리서 자기 트럼펫의 달콤한 음악이 들리는 듯했다.

그는 평생 동안 단 하나, 그가 가장 사랑하는 유일한 여자,
이 여자의 기쁨만을 위해 음악을 연주하리라 결심했다.

20

운전대를 잡을 때마다 그녀는 자신이 더 강하고, 더 독립적이라 느꼈다. 하지만 이번에 그녀에게 자신감을 준 건 단지 운전대만이 아니었다. 리치먼드 호텔 복도에서 마주친 낯선 이의 말 또한 그랬다. 그녀는 그 말을 잊을 수가 없었다. 그리고 남편의 매끈한 얼굴보다 훨씬 더 남성다운 그의 얼굴도 잊을 수 없었다. 카밀라는 진짜 남성다운 남성은 한 번도 본 적이 없다고 생각했다.

그녀는 트럼펫 주자의 피곤한 얼굴을 곁눈으로 바라보았는데, 매순간 이해할 수 없는 행복에 겨운 미소가 어리고 있었다. 또 그는 한 손으로 그녀의 어깨를 사랑스럽게 어루만지고 있었다.

이런 지나친 다정함이 그녀는 기쁘지 않았고 감동스럽지도 않았다. 그녀가 지닌 설명할 수 없는 것에 의해, 그녀는 다시 한 번 트럼펫 주자에게 자기만의 비밀이 있음을, 그녀에게 감추는, 또 그녀가 들어갈 수 없는 그만의 삶이 있음을 확인할 뿐이었다. 하지만 이제는 그런 확인에 마음 아픈 대신 무관심해졌다.

그 남자가 뭐라고 말했던가? 영원히 떠난다고 했다. 길고도 감미로운 향수가 그녀 가슴을 조였다. 그 남자에 대한 향수뿐 아니라 잃어버린 기회에 대한 향수이기도 했다. 그리고 그 기회뿐만 아니라 그와 같은 기회에 대한 향수였다. 그녀는 자신이 지나쳐 버리고 놓쳐 버렸던 기회들, 그리고 그녀가 회피했던 모든 기회들에 대해, 게다가 그녀가 전혀 갖지도 못했던 기회들에 대해서도 향수를 느꼈다.

그 남자는 자신이 평생을 장님으로 살았으며, 아름다움이 존재한다는 걸 생각지도 못했다고 말했다. 그녀는 그를 이해했다. 왜냐하면 그녀도 마찬가지였기 때문이다. 그녀 또한 눈이 먼 채 살고 있었다. 그녀 눈에는 질투의 강렬한 불빛으로 밝힌 단 하나의 존재만 보였다. 그런데 그 불빛이 갑자기 꺼진다면 무슨 일이 일어날 것인가? 대낮의 분산된 햇빛 속에서 다른 존재들이 수없이 솟아오를 것이고, 그녀가 그때까지 세상에서 유일하다 믿었던 남자는 수많은 사람 가운데 한 명이 되고 말 것이다.

그녀는 운전대를 잡고 있었다. 자기 자신에 대해 자신감이 느껴졌으며 자신이 아름답다고 느껴졌다. 그리고 속으로 생각했다. 그녀를 클리마에게 묶어 둔 게 정말 사랑일까, 아니면 단지 그를 잃지는 않을까 하는 두려움일까? 그런데 이 두려움이 처음에는 초조해하는 사랑의 한 형태였다 해도, 세월과 함께 (지치고 고갈된) 그 사랑은 그런 형태에서 벗어나지 못했단 말인가? 그래서 결국에는 이 두려움, 사랑 없는 두려움만 남았단 말인가? 그런데 이 두려움이 사라지면 무엇이 남을 것인가?

트럼펫 주자는 그녀 곁에서 설명할 수 없는 미소를 짓고 있었다.

그녀는 그를 향해 몸을 돌리고선, 만일 그녀가 더 이상 질투하지 않는다면 아무것도 남지 않을 거라고 생각했다. 그녀는 속력을 내 달렸다. 인생의 행로 저 앞쪽 어딘가에 트럼펫 주자와의 결별을 의미하는 선이 그어져 있다고 생각했다. 그리고 그 생각은 처음으로 그녀에게 아무런 고통도 두려움도 불러일으키지 않았다.

21

올가는 베르틀레프의 아파트로 들어서면서 사과를 했다.

"미리 알리지도 않고 갑자기 와서 죄송합니다. 너무 놀라 혼자 있을 수가 없어요. 제가 방해하는 건 아닌가요?"

방에는 베르틀레프, 슈크레타 의사, 그리고 형사가 있었다. 올가에게 대답한 건 형사였다.

"방해하는 것 없어요. 우리 대화는 전혀 공식적인 게 아니에요."

"형사분은 내 오랜 친구예요." 의사가 올가에게 설명했다.

"그런데 그녀가 왜 그랬죠?" 올가가 물었다.

"애인과 싸웠어요. 말다툼 도중 자기 핸드백에서 무언가를 찾았고 독약을 먹은 거예요. 우리는 그 이상은 아무것도 모르는데, 앞으로도 더 많은 건 알 수 없을 것 같군요." 형사가 대답했다.

"형사님." 베르틀레프가 힘주어 말했다. "내가 진술한 것에 주의를 기울여 주세요. 난 바로 여기 이 방에서 루제나 인생의 마지막 밤을 그녀와 함께 보냈어요. 내가 핵심적인 것을 충분히 강조하지 않았나 봅니다. 멋진 밤이었고 루제나는 한없이 행복해했어요. 그 평범한 아가씨는 무관심하고 침울한 그녀 주변이 그녀를 가두었던 굴레를 던져 버리는 것만으로, 여러분들이 그녀에게서 전혀 짐작할 수 없던 사랑과 섬세함, 그리고 고매한 정신으로 가득 찬 빛나는 존재가 되었던 거예요. 확언하지만, 어젯밤에 난 그녀에게 또 다른 삶의 문을 열어 주었고, 그녀가 삶의 의욕을 갖기 시작한 게 바로 어제였다는 겁니다. 그런데 그 후 누군가 그 길을 가로막은 겁니다……."

베르틀레프가 갑자기 생각에 잠기더니 낮은 목소리로 덧붙였다.

"난 거기에 지옥이 개입하지 않았나 싶어요."

"경찰은 지옥의 힘에 대해선 영향력이 없습니다." 형사가 말했다.

베르틀레프는 빈정대는 그 말에 대꾸하지 않고 계속했다.

"자살했다는 가정은 정말 아무 의미 없습니다. 제발 그 사실을 이해해 주세요! 그녀가 삶의 의욕을 느낀 바로 그 순간 자살한다는 건 불가능해요! 되풀이하지만, 난 그녀가 자살했다고 비난받는 건 받아들일 수 없어요."

형사가 말했다.

"어르신, 자살은 범죄가 아니기에 자살했다고 아무도 그녀를 고소하지는 않습니다. 자살은 법정이 관여할 문제가 아니에요. 우리 일이 아니에요.”

“그래요. 선생께는 자살이 죄가 아니지요. 왜냐하면 선생께는 인생이 가치 없을 테니까요. 하지만 나는, 형사님, 나는 그것보다 더 큰 죄악을 알지 못해요. 자살은 살인보다 더 나쁘죠. 복수나 탐욕 때문에 살해할 수는 있어요. 하지만 탐욕조차 삶에 대한 어긋난 사랑의 표현이지요. 그러나 자살한다는 건 자기 삶을 마치 하찮은 것처럼 신의 발아래 내던지는 겁니다. 자살하는 것은 조물주의 얼굴에 침을 뱉는 거지요. 내 말은, 그 젊은 여자가 결백하다는 걸 증명하기 위해서 뭐든 다 할 거라는 겁니다. 그녀가 자살했다고 주장하시는데, 왜인지 설명해 보시죠? 어떤 동기를 발견하셨나요?”

“자살의 동기는 항상 불가사의하죠. 게다가 그 동기를 찾는 건 제 소관이 아닙니다. 제 할 일만 한다고 절 원망하지 마세요. 제가 맡은 임무는 너무 많아서 그 일을 해 나가기도 벅찹니다. 수사가 완전히 종결된 건 아니지만, 살인이라는 가정은 고려하지 않는다는 건 미리 말씀드릴 수 있습니다.” 형사가 말했다.

“감탄스럽군요. 한 인간의 삶에 그렇게 신속하게 종지부를 찍어 대는 게 감탄스럽군요.”

베르틀레프가 극도로 날카롭게 말했다.

올가는 형사의 얼굴에 화가 치밀어 오르는 것을 보았다. 그러나 그는 자제하며 잠시 침묵을 지킨 다음, 너무 상냥하다고도 할 수 있는 목소리로 말했다.

"좋습니다. 어르신의 가정을 받아들이죠. 다시 말해 살인이 저질러졌다고요. 어떤 방법으로 그 살인이 저질러졌는지 생각해 봅시다. 우린 희생자의 핸드백에서 안정제 약통을 발견했습니다. 간호사는 마음을 진정하려고 알약 하나를 먹으려 했는데, 누군가 그 전에 그녀 약통 속에 똑같이 생긴 독약을 집어넣었다고 가정할 수 있겠죠."

"루제나가 안정제 약통에서 독약을 꺼냈다고 생각하세요?" 슈크레타 의사가 물었다.

"물론 루제나가 약통이 아닌, 그녀 핸드백의 다른 곳에 넣어 둔 독약을 먹었을 수도 있겠죠. 그런데 그건 자살일 경우 일어났을 일입니다. 하지만 살해되었다고 가정할 경우, 누군가가 약통 속에다 루제나의 알약과 혼동될 정도로 흡사한 독약을 집어넣었다는 걸 인정해야 합니다. 그게 유일한 가능성입니다."

"반대 의견을 대서 죄송합니다만, 알칼로이드로 일반적인 알약을 만드는 건 그리 쉬운 일이 아닙니다. 그러려면 약제 실험실에 손이 닿아야만 하는데 이 도시에서는 누구도 불가능하죠." 슈크레타 의사가 말했다.

"한 개인으로선 그런 알약을 손에 넣는 게 불가능하다는 말인가요?"

"불가능한 건 아니지만 매우 힘들죠."

"저는 그게 가능하다는 걸 알기만 하면 됩니다." 형사가 말했다. 그리고 말을 이었다.

"이제 누가 이 여자를 죽여 이익을 얻을 수 있었나 생각해 봐야 합니다. 부자가 아니었으니 경제적 동기는 제외할 수 있습니다. 정치 혹은 스파이 활동의 동기 또한 제외할 수 있죠. 따라서 사적인 동기만 남습니다. 용의자들이 누구일까요? 우선 그녀가 죽기 직전 그녀와 심하게 말다툼을 한 루제나의 애인입니다. 그녀에게 독약을 준 사람이 그라고 생각하세요?”

아무도 형사의 질문에 답하지 않았고 형사는 다시 말을 이었다.

“나는 그렇다고 생각하지 않아요. 그 젊은이는 루제나에게 집착했어요. 그녀와 결혼하길 원했어요. 그녀는 그의 아이를 가졌어요. 만일 아이가 다른 남자의 애라고 해도, 중요한 건 그 젊은이가 애를 자기 아이라고 믿었다는 겁니다. 그녀가 낙태하려 한다는 걸 알았을 때 그는 절망감을 느꼈어요. 그런데 분명 알아야 할 것은, 매우 중요한 건데요, 루제나가 임신중절 허가 위원회에서 돌아오는 길이지, 낙태를 하고 오는 길은 아니었다는 겁니다! 우리의 그 절망한 젊은이에게는 아직 희망이 있었어요. 태아는 여전히 살아 있었고 젊은이는 태아를 살리기 위해 모든 걸 하려고 했어요. 그녀와 함께 살고, 그녀로부터 아이를 얻길 그리도 기대하던 그가 그 순간 그녀에게 독약을 줬다고 생각하는 건 터무니없어요. 게다가 의사 선생님은 평범한 알약 모양의 독약을 구하기가 보통 사람에게는 어렵다고 했습니다. 사회적 인간관계가 넓지 않은 그 순박한 청년이 어디서 그걸 구할 수 있었겠어요? 제게 그걸 설명해 주시겠습니까?”

형사의 말을 받은 베르틀레프가 어깨를 으쓱했다.

"그러면 다른 용의자들로 넘어가죠. 수도에서 온 트럼펫 주자가 있어요. 그가 죽은 여자를 안 것은 바로 여깁니다. 그런데 우리는 그들 관계가 어디까지 갔는지는 결코 모를 거예요. 어쨌든 죽은 여자가 그에게 태아의 아버지가 돼 달라고 서슴없이 부탁하고 또 그가 그녀를 따라 임신중절 허가 위원회에 갔을 정도로 그들은 가까웠어요. 그런데 왜 하필이면 이곳 사람이 아닌 그에게 부탁했을까요? 그걸 짐작하기란 어렵지 않습니다. 이 작은 온천 도시에 사는 모든 기혼 남자들은 만일 그 일이 소문날 경우 자기 아내와 성가신 문제가 생길 것을 두려워했을 거예요. 타지 사람만이 루제나에게 그런 도움을 줄 수 있었죠. 게다가 그녀가 유명한 연주자의 아이를 가졌다는 소문은 간호사를 부추길 뿐, 트럼펫 주자에게는 해가 되지 않았으니까요. 따라서 클리마 씨는 아무 생각없이 그녀의 부탁을 들어줬다고 가정할 수 있습니다. 그게 불행한 간호사를 살해할 이유가 될까요? 의사 선생님이 우리에게 설명했듯이 클리마가 아이의 진짜 아버지였을 가능성은 거의 없어요. 그렇지만 그 가능성을 받아들여 봅시다. 클리마 씨가 아버지고 그 사실이 그에게 매우 불쾌했다고 가정합시다. 하지만 그녀가 임신중절을 수락했고 수술이 공식적으로 이미 허가됐는데, 왜 그가 간호사를 죽였겠는지 설명하실 수 있어요? 베르틀레프 씨, 혹 클리마를 살인자라고 간주해야 할까요?"

"날 이해하지 못하시는군요." 베르틀레프가 평온하게 말했다. "난 누구도 전기의자에 보내고 싶지 않아요. 난 단지 루제나의 결백을 밝히고 싶을 따름입니다. 자살은 가장 큰 죄악이기 때문이에요. 비록 고통스러운 삶이라도 비밀스러운 가치가 있게 마련이에요. 죽음의 문턱에 있는 삶이라도 빛나죠. 죽음을 정면으로 대해 보지 않은 이는 그걸 몰라요. 하지만 난, 형사님, 나는 압니다. 바로 그 때문에 그 젊은 여자가 결백하다는 걸 증명하기 위해 뭐든지 할 거라는 얘깁니다."

"저도 그러고 싶어요." 형사가 말했다. "사실 세 번째 용의자가 아직 있습니다. 미국인 사업가 베르틀레프 씨죠. 그는 죽은 이와 마지막 밤을 같이 보냈다고 자백했습니다. 그가 살인자라면 우리에게 자백하지 않았을 거라고 반박할 수도 있습니다. 하지만 이 반박은 검토해 봐야 해요. 어제저녁 콘서트에서 베르틀레프 씨가 루제나 곁에 앉았고, 콘서트가 끝나기 전에 그녀와 같이 떠나는 걸 모든 사람들이 보았습니다. 베르틀레프 씨는 이런 상황에서 다른 사람들에 의해 밝혀지는 것보다 서둘러 자백하는 편이 낫다는 걸 아주 잘 알아요. 베르틀레프 씨는 루제나 간호사가 그날 밤 만족했다고 주장했습니다. 놀라운 일이 아니에요! 베르틀레프 씨는 매력적인 남자일 뿐 아니라 무엇보다 수많은 달러와 전 세계를 여행할 수 있는 여권을 가진 미국인 사업가니까요. 루제나는 이 벽지에 갇혀 살았고, 여기서 빠져나갈 방법을 헛되이 찾았어요. 그녀에겐 결혼하기만을 요구하는 애인이 있었지만, 그는 한낱 이곳의 수리공일 뿐이죠. 그녀가 그와 결혼하면 그녀 운명은 영원히 끝장나 이곳에서 결코 빠져나가지 못할 거예요. 이곳에 달리 아무도 없으니 그녀는 그와 헤어지지는 않습니다. 하지만 동시에 희망을 포기하고 싶지 않았기에 그와 완전히 결합하는 것도 피하죠. 그런데 갑자기 세련된 이국 남자가 나타나 그녀에게 관심을 보입니다. 그녀는 그가 곧 자신과 결혼할 것이고, 그러면 이 촌구석을 완전히 떠날 거라고 벌써 생각합니다. 그녀는 처음에는 다소곳한 애인으로 처신할 줄 알지만 그 후 점차 귀찮은 존재가 돼 버리죠. 그녀는 그에게 그를 포기하지 않을 것임을 알리고 그를 협박하기 시작합니다. 그러나 베르틀레프는 기혼이고, 제가 틀리지 않는다면 사랑하는 아내이자 한 살 된 어린 아들의 어머니인 그의 부인이 내일 미국에서 도착하기로 되어 있습니다. 베르틀레프는 어떻게 해서라도 스캔들을 피하고 싶어 합니다. 그는 루제나가 늘 안정제 약통을 지니고 다니는 걸 알고 그 알약이 어떻게 생겼는지도 압니다. 외국에 아는 사람이 많고 돈도 많습니다. 루제나의 약과 똑같이 생긴 독약을 만들도록 하는 것은 그에게 있어서는 식은 죽 먹기죠. 그 멋진 밤 동안 그의 정부가 자고 있을 때, 그는 약통에 독약을 집어넣습니다."

형사는 엄숙하게 목소리를 높이며 이렇게 결론지었다.

"베르틀레프 씨, 제 생각에는 간호사를 살해할 동기가 있는 유일한 인물이 당신이고, 그럴 수 있는 유일한 인물이기도 합니다. 자백을 하시죠."

방 안에 침묵이 깔렸다. 형사는 오랫동안 베르틀레프의

두 눈을 바라보았고, 베르틀레프 역시 똑같이 인내심 있고 말없는 시선을 그에게 보냈다. 그의 얼굴에는 어이가 없다는 표정도 분노도 나타나지 않았다. 마침내 그가 말했다.

"당신 결론이 놀랍지는 않아요. 살인자를 밝혀낼 수 없으니 당신은 그 죄를 덮어씌울 누군가를 찾아내야겠죠. 결백한 이들이 죄인들을 위해 값을 치러야 하는 건 인생의 야릇한 신비 중 하나죠. 날 체포하세요."

22

들판은 부드럽고 어슴푸레한 빛으로 덮여 있었다. 야쿠프는 국경 초소에서 단지 몇 킬로미터밖에 떨어지지 않은 곳에 위치한 마을에서 차를 멈췄다. 그는 조국에서 보내는 마지막 순간을 좀 더 늦추고 싶었다. 그는 차에서 내려 낯선 길로 몇 걸음을 갔다.

그 길은 아름답지 않았다. 나지막한 집들을 따라서 녹슨 철사 더미들과 버려진 트랙터 바퀴, 낡은 금속조각들이 굴러다녔다. 아무렇게나 방치된 보기 흉한 마을이었다.

야쿠프는 녹슨 철사 줄이 여기저기 버려진 이 쓰레기장이 곧 그의 조국이 작별 인사를 대신해 그에게 보내는 하나의 욕설 같다고 생각했다. 그는 그 길 끝까지 걸어갔는데, 연못이 있는 광장이 나타났다. 연못 또한 개구리밥으로 덮인 채 방치되어 있었다. 가장자리에서는 거위 몇 마리가 물을 흩뿌리고 있었고, 한 소년이 막대기로 그 거위들을 자기 앞으로 몰아 대고 있었다.

야쿠프는 차로 돌아가기 위해 돌아섰다. 그때 그는 한 주택 유리창 뒤에 서 있는 아이를 보았다. 겨우 다섯 살쯤 되어 보이는 그 아이는 유리창을 통해 연못 쪽을 바라보고 있었다. 그 아이는 어쩌면 거위를, 어쩌면 막대기 끝으로 거위를 때리는 소년을 지켜보고 있었을 것이다. 아이는 유리창 뒤에 있었고 야쿠프는 그에게서 시선을 뗄 수 없었다. 어린아이의 얼굴이었는데, 야쿠프를 사로잡은 것은 안경이었다. 알이 두꺼우리라 짐작되는 커다란 안경이었다. 머리는 조그마했고 안경은 컸다. 아이는 마치 짐을 진 듯 안경을 쓰고 있었다. 마치 자기 운명을 지듯 안경을 쓰고 있었다. 아이는 쇠창살 사이로 보듯 자기 안경테 사이로 바라보고 있었다. 그렇다, 아이는 자신이 평생 끌고 다녀야 하는 쇠창살이라도 되듯 그 두 안경테를 지니고 있었다. 그리고 야쿠프는 안경 쇠창살을 통해 아이의 두 눈을 바라보았다. 갑자기 커다란 슬픔이 가득 차 오는 것을 느꼈다.

막 둑이 터져 강물이 들판으로 흘러넘치는 것처럼 갑작스러웠다. 야쿠프가 슬픔을 느끼지 못한 것은 상당히 오래되었다. 실로 오랜 세월이었다. 그는 쓰라림과 고통만을 알았을 뿐 슬픔은 알지 못했다. 그런데 지금 그는 슬픔에 휩싸여 더 이상 움직일 수가 없었다.

그의 앞에는 쇠창살을 쓴 아이가 보였다. 그는 그 아이에 대해, 그리고 자기 조국 전체에 대해 연민이 느껴졌다. 그는 이 나라를 별로 사랑하지 않았으며, 또 그릇되게 사랑했다고 생각했다. 이 잘못되고 실패한 사랑 때문에 그는 슬펐다.

그런데 자기가 이 나라를 사랑하는 걸 방해한 것은 바로 자만이었다는 생각이 갑자기 떠올랐다. 고상함과 고매한 정신, 섬세함에 대한 자만이었으며, 그로 하여금 동포들을 사랑하지 않게 만든, 그리고 그들에게서 살인자들을 보았기에 그들을 증오하게 만든 터무니없는 자만이었다. 그리고 자기는 모르는 여자의 약통 속에 독약을 집어넣었다는 것, 따라서 자기 자신이 살인자임을 또다시 기억했다. 그는 살인자였고, 그의 자만심은 사라져 버렸다. 그도 그들 중 한 명이 된 것이다. 그는 이 딱한 살인자들의 형제인 것이다.

두꺼운 안경을 쓴 아이는 연못에 시선을 고정한 채 돌이 된 듯 창문에 붙어 서 있었다. 그리고 야쿠프는 이 아이로서는 어쩔 수 없다는 것, 아무 잘못이 없다는 것, 그리고 영원히 나쁜 시력으로 살아가도록 세상에 태어났다는 생각이 들었다. 그리고 자신이 다른 사람들에게 원망하는 부분이란 바로 그들이 세상에 태어날 때부터 이미 갖고 있던 것이요, 무거운 쇠창살처럼 그들이 지니고 살아야만 하는 이미 주어진 것이라는 사실 또한 생각했다. 그리고 그 자신은 고매한 정신에 대한 어떤 특권도 없으며, 최고의 고매한 정신이란 비록 살인자라 할지라도 인간들을 사랑하는 것임을 생각했다.

그리고 다시 한 번 옅은 파란색 알약을 되새겨 보았다. 그는 마음에 들지 않던 그 간호사의 약통에 마치 변명처럼, 그들의 대열에 넣어 달라는 요구처럼, 그리고 그들 중 하나가 되길 늘 거부해 왔지만 이젠 그들 사이에 받아들여 달라고 애원하는 간절한 부탁처럼 그 독약을 집어넣었다고 생각했다.

그는 빠른 걸음으로 차로 다가가 문을 열고 운전석에 앉아 국경을 향해 다시 출발했다. 전날까지만 해도 그는 이 순간이 안도의 순간일 것이며 즐거이 이곳에서 떠나리라 생각했다. 그가 실수로 태어나게 된 곳, 또는 사실 자기 자리가 아니었던 곳을 떠나는 것이라고.

그러나 이 순간, 그는 자신이 그의 유일한 조국을 떠난다는 것, 그리고 다른 조국은 없다는 사실을 깨달았다.

23

"기뻐하지 마세요." 형사가 말했다. "골고다에 오르는 예수처럼 당신이 영광의 문을 넘어서도록 감옥은 그 문을 열어 주지 않을 거예요. 당신이 그 젊은 여자를 죽였을 수 있다는 생각은 한 번도 한 적 없어요. 당신에게 혐의를 둔 건 단지 그녀가 살해되었다고 당신이 계속 고집 피우며 주장하지 않도록 하기 위해서입니다."

"나에 대한 혐의를 진지하게 여기지 않는다니 기쁘군요. 그리고 선생이 옳아요. 루제나를 위한 정의를 선생에게서 얻어 내고자 한 것은 온당치 못했군요."

베르틀레프가 화해의 어조로 말했다.

"두 분이 화해하시니 기쁘군요." 슈크레타 의사가 말했다. "적어도 우리를 위로해 줄 수 있는 게 한 가지 있어요. 루제나의 죽음이 어떤 것이었던 간에 그녀의 마지막 밤은 아름다웠다는 사실입니다.”

“달을 보세요.” 베르틀레프가 말했다. “꼭 어제 같군요. 달이 이 방을 정원으로 바꾸어 주는군요. 겨우 스물네 시간 전만 해도 루제나는 이 정원의 선녀였는데요.”

“우리에게 무척이나 흥미로울 수 있는 건 정의에는 하나도 없어요.” 슈크레타 의사가 말했다. “정의란 인간적이지 않아요. 맹목적이고 잔인한 법의 정의가 있죠. 아마 또 다른 정의, 최고의 정의가 있을지도 모르지만 그건 내가 이해할 수 없는 것이죠. 난 언제나 이 세상에서 정의 밖에서 사는 느낌이에요.”

“어떻게요?” 올가가 놀랐다.

“정의는 나와 상관없어요.” 슈크레타 의사가 말했다. “정의는 무언가 내 밖에, 내 위에 존재하죠. 어쨌든 뭔가 비인간적이에요. 나는 결코 이 혐오스러운 세력과 협력하지 않을 겁니다.”

“그 말은 선생님께선 어떠한 보편적 가치도 받아들이지 않는다는 건가요?” 올가가 물었다.

“내가 인정하는 가치들은 정의와는 아무런 공통점이 없어요.”

“예를 들자면요?” 올가가 물었다

“예를 들어, 우정 말입니다.” 슈크레타 의사가 부드럽게 대답했다.

모두 입을 다물었고 형사는 가려고 일어섰다. 그때 올가에게 갑작스러운 생각이 떠올랐다.

"루제나가 갖고 있던 알약들이 무슨 색이었죠?"

"연한 파란색요." 형사가 말하고서 흥미를 되찾으며 덧붙였다.

"그런데 왜 그런 질문을 하시죠?"

올가는 형사가 자신의 생각을 헤아릴까 두려웠다. 그래서 서둘러 말머리를 돌렸다.

"그녀가 약통을 갖고 있는 걸 봤는데, 바로 그 약통인가 해서……."

형사는 그녀의 생각을 알아채지 못했다. 그는 피곤했기 때문에 모두에게 잘 자라고 인사했다.

그가 나가자 베르틀레프가 의사에게 말했다.

"우리 부인들이 곧 도착할 겁니다. 마중하러 가겠습니까?"

"물론입니다. 오늘 저녁엔 드시는 약을 두 배로 드십시오."

의사가 걱정스럽다는 듯이 말했고 베르틀레프는 작은 옆방으로 갔다.

"선생님께선 예전에 야쿠프에게 독약을 주셨죠. 연한 파란색 알약이었어요. 그가 늘 그걸 지니고 있었죠. 제가 그 사실을 알아요." 올가가 말했다.

"쓸데없는 생각 지어내지 말아요. 난 그에게 그런 걸 준 적 없어요."

의사가 매우 단호하게 말했다.

새 넥타이로 치장한 베르틀레프가 작은 옆방에서 다시 돌아왔고, 올가는 두 남자에게 인사를 하고 나왔다.

24

베르틀레프와 슈크레타 의사는 포플러 나무 산책길을 통해 역으로 가고 있었다.

"저 달을 보세요. 그런데 정말이지 어제 저녁과 밤은 기적적이었어요."

베르틀레프가 말했다.

"그랬을 겁니다. 하지만 조심하셔야 해요. 그렇게 아름다운 밤이라면 반드시 뒤따르는 지나친 동요가 정말 큰 위험을 초래할 수 있으니까요."

베르틀레프는 대답하지 않았고, 그의 얼굴은 만족스러워하는 긍지로 빛나고 있었다.

"무척 기분 좋아 보이시는군요." 슈크레타 의사가 말했다.

"맞아요. 내 덕분에 그녀 인생의 마지막 밤이 아름다웠다면 나는 행복해요."

“그런데 말입니다.” 슈크레타 의사가 갑자기 말했다. “이상한 얘기지만, 사실 드리고 싶은 말이 있었는데 감히 하질 못했어요. 하지만 오늘은 정말 특별한 하루라는 느낌이라 용기를 낼 수 있을 것도 같은데요…….”

“말해 보세요, 의사 선생!”

“절 양자로 삼아 주시면 좋겠어요.”

베르틀레프는 깜짝 놀라 발걸음을 멈췄다. 슈크레타 의사는 그런 부탁을 하게 된 동기를 설명했다.

“의사 선생, 당신을 위해 내가 뭘 못 하겠어요! 난 단지 아내가 이상하게 생각하지 않을까 걱정되는군요. 아내는 열다섯 살이나 더 먹은 아들을 둘 테니까요. 법적으로 가능하긴 한가요?”

“양자가 양부모보다 어려야 한다는 건 어디에도 쓰여 있지 않아요. 친아들이 아니라 바로 양자니까요.”

“확실한가요?”

“오래전에 법조인들에게 물어봤어요.” 슈크레타 의사가 수줍어하며 차분히 말했다.

“사실 좀 우스운 생각이긴 하군요. 좀 놀랐어요.” 베르틀레프가 말했다. “하지만 난 오늘 너무 기쁜 상태라 단 하나만 원할 뿐입니다. 온 세상에 행복을 가져다주는 거요. 그 일이 당신에게 행복을 가져다줄 수 있다면…… 내 아들이…….”

그리고 두 남자는 길 한복판에서 포옹을 했다.

25

올가는 침대에 누워 있었다. (옆방 라디오는 잠잠했다.) 그녀가 볼 때 야쿠프가 루제나를 죽였다는 것, 그리고 그 사실을 그녀와 슈크레타 의사를 제외하고는 아무도 모른다는 건 확실했다. 그가 왜 그런 일을 했을까, 그녀는 아마 그 이유를 결코 알지 못할 것이다. 공포에 찬 전율이 온몸에 흘렀다. 하지만 곧이어 (우리가 알다시피 그녀는 스스로를 잘 관찰할 줄 알았다.) 그녀는 그 전율이 감미롭다는 것, 그리고 그 공포에는 자만심이 가득 차 있다는 걸 확인하고 스스로 놀랐다.

전날 밤, 그녀는 그가 가장 끔찍한 생각에 사로잡혀 있었을 순간에 그와 사랑을 나누었다. 그리고 그 생각과 더불어 그를 온전히 그녀 속으로 흡수했다.

그 사실이 혐오감을 주지 않는 건 왜일까?라고 그녀는 생각했다. 내가 그를 고발하러 가지 않는 것은(그리고 결코 가지 않을 것이다.) 어째서인가? 나 역시 정의의 밖에서 사는 건가?

그러나 이처럼 자문할수록 그녀는 자기 안에서 그 야릇하고 흐뭇한 자만심이 점점 더 커 가는 것을 느꼈다. 그녀는 마치 강간당하다가 갑자기 현기증이 날 것 같은 쾌락에 사로잡히는 소녀 같았다. 더 거세게 거부하던 만큼 더욱더 강렬한 그런 쾌락에…….

26

기차가 역에 도착했고 두 여자가 내렸다.

한 명은 서른다섯 살쯤 되었는데 슈크레타 의사의 키스를 받았다. 다른 한 명은 더 젊고 멋을 내 차려입었다. 그녀는 팔에 갓난아기를 안고 있었는데, 그녀에게 키스한 이는 베르틀레프였다.

"부인, 어린 아들 좀 보여 주세요! 난 아직 못 봤습니다!" 의사가 말했다.

"내가 당신이란 사람을 잘 알지 못했다면 의심했을 거야." 슈크레타 부인이 웃으며 말했다. "봐요. 윗입술 위 당신과 똑같은 자리에 애교점이 있어!"

베르틀레프 부인은 슈크레타의 얼굴을 살펴본 다음, 거의 소리 지르듯 말했다.

"정말이군요! 내가 여기서 치료받았을 때는 전혀 몰랐는데요!"

베르틀레프가 말했다.

"너무나 놀라운 우연이라 난 이 사실을 기적으로 간주하겠어요. 슈크레타 의사는 부인들에게 건강을 주니 천사들의 범주에 속하고, 또 천사처럼 그의 도움으로 이 세상에 태어나게 된 아이들에게 자기 표적을 남기죠. 이건 애교점이 아니라 천사의 표적이에요."

거기 있던 모든 이가 베르틀레프의 설명에 기뻐했고 경쾌하게 웃었다.

"게다가." 베르틀레프가 매력적인 자기 부인을 향해 다시 말을 이었다. "몇 분 전부터 의사 선생은 우리 어린 존의 형님임을 당신에게 엄숙히 알립니다. 이들이 형제니 같은 표적이 있는 건 너무나 당연해."

"결국! 당신 결국 결정했군요." 슈크레타 부인이 행복한 한숨을 내쉬며 말했다.

"난 무슨 말인지 하나도 모르겠어요. 하나도 모르겠어요!" 베르틀레프 부인이 설명을 요구하며 말했다.

"내가 모든 걸 설명할게. 오늘 우리는 말할 것도 많고 축하할 것도 많아. 우리 앞에는 멋진 주말이 기다리고 있어." 베르틀레프가 아내의 팔을 잡으며 말했다. 그러고 나서 그들 넷 모두 플랫폼 가로등 아래를 지나 역 밖으로 나갔다.

옮긴이 권은미   이화여자대학교 불어불문학과와 동 대학원을 졸업하고 프랑스 파리
4대학에서 불문학 박사 학위를 받았다. 저서로『누보로망연구』(공저)가 있으며,
옮긴 책으로『인간과 성(聖)』,『존재의 불행』,『변경』,『미래는 오래 지속된다』,
『한 알의 밀알이 죽지 않으면』 등이 있다. 현재 이화여자대학교 불어불문학과
교수로 재직 중이다.

밀란 쿤데라 전집   Milan Kundera   04

이별의 왈츠

1판   1쇄 펴냄   2012년 9월 21일
2판   1쇄 찍음   2026년 2월 20일
2판   1쇄 펴냄   2026년 3월 10일

지은이   밀란 쿤데라
옮긴이   권은미
발행인   박근섭 · 박상준
펴낸곳   (주)민음사

출판등록   1966. 5. 19. 제16-490호
주소   서울특별시 강남구 도산대로1길 62(신사동)
            강남출판문화센터 5층 (우편번호 06027)
대표전화   02-515-2000 | 팩시밀리   02-515-2007
홈페이지   www.minumsa.com

한국어 판 ⓒ (주)민음사, 2012, 2026. Printed in Seoul, Korea

ISBN 978-89-374-0464-1 (04860)
        978-89-374-0460-3 (세트)